新潮文庫

借金取りの王子

―君たちに明日はない2―

垣根涼介著

新潮社版

8799

目　次

借金取りの王子

—君たちに明日はない2—

明日への鐘は、その階段を登る者が、鳴らすことができる。

File 1. 二億円の女

1

今日は、あと一人で最後だ。

真介《しんすけ》は壁の時計を見上げる。午後三時四十三分。

四人目は意外と早く終わった。もっとも今の相手は、この一次面接ですぐに自己都合退職を受け入れたわけではなかった。が、先ほどの感触からすると二次面接ではほぼ落ちるだろう。

次の被面接者がやってくるのは午後四時。まだ少し時間がある。ネクタイを少し緩め、軽いため息をつく。午前中に二人の面接をこなし、午後からはさらに二人を終えた。さすがに四人目も終わるころになると、心身ともにぐったりと疲れてくる。でもまあ、いつものことだ——。

「美代《みよ》ちゃん。じゃあ次のファイル、ちょうだい」

隣のアシスタントに声をかける。

「はーい」

綿菓子のように摑《つか》みどころのない声を上げ、川田《かわだ》美代子が応じる。ファイルを差し出してくる指先には、パールピンクのマニキュアにネイルアートがきっちりと施されている。いつもながら見事な仕上がりだ。そして袖口《そでぐち》からバニラのような香りがかすかに立ち上ってくる——たぶんグッチのラッシュ。去年の年末ごろまではブルガリのオ・パフメだった。彼女は人材派遣会社からの派遣社員だ。今年で三年の付き合いになる。

「あのぅ、村上《むらかみ》さん」

「ん？」

ファイルから顔を上げ、川田美代子を見る。彼女は口元にかすかに笑みを湛《たた》えたまま、こちらを見ている。

「少しお疲れですよね。コーヒーでも飲みますか」

つい真介も笑う。

「じゃ、お願いしようかな」

彼女はもう一度笑うと、緩慢な動作で席を立った。部屋の隅にある応接セットまでゆっくりと歩いていき、コーヒーを淹《い》れ始める。彼女は、およそどんなときも事を急ぐということがない。以前はその亀《かめ》のような動作に苛立《いらだ》つこともあったが、今ではすっかり慣れた。むしろ、この殺伐とした現場では気分が落ち着く。

一つには見目《みめ》がいいこともある。目鼻立ちがおそろしく整い、瞳《ひとみ》を囲む白目はいつも冴《さ》え冴《ざ》えとしている。やや低血圧気味なのだろう、その白目を、くっきりとした二重が取り巻いている。額は広く、眉《まゆ》もなだらかな弓なりで、鼻梁《びりょう》もほどよく高い。それらパーツが、ほどよい間隔を保ってアーモンド形の顔の中に散らばっている。いわゆる正統派ゴージャス系の美人だ。そして、パーツの配置が顔の左右で完璧《かんぺき》な対称を保っている。

最近になって真介は気づいた。普通、人間の顔はその左右で目の大きさや眉の跳ね具合、口元の締まりなどが微妙に違うものだ。歳《とし》を経てくるにつれ、そうなる。

だが、彼女は見事なまでに左右が対称だ。きっと世の中のことで思い悩むことがほとんどないせいだ。心に負荷がかかっていない。だから、いつまでも子どものような表情でいられる。時間的に余裕のある生活も送っている。栗色《くりいろ》がかった髪はトップを膨らませ、梳《す》いてある毛先は胸元と鎖骨に向け、大きくカールしている。毎朝ドライヤーで入念にセットする時間がある。

紙コップにコーヒーを淹れ終えた川田美代子が戻ってくる。指先に持っているコップは一つだけだ。彼女はコーヒーは飲まない。前に聞いたら、カフェインは肌に悪いから飲みません、と答えていた。

彼女から紙コップを受け取り、お礼を言った。相手はふたたび微笑《ほほえ》み、隣の席に腰を下ろす。

「サンキュ」

さて、と――。

目の前の資料を開く。個人情報入りのファイルに目を通し始める。

履歴書の右上に貼《は》ってある顔写真……いかにも冴えなそうな中年男の丸顔が写っている。野口治夫《のぐちはるお》。生年月日を見る。今年で五十一歳になる。所属はこの百貨店の個人外商部第三課。役職は係長だが、営業数字を持たされている。だから、この役職は名ばかりだ。

先日、自宅でここまで読んだときも思った。会社という組織には〝冷や飯食い〟という立場の人間は必ずいるが、たぶんこの男もそうだ。そしてその印象は、最後まで資料に目を通したあとも変わらなかった。

三十年近く前に在京のマンモス私大を卒業後、この『南急百貨店』に入社。その後五年ほど紳士服販売部に在籍していたが、三十歳目前にこの外商部に異動。以来、ずっと今の職場にいる。

『南急百貨店』は新宿に本店を置く東証一部上場の企業だ。首都圏と全国の六大都市に十一の支店があり、総従業員数は二千三百名。売上高は二千二百億。電鉄系の百貨店としては規模、売り上げともに大企業の部類に入る。

真介の所属するリストラ請負会社『日本ヒューマンリアクト㈱』が、この百貨店から今回の仕事を請けたのは三ヶ月ほど前のことだ。一ヶ月前ほどから相手企業の内部調査や勉強会などで忙しくなった。その勉強会の席上、社長の高橋は言った。

「で、今回みんなに面接をしてもらうのは、本店外商部の社員約百名だ。個人外商部と法人外商部に分かれて担当してもらうが――」と、ここで真介たち面接官を見回し、少し笑った。「まさかこの中で、百貨店の外商部がいったい何をやる部署なのか知らない人間は、いないよな?」

社員たちの間から失笑ともつかぬざわめきが洩《も》れる。そんなことは先刻承知だ、という場の雰囲気。むろん真介も今の仕事の常識として、それぐらいのことは知っている。

外商とは、つまり営業だ。企業や富裕層個人宅などを訪問し、百貨店で取り扱っている商品を売っていく。店頭販売部のように〝待ちの商売〟ではなく、〝攻めの商売〟とも言える。だから当然、営業目標はあるし、相手企業の接待ゴルフや社内イベント、あるいは個人の誕生日パーティにお呼ばれすることもある。

高橋の言葉はつづく。

「さて、言い方は悪いが、この百貨店に関する限り、外商部はエリートコースではない。他の百貨店では外商部に優秀な人材を優先して配置する企業もあるが、この百貨店はそうではない。バブルが弾《はじ》けた後の十年ほど前は、この部署に力を入れて売上高を強引に維持しようとした時期もあったらしいが、今では違う」

そのあとの話はこうだった。

現在、本店外商部の売上高は約百億。一人当たり一億の売り上げだから、店頭販売部と合わせた全従業員の一人当たり売上高とほぼ同等だ。一見、会社のお荷物になっている部署には思えないが、彼ら外商部の人間には、商品を売るためにかなりの営業経費がかかっている。交通費、社用車代、通信費、接待費などだ。それら経費を差し引くと、店頭販売部に対して明らかに粗利《あらり》が落ちる。むろん店頭販売部も店舗自体の維持費や光熱費はかかるのでその分の粗利はダウンするのだが、百貨店は、まさかそのビルを閉めるわけにはいかない。

高橋が言うには、この百貨店の外商部は社内的な問題児の溜《たま》り場らしい。店頭販売部で集団活動に馴染《なじ》まなかった人間や、仕事に自己主張がありすぎて結果的に協調性なしと判断された人間が、外商部に飛ばされてくる。一種、姥捨《うばす》て山的な受け皿になっている。

真介はもう一度、野口治夫の履歴に視線を落とす。

この男もそうだ。店頭販売部では使い物にならないと判断され、外商部に移ってきた。しかも五十歳を過ぎた今でも、営業数字を持たされたままの係長。年間の売り上げ目標は一億一千万だが、ここ三年目標を達成したことは一度もない。内部調査資料の彼に対する総合評価もそれを裏付けている。

この野口には悪いが、掛け値なしの落ちこぼれ社員だ。

壁の時計を見る。

午後三時五十八分になった。

そろそろ来るころだ。飲み干した紙コップをデスク脇《わき》のゴミ箱に落とす。ネクタイを締め直す。

隣の川田美代子を見る。彼女はティッシュボックスの位置をきちんと机の角に揃《そろ》え、ふたたび手を引っ込める。据え物のようにちょこんと椅子《いす》に座り直す。

真介も個人情報入りのファイルを閉じ、デスクの上で両手を組んだ。

三時五十九分を三十秒ほど過ぎたとき、正面のドアからノックの音が弾けた。

「はい。どうぞお入りください」

ドアノブが廻り、扉が開いた。くすんだグレーのスーツに身を包んだ小太りの男が入ってくる。明らかにポリエステル製の白シャツに臙脂色《えんじいろ》のネクタイ。真介はやや呆《あき》れる。こんな冴えない形《なり》で百貨店の〝表の顔〟とも言える外商をやっているのか。下膨れの丸顔がこちらを向く。やや強張《こわば》った、それでいて不安を隠しきれていない表情が見てとれる。顔のデカい男だ。見事なまでの五頭身だ。

「野口さんでいらっしゃいますね」真介は立ち上がりながら、右手で前のパイプ椅子を指し示した。「さあ、どうぞ。こちらのほうにおいで下さい」

野口は無言のままうなずき、ギクシャクとした足取りでやってくる。わざと返事しなかったのではない。たぶん緊張に声をなくしている。

「今日はお忙しい中をお越しいただき、ありがとうございます」ようやく目の前の椅子に腰かけた野口に向かい、真介はふたたび口を開く。「私、今回の面接をつとめさせていただきます村上と申します。よろしくお願いいたします」

野口がふたたび無言でうなずく。それからふと気づいたように「こちらこそ」とくぐもった声で返してくる。やはり相当に緊張している。もともとの気が小さいせいではないと思う。己の外商実績を考えれば、これからこの面接室でどういう扱いを受けるのか、この男にもよく分かっているのだろう。

「コーヒーか何か、お飲みになりますか」

「ああ」と、一度はうなずきかけ、直後には大きな頭を振る。「いや、いらないです」

多少混乱もしているようだ。

でも、この野口の様子からして自分に対する敵意はなさそうだな、と感じる。

真介は今、三十四歳だ。四十代や五十代の被面接者の中には、面接室の中に入ってくるや否《いな》や、真介に対してあからさまな嫌悪感《けんおかん》と敵意を剥《む》き出しにする人間もいる。

理由は簡単だ。自分より明らかに年下と分かる相手から辞職を勧告される。真介自身、ぱっと見には実際の年齢よりかなり若く、いかにも軽薄そうに見える自分をよく分かっている。小僧のようなふにゃふにゃとした面接官……面接を受ける側にとっては相当な屈辱だろう。

が、この野口は自分の立場を心配することだけでその巨大な**アタマ**がいっぱいになっている。やや相手に同情しかけ、慌《あわ》てて気を引き締める。

いかん、いかん、これは仕事だ。

この男は、友達でもなんでもないのだから——。

真介はまずデスク上のファイルを開き、野口の顔を見上げた。

「では、さっそくですが面接に入らせていただきます。よろしいですか」

「はい」

「野口さんもご承知の通り、御社の外商部門は、今期より徐々にスケールダウンされることになりました。ご存知ですよね」

「ええ」

「今後三年間で、人員は約半分に減らされる予定です」

相手がふたたびうなずく。

「ちなみに御社の上層部の方針によれば、この削減目標は必達だとのことです」

「なるほど」

「もし部署に残ることが出来たとしても、今後五年間で給与体系も大幅に変わり、能力給制度にシフトしていきます。最大の場合、給料は三割減額、夏冬のボーナスはそれぞれ一ヶ月分を切る社員の方もでてくるでしょう」

そこで言葉を区切り、しばらく相手の顔をじっと見つめた。もちろん、わざとだ。無言の圧迫を加えることにより、相手から何らかの反応を引き出す。面接官の常套《じょうとう》手段。

だが、野口はなかなか口を開こうとはしない。たぶんこの面接の場で、何を言っていいのか分からないのだ。さらに真介は口を開いた。

「このような現状に対して、野口さんはどう思われますか」

「どうって……」と相手が口ごもり、一瞬顔をしかめた。そしてやや投げやりな答えを返してきた。「どうも、答えようはないですがね」

「そうですか」真介はうなずいた。「では、私の個人的な見解を述べさせていただきます」

言いつつ、野口の個人情報ファイルを開いた。

「野口さん、あなたの現在の年収はざっと八百五十万ですね」

「ええ」

「一方、野口さんのここ数年の営業成績ですが、私どもの資料によりますと、目標達成には明らかにほど遠い数字です」

「……」

「誤解しないでください。私は何も、だから野口さんに辞めていただきたいと言っているわけではないのです。事実、日本では、よほどの要因が揃わない限り、指名解雇は明らかに違法ですしね」

真介は早口で言葉をつづけながらも思う。だからこそ、こうして部署の全員を形式だけは一応面接しているのだ。本当はこの会社の上層部も真介も、全員の個人ファイルに目を通した時点で、ある程度クビにする対象の目星はついている。

「ですが、現在の成績を基本に考えた場合、野口さん、失礼ですがあなたの給料は今後どんどん下がっていき、私の試算ですと、三年後には七百五十万。五年後には六百万を大きく切ります。どう思われますか」

が、相手の答えなど聞かなくても分かっていた。個人情報欄に書き込まれている野口の家族構成。専業主婦の妻と、今年私立大学に入った長男。高校二年の次男。当然その次男も大学に行くだろう。朝霞《あさか》にある家のローンもまだ十年弱残っている。だから、この給料の下がり具合には、とうてい家計が耐えられない。

案の定、野口の表情が歪《ゆが》む。

「でも、わたしはそれでも懸命に努力しているんですよ」と、ようやく個人的な意見を口にした。「それに、今後わたしのやり方次第では、目標を毎年クリアすることだって出来るかもしれないじゃないですか」

「なるほど」

真介は大きくうなずいてみせた。内心ではかなりほっとしている。真介に限らずクビ切りの面接官がもっとも苦手とする相手は、何を問いかけてもわずかな反応しか返ってこない被面接者だ。辞職を勧告しようにも、その話の糸口が摑《つか》めない。

「たしかに、そういう考えはあるかもしれませんね」と、わざと音を立てて個人情報ファイルの次ページをめくる。「ですが野口さん、あなたはこの二十数年の外商部在職中、目標を達成した年は全体の三割ほどです。失礼ですがそういう実績の方が、しかも、ここ三年まったく目標をクリアできていない方が、いくら頑張ったからといって、いきなり今期から目標をクリアできるようになるものでしょうか」

野口が口を開きかけ、つぐんだ。事実だからだ。弁解のしようがない。真介もかつて営業をやっていたからよく分かる。いったん走るのを止めると、また走り出して元の速度までもどるには、その三倍の労力を必要とする。

「それともう一つ、今まで懸命に努力してきたというお話ですが――」真介はさらに追い討ちをかけた。「ここに、もう一つの調査資料があります。以前、御社の外商部で実施させていただいた職場測定アンケートの結果です。野口さん、あなたにも他の同僚の方々の測定をお願いしてあったので、それがどういうものかはご存知ですね」

野口がふたたびうなずく。

職場測定アンケート。通常、社員の評価は直属の上司がつけるものだが、それをその本人以外の職場の同僚すべてが、当人に対し行うというものだ。

真介の会社で、三ヶ月ほど前に作った面接ツールだ。社内的には、『職場』と『測定』と『アンケート』のそれぞれの最初のローマ字をとって、単に『ＳＳＥ』と呼んでいる。正確に言えば、真介がリーダーとなってチームを作り、数人の同僚と練り上げたアンケート内容だ。

去年、音楽プロダクションでプロデューサーのリストラをやったときに、真介はふと思いついて、彼らがそれぞれ抱えていたミュージシャンのすべてに対してアンケートをとったことがある。そのプロデューサーに対してどう思っているのか、というものだ。その結果をもとに、とあるプロデューサーをクビにした。社長の高橋はその仕事のやり方が非常に気に入ったようで、真介にもっと汎用性《はんようせい》のあるアンケート用紙を作るように言ってきたのだ。

真介の手元には、個人外商部第三課の同僚全員が、この野口に対して与えた評価が資料として開かれている。（０―５）の六段階評価で、各項目ごとに同僚たちによる評価の平均点が載っている。

「今からその結果をお伝えいたします。まずは項目ごとの平均点です」真介は言った。

「目標達成度0・3。取り組み姿勢1・2。協調性1・7。向上心0・5……」

目の前の野口の顔が見る間に強張っていく。あまり芳《かんば》しくない評価が出ていることはある程度予想していたのだろうが、長年席を並べている同僚から、まさかここまでひどい評価を受けているとは思いもよらなかったという顔つきだ。たしかに惨憺《さんたん》たる結果だ。六段階評価ですべての項目が3にすら達していない。聴くほうは耐えられないだろう。それでも真介は容赦なく言葉をつづける。

「合理性2・1。倫理感1・2。公平性1・3。社交性2・4——」

「ちょ、ちょっと待ってください！」

思わず、といった様子で野口が真介の言葉をさえぎる。

来た——。

わざと一呼吸置き、真介は相手を見上げる。

「何か？」

「何かもなにも、なに——」あまりの屈辱とそれに伴う怒りに、野口はうまく口が廻っていない。「なんて言うか、その、本当にその結果は本当ですか。おかしい——おかしいっ」

言葉に不必要な繰り返しが多い。マトモな会話になっていない。言っているうちにさらに怒りが倍加してきたのだろう、大きな顔が急激に赤黒くなっていく。たるんだ頬も膨らんでいく。かつ、言葉使いもナマな表現に変わっていく。

「そうだ。絶対に、おかしい！　いくらなんでも、そこまでひどい評価を受ける覚えはおれにはないはずだっ」

やがて両足を踏み鳴らし、両手を挙げて連呼し始めた。真介には分かる。怒りまくることによってしか、そして事実を否定することによってしか、この現状の中でプライドを保つことが出来ない。怒っているうちに次第に自分の態度に酔い、さらに急激な怒りを発する。中年男にはよくあるパターンだ。

「野口さん、落ちついてください」

が、そんな真介の言葉もいっこうに耳に入らない様子だ。

「絶対に、おかしい！　でっち上げだ！　おれをクビにしようとして、あんたらが結果を捏造《ねつぞう》したんだ。いったい何様のつもりだ。えっ」そう喚《わめ》き散らしながら、真介を荒い仕草で指差してくる。「たかがリストラ請負会社の卑《いや》しい社員に、なんでおれがそんなことまで言われなくちゃならん！」

目の前の野口はまだ怒りまくっている。隣の川田美代子の様子を目の隅で捉《とら》える。大丈夫。彼女は落ちついている。三年も一緒に仕事をしている。いい加減修羅場《しゅらば》には慣れてきている。

「本当にそうなのかっ。そういう結果なのか！　見せてくれ。そのアンケート記入紙をっ」

「それはできません」

「なにっ」

「たとえ無記名のアンケートでも、お見せすれば、その筆跡からあなたには誰が書いたか見当がつくでしょう」つとめて冷静に真介は返した。「だから、できません」

「ふざけるなっ」ついに野口は椅子から立ち上がった。今にも摑みかからんばかりの形相だ。「おれのことだぞっ。おれのことが書かれたアンケートを見て何が悪い。人権無視だ。やっぱりデタラメだ！　おまえらが捏造したんだろっ」

「野口さん、お願いですから冷静になりましょうよ」

　そう諭しながらも、あれ以上コーヒーを勧めなくて良かった、と内心では思う。ごくまれに、怒りに任せてコーヒーをぶっ掛けてくる被面接者もいる。染《し》み抜きがうまくいかず、今までにシャツ五枚とネクタイ七本を駄目にした。が、スーツの買い替えはさすがに勘弁して欲しい。真介が黒を基調としたダークスーツばかりを着るのは、そんな理由もある。それに三つボタンなら、シャツにコーヒーがかかる面積が小さい。

少しずつ相手が落ち着いてきたところを見計らって、真介は口を開いた。

「たしかにアンケート自体はお見せできませんが、その評価を裏付ける具体的な事例なら、今からお伝えすることが出来ます。お聞きになりたいですか」

一瞬、相手は躊躇《ためら》った。が、結局は首を縦に振った。

真介は『SSE』結果の次ページを捲《めく》った。

「では最初の『目標達成度0・3』です。失礼ですがこの評価は言うまでもありませんね。野口さんはここ数年、ほとんど与えられた目標数字をクリアされておられません。それどころか、大きく外されておられます。同僚の方たちも、そう判断されています」

不承不承、相手はうなずく。

「次に、『向上心0・5』、『取り組み姿勢1・2』、それと『協調性1・7』の項目については、回答者からの根拠事例がかなり重なっている部分がありますので、まとめてご説明申し上げます。まずは向上心と取り組み姿勢についてですが、多くの回答ではこういうコメントが寄せられています。よろしいですか」

ふたたび野口がうなずく。真介は一気に話し始めた。

「〝野口さんは、みんなが外廻りに出かけてからも、まだ職場でお茶を啜《すす》ったり、新聞を読んだりしていますす。目標も全然達していないのに、さすがにあの態度はどうかと思います〟

〝半期に一度の目標設定会議のとき、彼は絶対に数字の上乗せを受け付けない。『前期だっていっていないんだから、今回も上乗せは無理だよ』と言う。でも、同僚には彼よりはるかに年下の女性で、数字を二億も持って四苦八苦しながらも、懸命に達成しようとしている社員もいる。多少は譲ってくれてもよい〟

〝彼は仕事中のぼやきがあまりにも多い。それを聞くと、せっかくのやる気が萎《な》える。むしろ同僚を励ますのが、役職付きの役目でしょう〟」

野口の顔が醜く歪み始める。真介は構わずつづける。

「〝彼は外出中に携帯を鳴らしてもぜんぜん摑まらない。しかもよく電波の届かない場所にいる。今の中野区に電波の届かない場所などないはずだ。地下か何かにいるのか？　それともサウナか？　連絡を取ろうと躍起になっているこちらの身にもなって欲しい〟

〝クレームを放っておく傾向があるのか、しばしばお客様からのお叱《しか》りの電話を受けます。これから外廻りというときには、本当に勘弁して欲しい〟

〃みんなで共同作業をやるときなど、何かと理由をつけて職場からいなくなります。一度などは、その後喫煙ブースで見かけ、呆《あき》れてモノも言えませんでした〃

……他にもいろいろありますが、ここら辺りが主だった理由ですね」

そう言ってファイルから顔を上げた。

「どうですか。さきほど野口さんは『それでもわたしは懸命に努力しているんです』とおっしゃっていましたが、同僚の皆さんは必ずしもそうは取られていないようですね」

「……」

「次の項目に参ります」さらに次のページを捲り、真介は言った。

「『合理性2・1』。これに対しては次のような回答が寄せられています。

〃何か指示を出すときに、『ああ、たぶんそれでいいんじゃない』とか『全然オッケー』などの曖昧《あいまい》な言葉が非常に多い。でも指示通りにやってみると、『おれの言ったことと違うじゃん』や『もっとここは、こうだろ』みたいな感想が返ってくる。だったら最初から的確に指示を出して欲しい。やり直すのは職場全体の時間の無駄です〃

〃部長や課長の指示を私たちに伝えるとき、勘違いや早合点をして微妙に違う内容をよく伝えている。結果、その微妙な違いから大事に至ることもある〃」

読み上げながらも思う。たしかにこの野口は掛け値なしの落ちこぼれ社員だ。この平均点のあまりの低さ。職場のみんなから嫌われている。迷惑がられている。

ちなみに回答の中には、

〝寄ってくると口が臭い。フケもよく肩口に落ちている。あれでお客様と話しているのかと思うと、心底ゲンナリする〟

という意見もあったが、さすがにそれは口に出さなかった。

「つづけます。倫理感1・2。

〝何度かつい見えてしまったのだが、彼の交通費精算は、ボードに書いてある行き先の内容と合わないことがある〟

〝店頭販売用の処分品をどこからか持ってくる〟

〝人のコップを黙って使用する。備品も同様。困るし、嫌だ〟」

「もういい――」

いつの間にか俯《うつむ》くようにして座っていた野口が、不意に口を開いた。心なしかその声が震えている。

「もう、頼むから止《や》めてくれ」

真介は口をつぐんだ。今にも泣き出しそうな素振りの野口を見つめたまま、たしかにもう充分だと思う。

人間、上司から嫌われることにはまだ我慢が出来る。だが、職場のみんなからこういう評価を突きつけられ、疎《うと》んじられることには、どんなに厚かましい人間でも、まずは耐えられない。そして結果、そういう視線の取り巻く職場でこれからも働きつづける意欲が、急激に萎えてくる。二次面接以降でのクビ切りの説得が容易になる。

さらに言えば、そんな状況をある程度見越した上で、こんな面接ツールを作った自分がいる。高橋もそうだ。そのことをよく分かった上でツールを作ることを指示してきた。おれも社長も内心忸怩《じくじ》たる思いがないかといえば、嘘《うそ》になる。

が、元はといえば野口自身が蒔《ま》いた種ではないか。

同僚たちからの評価は、ある意味で上司の評価よりもはるかに正しい。そしてリストラなどで誰かが辞めなければならなくなった場合、同僚から低い評価しかもらえない人間が辞めていくのは、彼のためでもあり、周囲のためでもある。『ＳＳＥ』ではないが、ちゃんと公平性と合理性は保っている。そう思い、わずかに自分を弁護する。

ややあって、野口がその大きな顔を上げた。相変わらずの泣き出しそうな表情。悔しさと情けなさに目が充血し、目尻《めじり》に涙が溢《あふ》れ出さんばかりだ。

隣の川田美代子……机の隅にあるティッシュボックスに指先を触れている。相手の頬を涙が伝い次第、すぐにでもティッシュを抜き取る準備——野口もその彼女の仕草には気づいた。彼女のような美人にティッシュを渡されるほど、男として惨《みじ》めなことはない。案の定、野口は緩みかけていた涙腺《るいせん》を引き締めるように、きっと真介を見返してきた。

「もう、ご自分の状況は、よくお分かりですよね」真介は相手の心に刻み付けるようにゆっくりと言葉を吐いた。「これを機会に、新しい外の世界にチャレンジされるのも一考かと思われますが、いかがでしょう」

「……」

「むろんそうなった場合、こちらの会社としてもできるだけのことはさせていただくそうです。退職金は規定分プラス、勤続年数×基本給の一ヶ月分。通常金額の約二倍になります。野口さんの場合ですと、約二千七百万です。さらに有給休暇の買い取り。別の会社に転職され、仮に給料が下がったとしても、二人のお子さんたちが大学を卒業するまでの充分なストックになると思うのですが、いかがでしょう」

野口の瞳《ひとみ》がちろりと動いた。真介には手に取るように分かる。目の前の相手は今、計算を始めている。今後の人生の計算だ。仮にこのまま会社に残ったとしても、これだけひどい評価を周囲から突きつけられては、定年まで一生恥辱の中だ。おまけに給料もガタ落ち……なら、いっそのこと飛び出してみるのもテかと考え始めている。

「再就職先がご心配でしたら、これも御社の費用負担で再就職支援センターもご利用いただけます」すかさず真介は付け足す。「さらにオプションとして、退職受け入れ決定日から実際の退職日まで、最大三ヶ月間の完全有給の猶予《ゆうよ》期間も設けられます。つまり、給料を受け取りながら転職活動ができ、しかも失業中という身分にはならずに転職希望先の面接を受けられるということです。いかがですか」

野口は急にもじもじとし始めた。

「ようは、相手先の企業に、自分の窮状を知られずに面接を受けることが出来るということですよね」

「そうです」真介は力強くうなずいた。「前向きな転職活動と捉える企業も中にはあります。場合によっては間違いなく有利に働きますよ」

野口はしばらくぼんやりとしていたが、やがて真介の顔を見てきた。

「なるほど、たしかにそうかもしれませんね」

真介はもう一度大きくうなずいた。

「では参考までに、これから退職に応じられた場合の流れを概略、説明させていただきます。辞職勧告を受け入れるか受け入れないかは今ここで決めていただかなくても結構ですが、とりあえずはお聞きいただけますよね」

「……分かりました」

よし――。

真介はほぼ確信する。

この野口は、次回の二次面接では間違いなく辞職を受け入れるだろう。

今、この男のデカいアタマのなかには、大金が転がり込み、転職活動もうまくいって、新たな職場で活躍している自分のイメージが浮かんでいる。希望的観測に沿った未来。

最近になって分かってきた。

人間は、受け入れがたい現実は受け入れない。不本意な将来には目を塞《ふさ》ぎ、代わりに自分に都合のいい未来だけを信じる。

（いつかはおれも仕事で成功して、大出世するさ）

（こんなとこ辞めて年収八百万の仕事に就けば、家計もすぐに楽になるはず）

例えばそんな感じだ。さきほど面接した男もそうだった。成功の確率をシビアに弾《はじ》き出すような計算は決してしない。そのための努力もしない。ただひたすら、何の根拠もない、お気楽ご気楽な将来へのイメージへ逃げ出す。リストラの最有力候補になるような愚かな人間ほどそうだ。そしてこの部署には、どうやらそんなタイプが多いようだ。

だから真介はそれを利用する。自分でも自覚はある。はっきり言って鬼だ。ひとでなしのやることだ。

そしてそういう面接態度は、しばしば人の恨みを買う。

クビにした社員に道ばたで待ち伏せされ、思い切り殴りつけられたこともある。出勤したら、『死ね！』という落書きが会社のドアに殴り書きされていたこともある。

でも、これがおれの仕事だ。

気に入っているとまでは思わないが、納得してやっている――。

2

倉橋《くらはし》なぎさは、七時半を過ぎてようやく外廻りから帰って来た。

今日もクタクタだ。重い営業鞄《かばん》を抱え、一日中足を棒にして歩き回っていたせいで、脹脛《ふくらはぎ》がカボチャのように浮腫《むく》んでいる。

「ただいまもどりましたーっ」

そう声を張り上げながら、個人外商部第三課のドアを開ける。

でも、いつもなら元気よく返ってくる職場の同僚の声が、今日は心なしか弱い。

どうしてだろう、と一瞬感じ、すぐに思い出した。

分かった。

今日からあれだ。クビ切り面接の日だ――。

鞄を持ったまま自分の席まで進んでいく。

「よう、お疲れ」

そう言って隣席の先輩、鳴沢《なるさわ》が声をかけてくる。なぎさより三期上の三十五歳。同じ大卒同士で、三課では一番歳《とし》が近いせいもあり、仲が良い。あとはみんな、四十代五十代のオジサンばかりだ。三課に限らず、外商部は平均年齢が異常に高い。たぶん平均すれば四十五歳近くにはなる。なぎさ自身はあまりそう思ったことはないけれど、鳴沢によればこの部署は〈能無しジジイどもの掃き溜《だ》め〉だという。

営業鞄から筆記道具やお客様が買わなかった時計などを取り出しながら、なぎさは口を開いた。

「今日から、面接の日だったんだよね」

先輩とはいえ、この鳴沢とは同じ部署で十年近くの付き合いだ。いつの間にか敬語を置き忘れた関係になっていた。

「うちの課、最初は誰だったたっけ」

「なんだ、おまえ、そんな大事なことも忘れちまったのか」

鳴沢は顔をしかめ、島《シマ》の端の席を顎《あご》で示す。机の持ち主はすでにいない。いつものように定時になるとさっさと帰ったのだろう。野口係長の席だ。

「今日は『がきデカ』だよ。『がきデカ』の番」

鳴沢はさも憎々しげに言葉を放つ。

なぎさは思わず笑った。いくら気に入らないとはいえ、直属の上司を捕まえて、『がきデカ』とはひどい。

「鳴沢さん、その渾名《あだな》、そろそろやめてあげようよ」

「構うもんか」相手は吐き捨てるように言う。「『がきデカ』は『がきデカ』さ」

野口係長の陰の渾名である『がきデカ』の意味が、最初なぎさには分からなかった。

すると鳴沢は翌日、古いコミック本をいそいそと会社に持ってきた。『がきデカ』というタイトルのマンガだった。主人公である『こまわり君』は二頭身のキャラクターで、なにかあるとすぐにおちんちんを剝《む》き出しにする。その顔のデカさと下膨れの肉付きがあまりにも野口係長にそっくりで、なぎさは目尻から涙をこぼしながら笑った。

「で、どうだったのかなあ。結果は」

「予想通り、最悪だったみたいだ。がっくりと肩を落として会議室から帰ってきやがった」いかにも嬉《うれ》しそうに鳴沢は言う。「ざまあみろってんだ。あの『がきデカ』、ついにクビだぜ」

よほど係長のことが嫌いらしい。でも無理もない。数年前にこの『南急百貨店』が五十周年を迎えた一年間、鳴沢は野口係長とセールス・ペアを組まされていた。その際、係長の仕事のあまりの杜撰《ずさん》さに、何度も煮え湯を飲まされていた。実際なぎさも、同じ職場の同僚として何回も尻拭《しりぬぐ》いをさせられた。しかし、鳴沢ほどにはあの係長のことを毛嫌いする気にはなれない。

「でもね、明日は我が身かも知れないよ」むしろ自分に言い聞かせるように、なぎさは言った。「私だって鳴沢さんだって、面接は受けるんだからさ」

「それはそれ、これはこれだ」鳴沢は即答した。「あの能無しが辞めてくれるだけでも、おれは心底せいせいするね。相手の面接官に感謝したいぐらいだよ」

「……」

ここまで毛嫌いできれば、むしろ偉いというべきなのだろう。いつも単純明快かつ剝きだしに人の好悪《こうお》を口に出来る男、鳴沢。なぎさにはその竹を割ったようなはっきりとした性格が少し羨《うらや》ましい。自分もそうなれたら、どんなにか楽だろう……。

なぎさがこの百貨店に新卒として入社したのは、ちょうど十年前だ。

大学時代に日本橋のデパートで売り子のバイトをしたことがある。そのときの経験がとても楽しかったので、この業界を希望したのだ。

しかし、配属先はなぎさの希望とは違ったものだった。三ヶ月間の店頭新人研修が終わったあとは、今の外商部に配属との内示が下った。正直言ってがっかりだったし、一種の営業職である外商部の仕事にはあまり興味が持てなかった。それでもその内示を――少なくとも表面的には――淡々と受け入れた。

どうも自分にはそういう節《ふし》があるな、と最近になって自覚してきた。

なんというか、(私は、何が何でもこうするのだ)という明確な生き方の指針がない。その時々の状況によっていくらでもふにゃふにゃと変節してしまう自分とでもいえばいいのか……だから、隣席の鳴沢のような人間が、時おりとても羨ましく感じられる。

それはともかく、当時のなぎさにとって気分的に救いだったのは、入社当時の外商部には、会社側がとても力を入れていたことだ。

これからのポスト・バブルの時代は、百貨店も待ちの商売ではなく攻めの商売だ。内示を与えてきた人事部長はそう言った。

嘘ではなかった。社会人になってから読むようになった日経流通新聞にも『南急百貨店が今期より外商部門を大幅に強化』という記事が大きく載っていた。

なるほど、と納得できた。じゃあ、その外商部の仕事で頑張っていこう、と。

研修期間は、婦人服販売部・プレタポルテ課に仮配属された。プレタポルテ……高級既製服のことだ。有名ブランド衣類の総称でもある。そのブランドの一つ、『パックス・マーラー』の売場ブースで、研修期間を過ごした。

売場の人間は総勢十五人。内訳は『南急百貨店』の正社員が五人、パートナーと呼ばれるパート人員が五人、メーカーから派遣されている契約社員が五人。シフトを組み、通常は七人体制で売場を廻していた。

『南急百貨店』の店頭で働き始めてから、意外だったことがある。現場の雰囲気が思いのほかギスギスしていたということだ。

以前バイトで働いていた日本橋の百貨店ではそういうことはなかった。パートもバイトも正社員もみんな仲良しで、まるで毎日が学園祭のようなノリで仕事をしていた。

だからこそ、なぎさはこの業界に入ろうと思ったのだ。

一つ年上の意地悪な先輩がいた。正社員だったが、今の野口係長に似て仕事におよそ意欲というものが感じられない先輩だった。上がり時間がくると、いくら残務があってもすぐに帰ろうとする。デパガの通例で、しばしば平日に合コンの予定を入れており、その日などは特にそうだった。

なぎさは馴《な》れない職場で、まだ作業が遅かった。それでも仕事には手を抜きたくなかったので、いろいろと思い悩んだ挙句《あげく》、タイムカードを打ったあとに、サービス残業として店のディスプレイ移動や展示服の合わせ直しなどをやったりしていた。

それでも先輩はなぎさの行動が気に入らないらしく、ことあるごとにチクチクと文句や皮肉を言ってきた。

でも、一番嫌だったのは、表面的にはなぎさににこやかに接してくれているときでも、自分専用の引き出しを開けたときに、『対応は、もっと早くね！』などという先輩からのメモが無断で入っていることだった。なぎさはそのたびにぎょっとした。なんて陰湿なんだろう。冴《さ》えない女に限ってこんなことをするんだよなあ、と悲しくなった。

事実、その先輩は見た目も冴えなかった。たぶん男性にも恵まれていない。だからいつも、がっつくように合コンに出席していたのだ。そして、そんな意地悪をするわりには、時おり気まぐれを起こしてなぎさにおもねるようなことを言う。

(わたしだって本当はこんなこと言いたくないんだけど、あなたのためを思ってなのよ。だから、分かってね)

……正直、ウンザリだった。

そういえば、この研修期間にショックだったことがもう一つあった。

売場の中でよく話をするパートナーがいた。五十代のおばさんで、以前はこの百貨店の正社員だったのだが、結婚を機に退職し、その後の二十年弱でようやく子育ても一段落し、パート社員として復帰していた。人生経験もあるし、昔は正社員だっただけに客あしらいもうまかった。自分ではけっこう仲良しだと思っていた。

でも、ある日の昼食のときだ。

社員食堂で一緒にご飯を食べていると、何かの話のついでに、不意におばさんが実に微妙な表情を浮かべ、「あなたはね、たしかにアタマはいいのかも知れないけど」と言った。「世の中は実際に動いてみないと分からないことも――」

だが、その後につづいた言葉など、なぎさは聞いていなかった。

(あなたはね、たしかにアタマはいいのかも知れないけど)

その枕詞《まくらことば》がぐるぐると頭の中を廻りつづけた。

この人は、今まで私のことをそんな目で見てたのか――。

大ショックだった。それまで食べていたご飯の味がまったくしなくなった。

たしかに私は早稲田を出ている。でも、あんなマンモス私大を出た人間は、世の中に掃いて捨てるほどいる。別に特別のことじゃないよーっ。

それを機に、職場に行くのがとても憂鬱《ゆううつ》になった。本当に仲良くできる人が誰もいない。

メーカーから派遣されている契約社員は歩合制の仕事なので、いつもどことなく緊張し、気が立っている。お客様への誘導販売もエグい。だからなぎさはトラブルを避けるためにも、自分が販売した商品の実績を彼女たちに付けてあげたりもした。でも、なぎさには分かった。彼女たちはその時はなぎさに感謝してみせるが、心底感謝しているわけではない。

(この人はいいよなー。ノルマもなくいつものほほんとしていられるから――)

という感じで接されることが、しばしばあった。

どこか逃げ場がない感じ。腹を割って話せる人間が誰もいない。考えてみれば、この職場には自分とまったく同じ立場の人間など、一人もいないのだと悟った。四大卒の新入正社員。一つ上の先輩は、短大卒。あとの三人の正社員はすべて役付き……。

一時的な電話魔になったのは、ちょうどこの頃だ。学生時代の友人。遠くの支店に配属された同期の社員。とにかく家に帰ると、めったやたらに電話をかけた。そのすべての相手に対して自分の現状について相談をし、泣き言を洩《も》らした。

と同時に、早く、早く外商部に行きたいな、と思った。

外商部なら全員が正社員だし、そのほとんどが四大卒だと聞いたことがある。入社年度が違っても、もっとフランクな感じで仕事が出来るだろう。

売場にいるなぎさが唯一《ゆいいつ》の救いと感じたのは、お客様だった。いかにも、といった感じのおっとりとしたマダムと話すときだけが、なぎさの気の休まる時間だった。

でも、お客様の中にも変わり者はいた。

ある日なぎさが店頭に立っていると、地味な服装をした小柄な若い男が、ブース内に入ってきた。妙に表情の無い男だった。比較的背の高い派遣社員にすたすたと歩み寄っていくと、いきなり口を開いた。

「身長何センチ？」

「一六七センチです」

特に驚いた様子もなく、淡々と彼女は答えた。男は無表情のまま、さらに口を開いた。

「それって、高いほう？」

「高いほうです」

「そう」

と、男は一声上げ、大きくうなずいた。かと思うと、次の瞬間にはさっさと店を出て行った。派遣社員も、何事もなかったかのようにふたたびレジ打ちを始める。

なぎさは茫然《ぼうぜん》とした。

一瞬ためらったが、やっぱり聞かずにはいられなかった。

「今の人、いったい何なんですか」

するとその派遣社員は、いつもノルマに苛立《いらだ》ち気味の彼女にしては珍しく、なぎさに笑顔を見せた。

「いつもなのよ」

「え？」

「毎週金曜の午後、いつもここに来て、同じ質問をして帰る」彼女は答えた。「他のブースでも身長の高い女を見つけては、同じ質問を繰り返しているみたい。でも、自分より明らかに背の低い女性に対してはしないわ」

「……」

「たぶん、自分の身長を気にしているのね。ぱっと見には一六五センチ前後くらいみたいだから。でも、そんな気にするほど低くもないんだけどね」

「……はあ」

「ま、多少変ではあるけど、人畜無害だからあまり気にする必要はないわよ」

多少どころか、相当変だ。世の中には変わった人がいるものだと感じた。

たしかに彼女の言ったとおり、男は毎週金曜の午後に、必ずやって来た。背の高いスタッフがいないときは店の前を素通りし、いるときは必ず店内に入ってきて同じ質問を繰り返した。むろん一六〇センチもないなぎさは、一度も声をかけられなかった。

それどころか振り向かれたこともなかった。

やっぱりこの世の中には、変わった人間がいっぱいいる——。

そしてその男を三度目に見かけた翌日、なぎさは無事に研修期間も終わり、めでたく外商部に異動になった。

「——るわ」

「え？」

隣の声に、ようやく意識の中から戻った。見ると鳴沢が鞄《かばん》を持って立ち上がりかけている。

「なんだ、またぼんやりしていたのか」鳴沢が苦笑する。「ったくおまえ、よくそんなんで年商二億も捌《さば》けるもんだ。感心するよ」

「今、なんて言ったの？」

「だから、おれは先に帰るわ。あらかた残務も終わったしな」

鳴沢は背が高い。そう言って椅子《いす》から完全に立ち上がり、なぎさを見下ろした。

「おまえ、まだかかんのか」

「うん……」

束《つか》の間《ま》迷ったような表情を浮かべたあと、鳴沢は言った。

「何か手伝えることがあったら、手伝うぜ」

「え、いいよー」

いいから、いいから、と鳴沢は顔をしかめ、「おまえで今の三課はもっている。遠慮すんな」

「でも、いいよー」

重ねてなぎさは言った。鳴沢は去年の初めに結婚して、最近子どもが産まれたばかりだ。未《いま》だ独り身の自分と違って、家庭内でも色々と忙しいのだろう。

「本当に、だいじょうぶだから」と、もう一度断る。「たぶんそんなに時間はかからないし」

一瞬、鳴沢は探るような目をした。

「本当に、そうか？」

「ホント」

鳴沢はようやく納得した様子だった。

「じゃあ、おれ、先に帰るぞ。また明日な」

そう言ってひらひらと手を振り、部屋を出て行った。

時計を見る。午後八時半――。気がつくと三課の人間はなぎさ一人になっていた。

軽くため息をつき、書きかけていた営業日報にカリカリとペン先を走らせ始めた。

そんなに時間がかからないというのは嘘《うそ》だ。売り上げ打ち込みも、交通費精算も、明日顧客の家に持っていく商品の下調べもまだだ。やる事は山ほどあった。

十分ほどかけて営業日報を仕上げる。次に交通費精算に移る。これは数分で仕上げ、パソコンの画面でまずは貴金属と時計の社内在庫を呼び出す。呼び出しながらも、思いはふたたび過去へと戻っていく。どうしてだろう。今日はよく昔を思い出す。きっと、リストラの面接が始まったせいだ。今回の大掛かりな面接のため、会社は外部からリストラのプロフェッショナルの人間を雇い入れたという。リストラを専門に請け負う会社だ。大事な人事部の権限をアウトソーシングさせてまで、大量の人間のクビを切ろうとしている。きっと、この面接が終わったあとには、多くの同僚が職場を去っていく……。

研修期間を終え、店頭から外商部に異動したあの日。

待ちに待った正式な職場だった。今でもそうだが、その当時から外商部は個人・法人の部門も合わせて、見事にオジサンばかりの仕事場だった。みんな、なぎさにとっては父親と同じくらいの歳《とし》だった。

逆にそれが、なぎさにとっては幸運に働いた。

上層部が外商部に力を入れようと、新しく配属されてきた新入社員。しかも新卒では初めての女性。さらには有名四大卒……オジサンたちはのっけからなぎさに興味津々《しんしん》の様子だった。

何かにつけ、親切にもしてくれた。盛大な新入社員の歓迎会も開いてくれた。OJT（実務研修）で外商部のベテラン社員に同行して外廻りをしているときなど、昼食はいつもオジサンたちの奢《おご》りだった。大きめの商品を取りに行くときなど、手の空いている同僚が一緒に運搬を手伝ってくれたりもした。

なぎさは今まで集団の中で、こんなにも大事にされたことは皆無だった。

まさしく、

(え?　この扱いはいったいナニ?)

という感じだ。

いったい私は、何者??　これって、アイドル???

反面、わずかにいた中年のオバサンたちからは辛《つら》く当たられぎみだった。注目を集めている新卒の女子社員。ある種の嫉妬《しっと》だ。一度など、面と向かってこう言われたこともある。

「バカ面《づら》ぶらさげて、しゃべってんじゃないわよ」

その時は半泣きになりながらも頭を下げつづけた。

ごめんなさい。ごめんなさい。

私に何か悪いところがあったら、謝りますから。

でも、そのあと給湯室で一人しょげていると、入れ替わり立ち替わりオジサンたちが慰めに来てくれた。

だいじょうぶだよ。あんなヒステリーの言うこと、気にすることはない。

なぎさちゃんの若さに嫉妬してんのさ。

そう言って明るく笑い飛ばしてくれた。

今の野口係長にしてもそうだった。

十年前から変わらず『こまわり君』のように顔は大きかったし、仕事にもいい加減なノリは見えたが、それでも今よりはずっとしゃんとしていた。部下の管理ももう少しマメにやっていたし、ある種の正義感のようなものも持っていた。

デパートは食品を含めた様々な生活用品を扱っているから、しばしば至るところに『デパ虫《ちゅう》』と呼ばれる虫が湧《わ》く。気をつけてみると、部屋の隅をゴキブリが這《は》いまわっていることもある。

そんなある日のことだ。なぎさは例によってオバサンにねちねちと小言を言われていた。すると不意に野口がその背後を通りかかった。最初、野口がそのオバサンの席に何を置いたのか分からなかった。何か小さな灰色の物体。直後、野口は喚《わめ》いた。

「斎藤さん、机の上！」

斎藤と呼ばれたそのオバサンが驚いて机の上を振り返ると、野口はさらに叫んだ。

「あっ、ネズミだ！」

「ひっ」

オバサンは仰天して椅子から転げ落ち、床に尻餅《しりもち》をついた。でも、机の上にあったのは単なるネズミのゴム人形だ。野口のひどいイタズラだった。周囲のオジサンたちがゲラゲラと笑い声を上げた。野口はあまりにも虐《いじ》められているなぎさを見かねて、助け舟を出してくれたのだ。それっきり、そのオバサンからのいじめは止《や》んだ。

……だからなぎさは、現在の野口係長からどんなに迷惑をかけられようが、その仕事ぶりと態度にどんなに失望しようが、彼のことを心底毛嫌いする気には、今もなれない。

仕事に関しては、なぎさは最初から飛ばした。

一ヶ月のＯＪＴのあと、なぎさに割り当てられた個人外商のエリアは、世田谷区の東半分だった。これが結果的には良かった。渋谷に隣接する地域。当時の渋谷には、この時期以降に急激な隆盛を迎えつつあったＩＴベンチャー系の企業が無数にあった。ＩＴ業界の周辺で潤《うるお》っている企業も限りなくあった。

そして、その社長や取締役たちは世田谷の東半分に住んでいる場合が多かった。

社長たちやその奥様に対して、なぎさはあらゆる高額商品を売った。一千八百万もするピアジェの腕時計。三百万のカルティエのネックレス。八百万のカッシーナのソファ三点セット。変わった商品では、一千万以上もする金屏風《びょうぶ》や掛け軸を売ったこともある。一度などは、『南急百貨店』系列の外車ディーラーと協力して、二千五百万のフェラーリを売った。

むろん、売るための努力も惜しまなかった。休日にゴルフに誘われれば自腹を切って付き合い、奥様の誕生会にも欠かさず出席した。クリスマスプレゼント、バレンタインデー、ホワイトデー、七五三、結婚式の引き出物……よく考えれば、商品を売り込むための行事は、この日本にはいくらでもある。

なぎさはその四半期ごとに倍々ゲームで売り上げを伸ばしていった。当初の目標数字だった四半期で五百万の数字は、一年も経《た》たないうちに一千万になり、三年後には二千万になり、四年後には一年通期で一億の売り上げを弾《はじ》き出すようになり、少なくとも実績面では、この道十年二十年のベテラン外商マンと完全に肩を並べるようになった。

さあ頑張るぞ、と意気込んで配属された職場で、面白いように仕事の実績が上がっていく。周囲の人間も気持ちよくサポートしてくれる。上司の評価もうなぎ上りに上昇していく。

こういう状態で仕事が楽しいと思えない人間はいないだろう。なぎさもそうだった。五年目ごろまではもう、この仕事が最高に楽しかった。

だが、七年目を迎える頃から次第に息切れを覚え始めた。売り上げが伸びていくにつれ、捌く商品の量、フォローしなければならない顧客の数が、天井知らずに増えてゆき、次第に自分のキャパを上回るようになってきた。

やればやっただけ、売れば売っただけ、来期には更なる上乗せの目標が与えられる。ずぶずぶと、次第に身動きの取れない状態にはまっていく。営業職が蟻地獄《ありじごく》といわれる所以《ゆえん》だ。

その頃までになぎさの年間売り上げ目標は、一億八千万を超えていた。六十人の個人外商部門ではトップの成績だ。売り上げに対する粗利《あらり》は二十五パーセントほどだから、この時点ですでに年間四千五百万ほどの利益を会社に与えていたことになる。

八年目。ついにその目標は年間二億に到達した。新人のときの目標から十倍になった計算になる。もう、完全に限界だった。

年度初めの営業目標設定会議。課の人間はみんな、自分の数字を増やされないようにと必死になる。増やされればその分だけ、自分の首を絞めることになるからだ。なんだかんだと理由をつけ、目標の増額を突っぱねる。当然その皺寄《しわよ》せは、黙ったまま数字を受け入れる人間に廻ってくる。三課の場合は、なぎさだ。七年目以降は、もうずっとそんな感じで数字の上乗せをさせられてきた。

（もう、いい加減にして。私だって限界よっ）

そんな言葉が何度も喉元《のどもと》まで出かかった。

でも、結局は言えなかった。会議の席上で自分の周りに座っている四十代五十代のオジサンたち。みんなも疲れ切っている。私がまだ配属されたてのヨチヨチ歩きだった頃、ずいぶんと良くしてくれた。陰に陽に自分を励ましてくれた。だから私は少なくとも最初の五年間は、とても楽しく仕事が出来た。実績も上がった。

未だ気楽な独り身の私とは違って、彼らには家庭がある。子どももいる。ボーナスが下がったり、昇給率がダウンすれば、きっと生活だって苦しくなる……。

だから、結局は唯々《いい》諾々《だくだく》と数字のアップに従った。その一年、必死に頑張って目標をクリアした。連日深夜までの残業がつづいた。休日も返上して、お客様の間を飛び回った。

九年目、同じような雰囲気の会議が繰り返され、なぎさは危うく二億に一千万の上乗せをさせられそうな状況になっていた。野口係長が渋りに渋った一千万の上乗せが、こちらに廻って来そうだったからだ。

その時だった。それまで黙ったまま腕組みをしていた鳴沢が、いきなり唸《うな》り声を上げた。

鳴沢もまた、なぎさほどではないにしろ、年間一億七千万という非常に厳しい数字を持たされていた。しかも、もともとあまり実績の上がりにくいエリアの担当だった。

「おいっ、あんた！」鳴沢はそう怒鳴り声を上げ、上司である野口を刺すような勢いで指差した。「あんたが断れば、またなぎさが上乗せになるんだ。それを知ってて突っぱねてんのか。えっ！」

「なにっ」

「ふやけきって意味が分からないのか。だったら何度でも言ってやる。少しは恥ってもんを知れよっ」

　そのあまりの罵倒《ばとう》に、さすがに野口係長もブチ切れた。

「ふざけるなっ。それが上司に対する口の利《き》き方かっ」

「何が上司だっ。今までにもおれたちに散々《さんざ》っぱら迷惑かけやがって、この死に損ない！」

　立ち上がりながら鳴沢はテーブル越しに腕を伸ばし、野口係長のネクタイを摑《つか》んだ。強引に自分の側へと引き寄せようとする。首が絞まり、野口係長の目が一瞬裏返る。

「やめろっ、鳴沢」課長が怒鳴りながらその腕を引き剝《は》がそうとした。それでも鳴沢はネクタイを離そうとしない。

「てめえなんかとっとと会社辞めちまえ！」

周囲は騒然とした。

「冷静になれよ！」

「冗談じゃねえぞ、こんな夜中に」

「誰か、もう一方の腕を押さえろっ」

「いい加減にしてくれよ！」

その場にいたオジサンほぼ全員が一斉に喚き始めた。

なぎさが今までに経験した中で、最低最悪の目標設定会議だった。

「やめろ！」不意に一人がひときわ高い大声を上げ、机をバンと叩《たた》いた。「なぎさちゃん、やんが泣いてるだろっ！」

途端、場はしんと静まり返った。みんなが驚いたように一斉にこちらを振り向く。

鳴沢も驚いた顔でネクタイを離す。

なぎさもようやく気づいた。知らぬ間に自分は涙を流していた。

……結局、なぎさへの一千万の上積みはなくなった。鳴沢が五百万を引き取り、残る五百万を残るオジサンたちが百万ずつ引き受けた。

それからこの二年間は、なぎさの目標額は二億のままだ。

でも、やっぱりこの数字はきつい――。

度重なる業界の不祥事でITバブルが弾けきったこともある。六本木ヒルズ周辺に多くの顧客が引っ越していってしまったせいもある。去年は、入社以来初めて目標数字をクリアできなかった。そして今年も、今の数字の推移ではかなり危うい。

たぶん、来週の面接では、相手のリストラ請負人にそのことも突っ込まれるだろう。

――けど、それでもいいか。

突っ込まれるのなら、突っ込まれてもいい。

クビになるのなら、もうクビになってもいい。

もちろん、与えられた数字は仕事だから必死に努力する。絶対に手は抜かない。

……でも、私はもう、疲れた。

ようやく商品のピックアップが終わったころには、すでに十時を過ぎていた。個人外商部のフロアには誰もいなくなっていた。

手早く机の上を片付け、奥のロッカーまで行ってスプリングコートを羽織る。ふたたび自分の席まで戻っていき、デスクの上のバッグを手に提げたとき、ちらりと鳴沢の席が目に入った。

つい微笑《ほほえ》む。

鳴沢は、その言動に荒っぽいところはあるが、やっぱりいい男だ。なぎさが困っていると何かと世話を焼いてくれるし、他の男のようになぎさの営業成績を羨《うらや》ましがることも、嫉妬するようなこともない。

（おまえはそれだけ頑張っているんだ。当然だろ）よく鳴沢は言う。（そんな人間が困っていたら、手助けするのは当たり前だ）

やっぱり、とても人柄がいい。あれであんなふうに大柄ではなくて、顔も厳《いか》つくなくて、マッチョめいた言動をするようなタイプでなかったら、とうの昔に惚《ほ》れていたかも知れない。

なぎさは昔から、あまりにも男臭い男性は好きではない。もっとなよなよとした、どちらかといえば頼りなさそうな男が好みだ。どうしてかは自分でも分からない。顔がジャニーズ系の甘めの面立ちなら、一層いい。そんな男が困っているような表情を浮かべていると、つい寄り添ってあげたくなる。

ちなみにそんななぎさの好みは、学生時代からの友人の間では散々な不評だ。最低だとよく言われる。

（だからなぎさは、いっつも男運がないんだよー）

（前の男にだっていつの間にか二股《ふたまた》かけられてたじゃん。ったくもう、本当に学習効果がないんだから）

（だいたいさ、あんた、ただでさえ出会いの少なそうな職場なんだから、せめて男の好みだけでもしっかりしないとね）

……たしかにそうだと思う。おかげで三十二にもなって未《いま》だに独身だ。でも、結婚はしたいが、自分の好みを曲げてまでしたいとは思わない。

どこかにいないかなー。いい男。

ふと思い出す。

そういえば、この前、社内ですれ違ったすらりとした若い男……あれはいい男だった。ほどよく優男《やさおとこ》ふうで、それでいて仕事は出来そうな雰囲気があった。細面の表情も穏やかそうで、やや甘めの顔つき。三つボタンのブラックスーツに、薄いブルーのシャツにモスグリーンのタイをカッチリと合わせていた。いかにも隙《すき》のなさそうな服装も、なぎさの好みだった。

でも社内の人間ではない。あの服装からして、たぶん高級男性服飾かイタリア家具あたりの納入業者だ。

どこの社員だろう——。もう一度出会わないかな……。

そんなことを思いながらドアの脇《わき》で立ち止まり、フロア全体の電気をすべて消し、会社を出た。

3

うぅ……。

頭が痛い。

脳裏にガンガンと響き渡る目覚まし時計の音で、ようやく陽子《ようこ》は目覚めた。少し不安だった。昨夜はかなり酔っ払っていたので、いったい何時に起きるようにセットしたのかよく覚えていない。腕を伸ばし、枕《まくら》もとの時計を止める。午前七時十五分になっている。

安心する。九時の約束。あれだけ酔っ払っていても、ちゃんと間に合う時間にセットしていたのだ。

なんとかベッドから身を起こし、バスルームへと歩いていく。今日は朝ご飯はいらない。まだ胃の中が少しおかしいし、食べている時間もない。バスタブの追い焚《だ》きのスイッチを四十一度に設定し、洗面所で歯を磨き始めた。

「……」

舌の表面も含めて歯の裏まで丁寧にブラッシングし終えるのに、十分近くかかった。今度は歯間ブラシを使って、徹底的に口内を洗浄していく。さらに五分。仕上げに移る。ブレスケアを通常の倍の六粒、口に放り込み、水とともに胃の中に流し込む。

これで、完璧《かんぺき》。

いつもならここまではやらないが、飲み明けの、特に今日は別だ。

それからようやくパジャマを脱ぎ、バスルームに入って、熱いシャワーを全身に浴び始めた。

陽子はこのマンションの部屋を六年前に買った。三十六歳のときだ。間取りは1LDK。七階建ての七階にある。新築で二千二百万した。そしてその時点で、一生一人で生きていくことを決めた。

ようやく全身から昨日の垢《あか》をすべて洗い流せた気分になったころに、お湯が沸いた。給湯パネルの時計を見る。七時三十五分。たっぷり二十分は浸《つ》かれるな、と思う。それくらい熱いお湯に我慢して浸かれば、まだ体に残っているアルコール分も完全に毛穴から抜けるだろう。

湯船に浸かり、ふとため息をつく。

それにしても、昨日は散々だった。

陽子はつい二週間ほど前に転職した。二十年近く勤めた建材メーカーの営業企画推進部を辞職して、そのメーカーも会員である同業種協会『関東建材業協会』の事務局勤めへと仕事を変えた。

カッコよく言えば、去年の年末にこの協会の会長と事務局長からヘッドハンティングの誘いを受けた。

用意された当座のポストは、事務局次長だ。一通りの仕事を覚え終わるだろう三ヶ月後には、現在の事務局長が退任する。そして陽子がその後釜《あとがま》に座るというものだった。事務局のスタッフは派遣社員が二人。局長だけが正式な団体職員だ。そして事務局長のポストは、その仕事の性格上、建材メーカーの販促部なり企画部出身の人間が、歴代勤めてきている。ちょうど、これからの陽子がそうなっていくように。

そして昨日、各建材メーカーの社長の集まりである〈春季定期総会〉が行われた。ホテルのバンケットルームを借り切って行われた定期総会。陽子はそれまでの営業販促の仕事で、首都圏の社長の約半数とは知り合いだった。それでも事務局長に促され、壇上に上がって三十人ほどの社長の顔と対峙《たいじ》したときには、かなり緊張した。

事務局長から陽子の簡単な紹介があった。三ヶ月後には陽子が今の事務局を引き継ぐこと、以前勤めていた『森松ハウス㈱』ではかなり有能な企画社員であったこと。

一通りの説明が終わったあと、陽子は全員に向かって挨拶《あいさつ》した。

「ただいまご紹介に与《あずか》りました芹沢《せりざわ》陽子です。まだまだ若輩者でもあり、この事務局での仕事もやり始めたばかりではありますが、精一杯努力してまいりますので、みなさま、どうぞよろしくお願いいたします」

予想外に盛大な拍手が上がり、

よろしくー、

頑張れよー、

というかにもこの業界らしい掛け声も席上から聞こえてきた。

陽子は内心ほっとした。自分はまずまずの滑り出しをしたのだ、と思った。

総会自体の内容は完璧に理解出来た。事務局の仕事は、社長たちの親睦《しんぼく》・交流を図り、業界全体の販売促進活動のためにある。特にその販売促進活動は、社内的な規模とはいえ、陽子がこれまでずっと取り組んできた仕事だった。会議場で交わされる専門用語や業界独特のモノの考え方は、以前からお馴染《なじ》みのものだった。

だが、問題は、そのあとの親睦会を兼ねた宴会だった。

どこの業界でも、社長という人種は――ある程度の社会的成功者のせいか――自我の肥大している人間が多い。対人関係的にはお山の大将でもある。特に荒っぽい風潮のある建材業界はそうだ。そんな人間が三十人、しかも酒が入ったときの事態を、陽子は迂闊《うかつ》にもまったく想像していなかった。

最初のころはまだ騒がしいというぐらいのレベルだったものの、和宴会場での宴《うたげ》も半ばを過ぎると、もう、乱れに乱れた。コンパニオンと共に大いに盛り上がる社長。おれの唄《うた》を聞け、とカラオケマイクを握り締めて離そうとしない社長。議論が高じて揉《も》め出した隣り合う社長。剝《む》きだしになった人間模様も実に様々だった。そんな宴席の中を陽子や局長は忙しく立ち回った。口論を宥《なだ》めたり、話し相手をしたり、お酌をしたり、返されたり、もう目が廻るような忙しさだった。とても自分の席に腰を下ろして食事を口に運ぶ暇はない。空きっ腹に絶え間なく返杯を流し込むのだから、次第に酔ってもきはじめた。

中には馴れ馴れしく陽子の膝《ひざ》に手をかけてくる社長もいた。すかさずその手を撥《は》ね除《の》けたいのをぐっと我慢し、笑顔でいなした。若い頃の営業時代にも、セクハラは散々経験した。これぐらいはお手の物だ。

と、腕をそっと押し戻された相手は、なにが面白いのかいきなりゲラゲラと笑い出した。

「お、手馴れてるねーっ。やっぱり人間は、年輪かなっ」

思わずむっとする。持ち前の勝気さが急激に頭をもたげてくる。

……なんだ、それ。

このあたしがおばさんだとでも言いたいのかぁ？　だったらそうやって人の太腿《ふともも》をべたべた触るんじゃないっ。

しかも、このあたしを相当下に見ている。年齢ではない。立場ということだ。

くそ。

腹立たしいことこの上ない。

それでも引きつった笑顔を浮かべながら杯を返した。目の隅で捉《とら》えた。いかにもヤンキー上がり風のコンパニオンが陽子を見て、小馬鹿《こばか》にしたようにくすりと笑った。

このやろう――。

席を移りながらも密《ひそ》かに毒づく。次回の総会では、絶対におまえのコンパニオン会社には仕事を頼まないからな。

だが、何よりも我慢がならなかったのは、どうやら大半の社長たちから、（本当にこの女は、自分たちの良き相談相手になるのだろうか）という目で見られているらしいことだった。

事務局に入りたてだから、まだ信用されていない。そしてそれを、なんとなく態度で示されていることだった。

陽子は自分の外見を分かっている。

先ほどの会議冒頭での盛大な拍手は、陽子が女だったから——しかも四十過ぎにしてはまずまず見目のいい女だから、みんなが拍手をしてくれたに過ぎない。

何やら真剣に語り合っている社長たちのもとに行くと、急に話題を変えられる。陽子には聞かれたくないらしい。

会議での懸案事項に関して自分の考えを口にすると、「ああ、それは心配してくれなくてもいいよ。事務局長とあとで相談するからさ」と軽くあしらわれる。まるで子ども扱いだ。相手にされていない。

くやしい。悔しい。

セクハラにもなんとか我慢は出来る。オバサン扱いされることも、さすがにこの年齢になるとたまにはある。

でも、このお飾り的な扱いだけにはどうしても我慢が出来なかった。

あたしはね、こう見えても仕事はけっこう出来るんだぞっ。

宴会が終わり、出席者のうちの元気のいい社長たちがホテルの地下にあるカラオケ・バーに流れていくことになった。二次会だ。陽子は束《つか》の間《ま》迷った。すでに相当に酔い始めている自分も自覚していた。人の良い事務局長も心底心配して、「芹沢さんさ、初めてで疲れたでしょ。たぶんもう仕事の話も出ないし、今日は退《ひ》けてもいいと思うよ」と言ってくれた。

危うく納得しかけ、直後には心の中で慌《あわ》てて首を振った。

そうはいくか。

首都圏の社長たちが一堂に集う機会。滅多にない。この場である程度顔を売り、親しくなっておかなければ、ゆくゆく自分が局長に昇格したとき、意思の疎通《そつう》に苦労するのは目に見えている。重要な懸案でお互いに腹を割って話し始める時期が、ますます遠くなっていく。

だから陽子は二次会に出席した。ちらりと明日の約束が心をよぎった。でも、なんとかなる。なるべくアルコール濃度の薄い水割りを飲む。そしてチェイサーの水をしこたま飲む。そうすればこれ以上は酔わないはずだ。

見通しが甘かった。

二次会にまで付いてきた陽子を見て、社長たちは上機嫌だった。酒もかなり入っているせいで、かなりはしゃいでもいた。はしゃぐだけならまだしも、陽子にさかんに酒を勧めてきた。

(よっ。次期局長、やる気満々だねー)

(いやー、嬉《うれ》しいよ。いつも二次会は男ばかりでむさくるしくてね)

(あんたは女だてらに、偉いっ)

などと好き勝手なことを言われながら、濃度の強い水割りをさかんに勧められた。仕方ない。陽子も断らなかった。断るぐらいなら、最初から二次会には出なければいい。局長が、かなり心配そうな表情で自分を窺《うかが》っているのが分かった。それでも陽子はグラスを呷《あお》った。

何人かがカラオケを歌ったところで、陽子にも一曲、という声がかかった。一瞬考え、歌う曲をチョイスした。こんな場では自分の好きな曲を歌ってはいけない。見せるために歌うのだ。社長たちに、こんな曲だって歌えるんだよ、という自分の姿をしっかりと焼き付ける。そして多少は見直させる——。本当はこんな猿回しのサルの役などやりたくはないが、まずは仲良くなり、信用を得るための第一歩だ。負けるもんかと思う。その負けん気を、さらに深い作り笑顔で包み込む。

選んだ曲は、和田アキ子の『あの鐘を鳴らすのはあなた』。

マイクを握るとすぐにイントロが流れ始めた。

陽子は出だしを歌い始めた。

♪あなたに逢《あ》え〜てぇ　よぉかぁあったー
　あなたには希望の　匂《にお》いがす〜るぅ

案の定、社長たちは大盛り上がりだった。曲が終わったあと、ふたたび飲まされた。さらに酔った。二度目にマイクを握ったときには、どこかの社長と肩を組んで、季節がら坂本冬美の『夜桜お七』を歌った。

♪さぁくぅらあ〜　さぁくぅらあ〜
　花ふーぶぅ〜ぅきぃ〜

……これもバカウケだった。

ふう――。

バスタブに浸かったまま、ふたたびため息をつく。

ま、昨日はやれるだけはやった。いいか。

気がつくと湯船に浸かって既に二十分が過ぎていた。額に玉の汗がびっしりと浮いている。

バスタブから出て、手早く髪と体と顔を洗い、バスルームを出たのが、八時十五分。洗面所で髪を乾かし、顔に化粧水を叩《たた》きこみ、八時半。それから寝室のクローゼットにいき、服を着た。ブルージーンズを穿《は》き、辛子色《からしいろ》のタートルネックにヘマタイトのペンダントを付ける。サンドベージュのハーフコートを羽織る。ふたたび洗面所に戻る。眉山《まゆやま》を整えてラインを引き、口紅を軽くつけて化粧は終わった。

あいつは、あたしが濃い化粧をするのをあまり好まない。

以前に言っていた。

おれはさ、すっぴんの陽子のほうがいいな。

そして、笑ってこう付け加えた。

どうせ裸になれば落ちちゃうしね、汗で。

ふん。

つい一人、苦笑する。あいつは馬鹿だ。いつでもどこでもお下劣なことを平気で口にする。そして、そんなロクデナシと、気がつけば付き合っている自分がいる。

時計を見る。八時五十分。リビングの窓を開け、ベランダに出てメンソールの煙草《たばこ》——セーラムに火をつけた。春の空。今年は暖かいようだ。遠くに桜が咲きかけている。口元から零《こぼ》れ落ちていく煙が、ゆったりと風に流されていく。

マンションの脇《わき》を、府中駅から伸びてきた幹線道路が走っている。道路はマンションの敷地の少し先で緩やかなカーブを描いている。そのカーブに、一台の小さなクルマが姿を現した。オープン・カーだ。丸っこい、ちょうどお椀《わん》を伏せたような愛嬌《あいきょう》のあるカタチをしている。ダイハツのコペン。軽快な挙動でコーナーを抜け、こちらに向かってくる。相変わらず運転がうまい。

と、直線道路をこちらに向かって入ってきたとき、ヘッドライトが二回、点滅した。思わず笑う。馬鹿は本を読まないから目がいいと言うが、あいつもそうらしい。ベランダに出ているあたしが、よく見えている。

もう一度煙草をふかし、灰皿に揉み消す。それから洗面所に行き、リステリンを口に含む。たっぷり一分ほどうがいをして、吐き出す。それから一度水を含み、くちゅくちゅとリステリンの匂いを消す。会う前に口内洗浄液を使ったと知られるのは癪《しゃく》だ。

下の玄関のオートロックを解錠して二分。玄関のチャイムが鳴った。いそいそと、だが急がずに廊下を進んでいく。ドアのロックを外す。途端——

「やあ陽子、オハヨー」

言いながら、すらりとした若い男が入ってくる。何が嬉しいのか、相変わらずニコニコとしている。

村上真介。陽子より八歳年下の今の彼氏。

「おはよう」

そう返した直後には、真介の顔が目の前にあった。軽く抱き寄せられ、唇で口を塞《ふさ》がれる。舌まで入れてくる。やっぱり。

この男。おまえはいったいラティーノか。

でも、口の中を徹底的に洗浄しておいて良かった。たぶん酒のにおいもしない。

たっぷり十秒ほど陽子の口を吸ってから、真介は顔を引いた。さらに身を引き、陽子の顔をまじまじと見つめる。

「……なによ?」

いや、と真介は軽く首を振った。そして笑った。

「陽子、今日はちょっと顔がむくんでるぞ」

「……」

今日は、前々からドライブに行こうと約束していた。

富士五湖あたり、どうよ。前に真介は言った。本栖湖《もとすこ》まで行ってのんびりといい景色を見る。で、帰りは道志《どうし》村の温泉にゆっくりと浸《つ》かって、帰ってくる。

いいね、それ。陽子も笑って答えた。賛成。

「どうする？　すぐ出かける？」

「いや。とりあえず部屋に上げてもらおうかな」

「コーヒーでも飲む？」

「あ、水でいいよ」

冷蔵庫からペットボトルを取り出し、グラスに注ぐ。カウンターを廻って、カーペットの上に両足を投げ出したままの真介に手渡す。

「道、混んでた？」

「——そうでもない」水を飲み干して真介は答えた。「武蔵境から四十分ほど。それよりさ、昨日のドキドキ総会はどうだったよ？　うまく行った？」

つい警戒する。

「なんで？」

「その顔さ」真介は微笑《ほほえ》んだ。「しこたま飲みましたって、顔に書いてある」

「そんなことないよ」

「いや、飲んでいる」真介はしつこい。「どんな感じだったのか、教えてくれよ」

束の間迷った。

たしかに真介には、今度の転職のことではしばしば相談に乗ってもらった。この男には過去に二回ほど転職経験がある。そして現在の仕事がら、人が否応《いやおう》なしに転職を決断する場面にも、数多く出くわしている。相談すれば、なにかしら陽子の参考になる意見が必ず返ってきた。だからその延長線上で、昨日の総会の件もちょっと不安だと以前に洩《も》らしていた。真介は笑って『ドキドキ総会』だと呼んだ。だからまあ、答える義理があるといえばある。

でも、やっぱり言わないことに決めた。いったん言い出せば、洗いざらい全部ぶちまけたくなるのが自分の性分だ。宴会場での情けない思い。言えば真介は同情する。膝《ひざ》を触られ、一緒に肩を組んで歌を歌ったこと。知れば真介だっていい気持ちはしない。

……待てよ。

ひょっとしたら下衆《げす》なこの男のことだ、ゲラゲラと笑い出すかもしれない。それはもっと嫌だ。

「特に」わざとそっけなく陽子は答えた。「まずまずの滑り出しだったわ」

「へえ〜」

その口調。明らかに信用していない。

「本当よ」

「念なんか押さなくていい」

「だから、本当だってば」

「はは」

「この――」

思わず口ごもり、真介の頭を拳《こぶし》の先で軽く小突いた。

「痛っ！」

真介は顔をしかめ、大げさに転がってみせる。そして転がったまま笑っている。呆《あき》れた。ぜんぜんそんな強くは叩いていないのに、なんでこういうたちの悪いことをするのか。どうしていつもこの男はこうなのか。

八歳も年下のくせして、本当に生意気だ。始末に負えない。人や物事に恐れ入るということを、まったく知らない。たぶん人を値踏みするような罰当《ばちあ》たりな仕事に就いているせいだ。そう。本当にこいつはロクデナシだ。

何を隠そう陽子も一年前、危うくこの男にクビにされかかったのだ。

陽子がいた建材会社に乗り込んできた『日本ヒューマンリアクト㈱』とかいう、いかにもいかがわしい社名のクビ切り職能集団——だいたい吹けば飛ぶような極細《ごくぼそ》零細企業に限って、〃日本〃とか〃アジア〃とか、その冠に大げさな社名を付けて見栄を張りたがる。そんな会社の面接官の一人が、この村上真介だった。

面接室でこの男の顔を初めてみたときの印象は、今でも鮮明に覚えている。糠味噌《ぬかみそ》くさいジャニーズ系。美男子、といえば言えないこともないが、ぱっと見た全体の雰囲気がふにゃふにゃとしていて、とにかく軽薄この上ない。しかもその横には、池袋辺りのキャバクラ嬢かと見間違えるような白痴美人のアシスタントを、恥ずかしげもなく鎮座させている……。こんな男にクビを切られるのかと思うと、眩暈《めまい》さえ覚えた。

でも、どこでどうボタンを掛け違えたのか、この好色男の巧妙な、そして強引な手口にまんまと引っかかってしまって、現在に至っている。

ふう——。

あたしもまた、どうしようもない。

「あれ？」真介が不意に怪訝《けげん》そうな顔つきになった。「今、笑うところ？」

「なんでもない」陽子は答え、相手の手の中から空になったグラスを取り上げた。

「さ、そろそろ行こう。昼前にはあっちに着いて、のんびりしたいしね」

「分かった」

手早く支度を済ませ、キャップを被《かぶ》り、真介とともに部屋を出た。

エレベーターで一階まで降りてゆき、エントランスを出る。来客用の駐車スペースに停めてある銀色のコペンに乗り込む。オープン・カーというのはどういうクルマでもそうだが、屋根を閉じているとかなりの圧迫感がある。特にこのコペンはそうだ。ひどく小さなクルマだからだ。案の定、エンジンをかけながら真介が聞いてきた。

「屋根、開ける？」

陽子はうなずいた。

「そうして」

みーん、とセミの鳴くような音がして、電動ルーフがかくかくと後部トランクに吸い込まれていく。頭上が開いていく。フロントガラスのピラーの上に、駐車スペースのコンクリートの梁《はり》が見える。そしてその向こうに、春霞《はるがすみ》のたなびく空が広がっている。どこかで雲雀《ひばり》も鳴いている。ドライブなど本当に久しぶりだ。陽子の気分も、その春の空に広がっていく。吸い込まれていく。

「じゃ、いくよ」

ギアをローに入れながら真介が言う。

「うん」

　と、つい弾んだ声で答えた。

　そろり、と駐車スペースの段差を跨《また》ぎ、マンションの前の小道に出る。ゆっくりと二速で進んでいき、国立府中インターへと向かう幹線道路に出る。

　三速、四速と、真介は軽くタッチするような手つきでギアをシフトアップしていく。コペンの動きはそのギアチェンジの途切れ目をほとんど感じさせない。実に滑らかな加速をしていく。かつてはセミプロのバイクレーサーだっただけあって、この男は乗り物の運転が本当にうまい。

　今日は特にそうだ。いつもならもっとキビキビとしたクルマの走らせ方をするが、先ほどから何故《なぜ》か、クルマに対してとても優しい乗り方をしている。カーブでもいつものようにシフトダウンを多用せず、アクセルを抜いてゆっくりとスロウダウンしていく。

　――ん？

　でも、さきほどマンションから見たクルマの動きは、いつものように軽快だった。もっと力強い感じでコーナーを抜けていた。

　ようやく気づいた。

クルマに対して優しいのではない。まだ二日酔いが残っているかもしれない助手席のあたしに対して、気を遣っている。

「ねえ、真介」気がつけば口を開いていた。「優しい運転だね」

不意にその横顔から、白い歯がこぼれた。

「バレた？」

そう言って真介は笑った。陽子も笑った。くそ。たぶんこいつは内心、点数を稼いだと思っている。

街道沿いに延々とつづく桜並木。ほころび始めた花弁の香りと共に、風を運んでくる。陽子の左右を通り過ぎていく。

今日は、いい日になりそうだ。

4

翌週も、真介は相変わらずの面接漬けだった。

午前中、いつものように二つの面接をこなし、午後一時少し前に川田美代子と共に昼食から帰ってきた。

「村上さん、ありがとうございまーす」

席に着きながら、川田はもう一度同じセリフを繰り返す。うん、と真介は笑ってうなずく。先ほど昼食をすませたとき、真介は彼女の分も支払った。というのも、二人目の面接が意外に長引き、終えたときには十二時を廻っていた。年度末というせいもあるのか、新宿駅の西口周辺の料金の手ごろな店はどこもひどい客待ちの状態で、とてもすぐに入れる感じではなく、午後の時間に間に合いそうになかった。真介たち二人は仕方なく、いかにも値段の高そうな和食料理屋に入った。

「申し訳ないけど、ここでいい？」入るときに真介は確認した。

えーっと、と川田は束《つか》の間《ま》迷ったようだったが、結局は「いいですよー。仕方ないですもんね」とあっさり答えた。でも、彼女はよほどのことがない限り、嫌だとは言わない。

真介は、その『えーっと』がやっぱり気になった。給料日の一日前。実家からの通いとはいえ、手持ちが少なくなってきているのかも知れない。だから支払った。

川田美代子はそのご面相からも分かるとおり、真介の会社に来ている派遣社員の中ではずば抜けて美人だ。

（いいよなー、おまえ。あんな可愛《かわい》いアシスタントが付いて）

中にはそう言ってあからさまに羨《うらや》ましがる同僚もいる。一時期は社内であらぬ噂《うわさ》を立てられたこともあった。真介は内心おかしかった。

たしかに川田美代子は魅力的だ。でも真介にはまったくその気はない。万が一彼女のほうにその気があって、幸運の女神が微笑んでそれらしき機会が訪れてきたとしても、たぶんそうはならない。たしかに美人だとは思うし、一見ぽーっとしているような印象も受けるが、その実は意外と気が利《き》いたりもする。非常に素直でもある。でも、やっぱり真介の好みではない。

陽子――。

ふと週末のことを思い出し、笑う。

最初にキスをしたとき、彼女の口の中には妙な清涼感が漂っていた。多少顔がむくんでもいた。総会の話は聞いていた。その時点で、ははーん、と思った。

案の定、真介が総会の話を持ち出したとき、彼女はかすかに鼻の穴を膨らませた。それで分かった。不満げなときに必ず見せるその癖。おそらくは散々な総会だった。思わず笑い出しそうになった。おそろしく負けん気の強いこの女――まるでエンパイア・ステートビルのキング・コングだ。

この一年で、真介には彼女の性格がようく分かってきた。彼女には、何か不本意なことがあると、半ば意地になって無理にでもそれを達成しようとする傾向がある。たぶん、先週の総会でもそうだったのだろう。なにかアタマにくることがあり、ウンザリしながらもとことんまで付き合い酒をした。

挙句、真介がさらに話を向けると、

(特に)

などと、なんでもなかったかのように強がってみせる。

(まずまずの滑り出しだったわ)

見え見えの嘘《うそ》。自分より八歳も年上なのに、その意地の張り方がとてもかわいい。

彼女には、およそ自分を可哀想《かわいそう》がるということがない。そんなときはむしろ、怒りまくる。その怒りの原因が真介だった場合、週末のように小突いてきたり、ごくまれには感情に任せて蹴《け》ってきたりもする。だが、そういう部分も含めて好きだ。

時計を見る。一時五分前。

さて——。

「じゃ、美代ちゃん、次のファイル、行こうか」

「はーい」

例の間延びした声を上げ、川田美代子が午後イチのファイルを持ってくる。最近の真介は被面接者の履歴書を初めて見るとき、なるべく顔写真は見ないことにしている。まずはその履歴から読む。人には顔の好き嫌いがある。その顔から受ける第一印象を、彼なり彼女なりの履歴に微妙に反映させないようにするためだ。最初に、この『倉橋なぎさ』という女性のプロフィールを読み込んでいったときもそうだった。

生年月日。一九七×年の四月三十日……偶然にも真介の誕生日と同じだった。自分より二年きっかり年下のこの女。いけないとは思いつつも、その時点でなんとはなしに親近感を覚えた。

東京は五反田《ごたんだ》の生まれ。北海道の片田舎で生まれ育った真介とは違い、都会っ子だ。幼稚園から高校までは私立の一貫教育。現役で早稲田大学に合格し、留年することもなく新卒でこの百貨店へ。総合職としての入社だ。

……なるほど、と思う。

真介が大学卒業後二年経《た》ってからようやく社会人になったころには、八〇年代後半に始まったバブルは、その余波までが完全に弾《はじ》け飛んでいた。そんな折に、東証一部上場の優良企業に総合職として入社している。目端の利くタイプなのかもしれない。

入社後はこの十年、個人外商部一筋でやってきている。ふと、会議での高橋の言葉を思い出す。

（バブルが弾けた後の十年ほど前は、この部署に力を入れてそれまでの売上高を強引に維持しようとした時期もあったらしいが――）

ふたたび納得する。おそらく彼女は、この部署に久しぶりの期待の新人として配属された。

そして配属後の外商実績も、その期待を裏切らぬものだった。入社一年目から四年目までは驚くべきことに毎年連続して倍、倍と数字を伸ばしていき、一億に到達。ベテラン外商マンと比較してもまったく遜色《そんしょく》のない販売実績を上げるようになった。五年目以降もその好調はつづき、六年目で一億四千万。七年目で一億八千万オーバー。八年目では、ついに二億の大台に乗せる。その時点で、六十人いる個人外商部で、トップの外商員へと躍り出る。当時、弱冠三十歳。当然、それまでの過去八年で、ほぼ毎年のように個人表彰を受けている。去年は初めてその目標数字を外しているが、それを差し引いても素晴らしい。まったく文句なしの実績だ。

真介も昔、広告代理店で営業経験があるからよく分かる。

――この女は、たぶんすごい。

だが、実績が、ということではない。営業は蟻地獄《ありじごく》だ。やればやるほど上から数字を押し付けられる。どんな業界でも変わらない。やってもやっても終わらない営業目標。自分のキャパを超え始めた数字は、しだいにその本人を無気力な状態に追いやっていく。しかし、そんな世界でこの女は、八年間も大幅に数字を伸ばしつづけてきた。すごいのは、その精神力と粘りだ。

『SSE』の平均結果も、その事実を裏付けている。

目標達成度4・5。……これは去年の目標がいっていないのだから仕方がない。それでも同僚からの評価は4・5だ。

さらにそのあとの評価は、もっとすごい。

取り組み姿勢5・0。協調性4・8。向上心4・8。合理性4・6。倫理感5・0。公平性4・6。社交性5・0。

すべての項目で満点か、ほぼ満点に近い数字を叩《たた》き出している。同僚からのコメントも好意的なものばかりだ。みんな、やはり見るところは見ているのだと思う。

そこまで目を通して、ようやく顔写真を見た。

見た途端、これは、と思った。

真介の予想は完全に覆《くつがえ》された。プロフィールからなんとなく想像していた『倉橋なぎさ』の顔は、全体の表情がきりりと引き締まった、いかにも勝気そうな女性像だ。目に強い光が宿っているタイプで、顔は細面。顎《あご》のラインもおとがいに向かって鋭く切り込んでいる。はっきりと認めれば、陽子の顔にかなり近い造形をイメージしていた。

「……」

だが、その顔写真にあったのは、まるでかけ離れた顔の造作と表情だった。

やや丸顔で、鼻の下が短い。目はぱっちりとした二重だが、離れ気味。鼻と口も小さく、ちんまりとしている。三十二歳にもなるのに、表情も（夢見る夢子ちゃん）のようにほんわりと柔らかい。

そうか——。

一瞬は唖然《あぜん》としたものの、この女の営業成績がおそろしいまでに上がっていることに、すぐに納得がいった。

これは（オヤジ転がし）の典型的な顔だ。

若干ロリコン系がはいり、男たちの保護欲を刺激する顔。キャバクラなどにもたまにいるが、川田のような正統派ゴージャス系とはまた違った意味で、妙に磁力のある顔だ。

こんな子が重い営業鞄《かばん》を抱え、額に汗を滲《にじ》ませながら会社や家にやってきたら、世のオヤジどもは絶対に放っておかない。まるで自分の愛娘《まなむすめ》に接するようにあれこれと世話を焼くだろう。

顔写真を眺めながら、一人で苦笑した。

おれもまだまだ人間修行が足りない。人に対する認識が甘い。

今朝、この会社の人事部長に呼ばれて言われた。

これはあくまでも労基法上では公《おおやけ》に出来ないことですが、と前置きされた上で、

「この倉橋という社員に関しては、出来るだけ面接を穏便に済ませて欲しいのです。と言いますか、カタチだけの面接にして欲しいのです」と打ち明けられた。

「何故ですか？」真介は聞いた。

「彼女は今後も、外商部の戦力として相当活躍してくれるだろうからです」部長は答えた。「そんな有能な社員を、クビにするわけにはいかない」

……。

じわり、と目の前の男に対して憎悪《ぞうお》が湧《わ》いた。

たしかに真介も、こんなに有能な女性をクビにはしたくない。しかし、それはさておいたところで、あくまでも会社都合の、なんと勝手なことを言う男だろうと感じた。

腕時計を見る。

午後零時五十九分五十五秒。眺めている間に一時ジャストになった——シチズンの電波時計。時間は一秒と違わずに正確だ。

直後、まるで計っていたかのように、正面のドアにノックの音が小さく響いた。

なんとなく想像する。面接室の前まできて、きっかり一時になるまでノックをためらっていた女性。いい女だ、と思う。その律儀《りちぎ》さが、とてもいい。だから仕事も出来る。結局仕事とは、人間性なのだ。

真介はドアに向かって声を上げた。

「はい。どうぞ、お入りください」

5

扉の中から呼びかけが聞こえた。

なぎさは不思議と気分が落ち着いている。どうしてかは自分でも分からない。ノブを廻し、ドアを開ける。

「失礼しまーす」

そう言いつつ、面接室に入った。顔を上げる。面接室全体が視界に入ってくる。正面の窓際《まどぎわ》にあるデスクに、細身の男が腰かけている。窓からの逆光でその顔はよく見えない。隣のデスクに女……おそろしいほどの美人だ。目も覚めるような純白のツー・ピースにその身を包んでいる。タイトなジャケットにミニスカート。どこでこんな洋服を買っているのだろう。たぶん『セシルマクビー』。あるいは『ジャイロ』。いずれにしても〝駅ビル系〟だ。足首のアンクレット。今どき流行《はや》りのスイング・カール。薄づきのリップは明らかにオーバーライン。ちょっと水商売風でもある……。

正面のブラックスーツの男が半ば立ち上がりかけ、笑顔を見せる。

「お忙しいところをご足労いただきまして、恐縮です」柔らかないい声だ。なぎさと同年代と思《おぼ》しき相手はそう言って、目の前の椅子《いす》を勧めた。「さ、どうぞ。こちらのほうにお掛けください」

素直にその言葉に従う。目の前の椅子まで進んでいく。正面の男の顔が近づいてくる。やや面長の、均整の取れた顔立ち。……ん？

あっ。

ようやく気づいた。あのときの男だ。この前廊下ですれ違ったあの男。

急に心臓がドキドキしてくる。てっきり出入りの業者だと思っていた。

でもまさか、こんなクビ切りの面接官だったとは――。

じわり、と耳たぶまで赤くなってくる自分が分かる。

「さ、どうぞ」

相手はふたたびそう言って椅子を勧めてくる。一瞬棒立ちになっていたなぎさはようやくうなずき、椅子に腰を降ろした。相手はまだ立ち上がったままだ。

「本日あなたの担当をさせていただくことになりました村上と申します。よろしくお願いいたします」

「あ、はい」まだ下を見たまま、答える。クビ切りの面接室にこうしている自分。やっぱり恥ずかしい。自分の声が少しくぐもって聞こえる。「こちらこそよろしくお願いいたします」

「コーヒーか何か、お飲みになりますか？」

その声に、顔を上げる。ふたたび相手の顔を見つめる。やんわりとした笑みを湛《たた》えたまま、相手も見返してくる。

あぁ――。

思わずうっとりとする。やっぱりいい男だ。というか、私の好みだ。これがひょっとして、運命の出会い？　彼女はいるのだろうか。

不意にその相手が、かすかに怪訝《けげん》そうな表情を浮かべた。それから何故《なぜ》か、急に落ち着かない素振りになり、自分の腹部あたりに一瞬視線を落とした。

それでようやく、自分が黙ったまま相手の顔を見つめつづけていることを知った。

なぎさは慌《あわ》てて答えた。

「コーヒーは、要らないです」

いけない。いけない。

自分が面接される立場だということも忘れ、束《つか》の間《ま》でもそんな愚にもつかぬことを考えてしまった自分がいる。もっとしゃんとしなくては。気づいて背筋をピンと張る。

かすかに咳《せき》払いをし、村上が机の上の資料を開いた。

「では、さっそくですが本題に入らせていただきます」

はい、となぎさはうなずいた。

「倉橋さんもご存知のこととは思いますが、現在、御社の外商部では大幅な人員削減計画が進んでおります。部の総勢百名の方々の、三割ほどを削減するというものです」

「はい」

「とは言いつつも、御社の経営者側としても、百貨店の業績悪化に関して、社員のかたがたにはなんら責任はないということは重々承知しておられます。ですから、もし早期退職を受け入れていただいた場合は、会社側としてもできる限りの好条件で送り出して差し上げたいというのが——」

なぜだろう。不意に途中から、相手の言っている言葉が聞こえなくなった。

この十年、必死に頑張ってきた自分……。

心無いお客からは、しょせんあんたなんか出入り業者でしょ、と罵《ののし》られたこともある。

やっぱりねえ、包み紙は髙島屋か三越でないとねえ、とやんわり皮肉を言われたこともある。〝呉服系〟ではなく、しょせんは〝電鉄系〟百貨店の悲哀だ。

木枯らしの吹きすさぶ冬空の下、重い営業鞄を引き摺《ず》るようにして歩きながら、一人で泣いた。

この十年で、彼氏もたった二人しか出来なかった。外商部の人間はほとんどが既婚のオジサンばかりだから、職場での出会いはない。なぎさと同年代の女性は皆無だから、職場主催の合コンもない。学生時代の友達が行う合コンには、不規則な休みが合わなかったり、忙しすぎて出られない。出会うきっかけは外商先しかない。でもお客様から紹介されるような男は、自分で彼女も見つけることが出来ないようなオタク系の男ばかり。

やっとのこと彼氏が出来たと思えば、これも不規則なシフト制勤務のせいでなかなか会えず、いつの間にか自然消滅になる……二人合わせても付き合っていた時期は、わずか一年半足らずだ。あとの八年以上は、ずっと一人身だった。

毎日毎日疲れ切って、一人寂しくアパートに帰る。コンビニで買ってきたお弁当を食べながら缶ビールをちょこっと飲む。午前零時。周囲はしんと静まり返っている。冷えた鮭の切り身や合成着色料たっぷりの漬物を、もそもそと口に運ぶ。

でも、そんな中でも自分は懸命にやって来たのだ。

なのに、こうして今は、クビを切られるかもしれない面接室に呼び出され、ちょこんとかしこまっている自分がいる。しかも、すごく好みの男の前で……。

やっぱり悲しい。みじめ過ぎる。

目の前の村上は資料を捲《めく》り、まだ何か言葉をつづけている。5・0とか、4・8とか言っている。素晴らしい数字だ、というようなことを言っている。

ふと思った。

私の人生、いったいなんなのだろう——。

気がつけば口を開いていた。

「もう、説明はいいです」なぎさはごく自然に言い放った。「誰かが辞めなければならないのなら、私、辞めます」

「――は？」

思わずそんな言葉が口をついて出た。一瞬、聞き間違いかと思った。

だが、聞き違いではなかった。目の前の倉橋なぎさはふたたび口を開いた。

「だから、いいですよ」そう、こともなげに繰り返した。「その三割の中の一人は、

私が辞めますから」

真介は内心慌てた。

(この女、なんてことを言い出すんだ――)

だからこのおれが、先ほどからあんたが辞めなくていいように、それとなく誘導し

ているだろう？　辞めなくてもいい言い訳を、いくつも与えているだろうっ？

年に二億も捌《さば》く外商ウーマンのくせして、そんな言葉の機微も分からないのか。

実は、先ほどから真介は内心やや苛立《いらだ》っていた。苛立つのは、不安の裏返しでもあ

る。

だいたいこの女は、面接室に入ってきたときから奇妙極まりなかった。

何故か真介を一瞥《いちべつ》するなり、顔を赤くした。しかも耳たぶまで真っ赤にした。

理由は分からない。しかも椅子に腰掛けたあと、ふたたび真介を穴のあくほど見つめてきた。まるで奇妙な動物でも見遣るかのようなその視線。

真介は柄にもなくうろたえた。つい自分を疑った。

今日のおれは、何か変なのだろうか。髪形が変なのか。先ほどは蕎麦御膳《そばごぜん》を食った。歯に葱《ねぎ》でもついているのか。あるいは鼻毛でも盛大に出ているのか。いや、それはない。この仕事は一種の接客業だ。だから真介は、面接時の見た目にはいつも気を遣っている。先ほど和食屋のトイレでも、しっかりと自分の顔は確認した。

あ――。

ひょっとして、社会の窓?

トイレで小用を済ますとき、川田の分まで出そうか出すまいかけっこう悩んでいた。うっかり閉め忘れたのかもしれない。しかも今日は黒いスーツにばっちりと映える黄色いトランクス。最悪。慌てて、でも出来るだけさりげなくズボンのチャックを見下ろした。

……ちゃんと閉まっていた。

くそ。じゃあ、なんなんだ。いったいこの女は。

そんな倉橋なぎさの奇妙な態度は、面接を始めてからもつづいた。最初のうちは、相手も真介に対し適切な受け答えをしていた。だが、話がこの百貨店の人員削減に及び出すと、途端にまた変な様子になった。

とにかく、真介の言うことをロクに聞いていない素振りがありありだった。

それでも真介は説明をつづけた。

早期退職をすれば優遇制度があること。しかしそれはさておき、倉橋自身のこれまでの実績がとても素晴らしいこと。SSEの結果もそれを裏付けていること。彼女の同僚たちからのコメントも、すべて好意的であること。個人的な意見として、とても辞めてもらうには惜しい人材であること……。

真介自身も苦しかった。本来なら、その逃げ場を塞《ふさ》ぎ、徹底的に相手を追い込んで自主退職を促すのが自分の仕事なのに、逆にそうはならないよう、でもはっきりそれとは悟られないようにうまく相手を勇気づけ、前向きな気持ちで断固として辞職を拒否するよう、仕向けなければならない。

苦心惨憺《さんたん》考えた挙句の話法だった。

それなのに、そんな真介の苦労も露知らず、肝心の相手はろくすっぽ話を聞いていない。まるで壁に向かって延々と話しかけているような虚しさを感じ、ますます不安と焦《あせ》りに駆られた。

この女、いったいなんなんだ。おれに何か恨みでもあるのか？

挙句、

「もう、説明はいいです」などと、とんでもないことを言い出してくる。

誰かが辞めなければならないのなら、私、辞めますから、と。

もう、真介は呆然《ぼうぜん》とした。まったく自分の思いが通じていない。

「いえ、そうではなくて――」思わず自分の返答があやふやになる。「そう性急に決められる問題ではないと思いますよ。あなたにとっては今後の人生にも大きく影響が出ます。もっとじっくりと話し合って、よく考え、あなたと、そして会社にとっても、なるべくいい結論を探りましょう」

「でも、実際に会社側の削減の計画は進んでいるわけですよね」生真面目《きまじめ》な表情で彼女は答える。「だったら、その希望に沿って退職を申し出ている私は、お互いにとって一番理想的な関係ではないのですか」

確かにそうだ。まったく正しい。危うくうなずきかけ、直後にはあまりの情けなさに泣き出したくなる。

この女は、ついさっきまでぼうっとしていたくせに、なんで今度は急にこんな理路整然としたことを言い出すのか。

とにかく、と真介は早口で言った。「同僚の方々はみんな、あなたがとても優秀な社員だと思われておられます。そして事実、今までの実績もそれを裏付けています。……たしかに、この機に辞められたいのなら、私もこれが仕事ですからお引き止めはしません」

相手が何か口を開こうとしたのを制して、さらに真介は言葉をつづけた。

「でも、十年にもわたって築いてこられた実績を、今この場で、しかも早急に結論を出すのはやめにしませんか。せめて今までのキャリアを活《い》かせる、辞めた後の青写真をある程度描いてから、あらためて辞職を決められても遅くはないと思いますが」

相手はやや納得した表情を浮かべた。

「そうですね」と、やや首を傾《かし》げた。「たしかに言われてみれば、そのやり方が一番賢いのかも」

「そうですよ。すべては、その先のことまでよく見越してからです」ここぞとばかりに真介もうなずいた。なんだか変な感じだ。つい不要な精神論まで口走る。「その上で、この会社を出て行くのも、あるいは残るのも、一つの勇気だと思いますよ」

特に、その「残る」という一言には力を入れて発音した。

すると、彼女は真介を見て初めて笑った。そしてうなずいた。

その後、万が一辞職した場合の退職条件について、一通りの説明をした。

午後一時四十分過ぎに、倉橋なぎさは満足そうに部屋を出て行った。その意気揚々とした後ろ姿は、とても面接室を出て行く人間の歩き方には見えなかった。

ふう——。

思わず安堵《あんど》のため息をつく。

ひとまず今日は、彼女の辞職は回避できた。でも、この件は、後で人事部長に報告しておかなければならない。

それにしても、とネクタイを緩めながら思う。

今までにいろんな会社の社員に接してきたが、出来る人間ほど、会社を自ら辞めていこうとする。そして出来ない人間ほどクビを嫌がり、組織にしがみ付こうとする。自分に対して自信があるのは分かる。でも、それだけではないような気がする。

何故だろう？

……ふと気づいた。

視線を感じる。隣の川田美代子。黙ってこちらを見ているようだ。

「どうかした？」

そう振り向いて言うと、彼女はにっこりと笑った。

「いえ――」そう言って、もう一度微笑《ほほえ》む。ワンテンポ遅れて、ふたたび口を開く。

「ただ、大変だったろうなー、って。今の面接」

思わず苦笑した。ふと思いつき、川田美代子に聞いてみた。

「美代ちゃんはさ、今の彼女、どう思った？」

「どうって？」

「だから、どんな感じの人間に見えた？」

んー、という顔を川田はした。その表情のままじっと天井を見上げた。

ふたたび心の中で笑う。その間の抜けた表情。陽子がかつて散々にこき下ろしたとおり、こうして見ると彼女は、たしかに白痴美人にしか見えない。

しばらくして、彼女はようやく答えた。

「植物」

「え？」

「植物です」川田は唄《うた》うように繰り返した。「きっと、いい植物ですね。どんな場所でも、すくすくと育つ」

この思いもよらない答え。

でも、正しい。穏やかで、自己主張もせず、それでいてしっかりと職場に根を下ろす。仕事でも花を咲かせる。

なるほど。

倉橋なぎさは、植物……植物系。たしかに正解だ。

その夜、武蔵境のアパートに戻ると、陽子から電話がかかってきた。

用件は特にない。会えない日は、いつもどちらかが電話をする。そしてその日起こった出来事などをお互いに話す。いつの間にかそうなった。

真介は、自ら辞職したいと言ってきた倉橋なぎさの話をした。そして、それに対応した自分の慌《あわ》てぶりを話して聞かせた。案の定、陽子は電話口で笑った。

「でもさ――」と、真介は昼間感じた疑問を口にした。「出来る人間ほど、会社を自ら辞めていく。そして出来ない人間ほど、組織にしがみ付こうとする。なんでだろう？」

そりゃそうよ、と陽子の答えは単純明快だった。「そういう人って、会社を辞めても結局はなんとか生きていくもの。それが、自分で分かっているもの」

「それはおれも思う」真介は言った。「でも、それだけじゃないだろ」

「そうね」と、陽子は今度もあっさりと答えた。「たぶんもう一つは、仕事の出来る人って、自分の将来に対しては基本的に楽観的な人が多いからじゃないかな。『お気楽』という意味じゃなくてね。じゃないと、長期的な努力なんて虚《むな》しくてやってられないじゃない」

「ははあ」

なんとなく納得した気分になる。陽子もたまにはいいことを言う。

ついでにもうひとつ、あの倉橋の奇妙な面接態度を話した。顔を赤くしたこと。ろくすっぽヒトの話を聞かなかったこと。妙にそっけないこと。そのわりには穴のあくほど自分の顔を見つめてきたこと。そのすべてを詳しく話して聞かせた。

途端に、陽子はゲラゲラと笑い出した。

「それ、たぶんね、一目惚《ひとめぼ》れよ」

「え？」

「だから、一目惚れ」陽子は繰り返した。「好みの男に、屈辱的な場面で出くわす。誰だってそっけない態度をとりたくはなるわよ」

「そうなの？」

「おそらくね」妙に確信ありげに陽子は話す。「長年クビ切り稼業《かぎょう》やってて、そんなことも分からない？」

「……うん」

「ま、あたしから言わせてもらえば、あんたなんかのどこに一目惚れするのか、全然その気持ちが分からないけどね」

と、実にひどいことを言う。

「ま、いいさ」真介はわざと意地悪く言った。「もてるってのは、悪い気がしないもんだ」

「ばーか」すかさず陽子は切り返してくる。「調子に乗んなよ」

真介は苦笑した。彼女のこういうレスの早さが、真介は好きだ。話していて妙に元気になる。

「じゃあおれ、そろそろ寝るわ。明日も面接で早いし」

「うん」

「おやすみ」

「おやすみなさい」

電話は切れた。

切ってから、ふと困ったなと思う。

——来週からの二次面接。きっとおれは意識する。

いったいどんな顔をして、あの植物に会おう。

6

気がつけば四月も下旬だった。

新宿駅前の桜も、今ではすっかり花が散り、代わりに樹木全体が若々しい緑に覆《おお》われている。

もうすぐ三十三歳の誕生日だ。

なぎさは今、『南急百貨店』の三階にいる。

「……」

あの一次面接のとき、不意に気まぐれのように思った。

——もう、辞めよう。

たしかに最初は気まぐれのように思いついただけだったが、あのときの面接が進むにつれ、その思いは強固なものになった。

たぶん私は、ずっとこのようなきっかけを待っていたのかも知れない。もうずっと、辞めたいという思いを心のどこかに押し込んでいたのかも知れない。きっと、そうだ。

この不景気の時代とはいえ、考えてみれば、なぎさには転職先はけっこうあった。なぎさはこれまでの外商の仕事で、無数の優良顧客データを抱え込んでいる。優良顧客とは、お金持ちのことだ。そのネットワークを活かした仕事なら、ちょっと思いつくだけでもいくらでもある。

実際に、なぎさの顧客である外車のディーラーの社長や画廊の経営者などは、彼女に事あるごとに自分の会社に来るように勧めてきた。そこになら、今すぐにでも転職できる。もっと楽で、逆に給料の高い仕事を選ぶことが出来る。ある程度大きな組織の中でキャリアアップを考えるのなら、多少ノルマはきつくても、外資系生保《せいほ》に転職するという選択肢もある。

そしてその決意は、日が変わり、週末が来ても変わらなかった。来週の二次面接で、あの村上という男に正式に辞職を告げようと思った。

だが、その次週の二次面接は、何故《なぜ》かなぎさの予定だけが相手側の都合ということで繰り越され、その翌週の月曜日になった。少なくとも人事部からはそういう説明を受けた。でも、その日は前々から運悪くゴルフの接待が入っており、さらに翌々週に延ばされることとなった。

そうこうするうちに、会社の人員削減計画は予定人員に達し、なぎさの面接予定は自然と立ち消えになった。

でも、辞める決意は変わらなかった。だから課長に辞表を提出した。

「私を、辞めさせてください」

課長はぎょっとしたような顔になり、ちょっと待て、と言った。とにかく落ち着け、と。でもおそろしく慌てているのは課長のほうだった。妙に不自然な慌てふためきかただった。

その翌日、人事部に呼ばれた。

驚いたことに人事部長が直々《じきじき》に出てきて、なぎさに対応した。

人事部長は心底困ったような顔をして、今の仕事が気に入らないのですか、と聞いてきた。あるいはこの百貨店自体に勤めることが、もう嫌なのですか、と。

仕事です、となぎさは正直に答えた。「数字に追われることに、疲れました」

なるほど、と人事部長はうなずいた。「では、これから先、どんな仕事をするつもりです？」

なぎさはこれも正直に話した。以前から誘われている会社があること。そこに行ってもいいと思っていること。

人事部長は、これには首をかしげた。

「でも、そこでも数字はあるでしょう。その問題は、どうするつもりです？」

「……でも、少なくとも今よりは厳しくないと思います」

「ふむ」

相手はそれっきり、しばらく黙り込んでいた。が、やがて口を開いた言葉は、思いもかけぬ内容だった。

「もしですよ、もし今すぐ、あなたが営業以外の仕事に異動できるとしたら、倉橋さん、あなたはどうします」

「はい？」

「職種は、出来るだけあなたの希望に応じます。それでも、転職しますか」

にわかには信じられない提案だった。なぎさは思わず聞いた。

「——いったい、どういうことですか」

つづく部長の話は、こうだった。

正直に言えば、今あなたに辞められては、こちらとしてもちょっと都合が悪いのです、と。

「勝手なことを言うようですが、外商部の人間は今度の人員削減で、ただでさえ職場の雰囲気が暗くなっています。そんなときに、この三年間ずっとトップを張りつづけている外商員が、仕事が嫌になって職場を去る。雰囲気はさらに悪くなります。頑張ったところで、やがてはこうなるのかという士気の低下にも繋《つな》がります」

「……はあ」

「でも、こういうときだからこそ、頑張ってきた社員には、会社側もそれなりの見返りを用意するのだということを、これを機会に示しておきたいのです。でなければ、社員は誰も懸命には働いてくれなくなります」

「……」

なぎさには、ようやく分かった。

何故自分が辞表を提出したとき、課長はあんなに慌てたのか。何故、二次面接で自分の予定だけが急に変更になったのか。

考えてみれば、仕事をいただいている立場のあのリストラ請負会社が、自分たちの勝手な都合で予定を変更するはずもない。

そこまで考えて、あの村上とかいう面接官の、妙に優しげでいかにも親身そうだった態度にも納得がいった。

すべてはこの人事部長が、なぎさを辞めさせまいとして、最初から裏で糸を引いていたのだ――。


結局、なぎさはその提案を受け入れた。

新しい配属先は、婦人服販売部のプレタポルテ課。なんのことはない。入社後十年を経て、新入社員当時に仮配属されていた部署に舞い戻ってきた。

ただし、役付きになった。プレタポルテ課で扱うブランド『ハリメ』の売場責任者だ。名刺上ではセールスマネージャーとなる。

外商部ではいつまで経《た》っても一番年下だったなぎさも、他の部署にいけば堂々たる中堅社員だ。一気に部下が五人出来た。年下の正社員が三人と、パートナーが二人。正式な部下ではないが、メーカーから派遣されてきた契約社員四人の面倒も見る。

今までとはまた違った意味で、忙しい日々が始まった。

そういうふうにして、あっという間に二十日が過ぎた。その間に、外商部での出来事も聞いた。野口係長が会社を辞める事を前提に有休期間に入り、空いた係長ポストには鳴沢が昇格したという。なんとなくだが、これで良かったのかな、と感じた。

今、なぎさはその売場ブースの中ほどに立っている。

つい先ほど、二人の正社員の部下に言って店頭のディスプレイを直させた。今日は、外では五月雨《さみだれ》が降っている。だから新作のレインコートを、マネキンの服の上から着せた。

とはいえ、それ以降は特にやる事もなくなった。雨の日の午後の百貨店は客もまばらで、本当に暇なものだ。がらんとした店内に、静かにBGMが流れている。

キャッシャーの向こう側で、入社二年目の女性社員が不自然な感じで俯《うつむ》いている。その右肩が妙に強張っている印象を受ける。二の腕もごく小刻みに揺れている。分かった。携帯で私用メールを打っている。

一瞬注意しようかとも思ったが、やめた。

この大柄な子は、忙しい時間帯はとても小まめに働いている。力仕事も厭《いと》わないし、残業も嫌がらずに明るくこなす。だったら、こんな暇なときぐらい、少しは大目に見てやろう。

それに、なぎさにも昔は似たような経験がある。いくら表面的には仲良くしていても、職場では誰にも悩みを相談できなかった。でも、そのころはメールもなかった。

帰宅してから電話魔になった。

今もややそれに近い。役付きになったなぎさには、もう鳴沢のようにあれこれと心配してくれたり、お節介を焼いてくれるオジサン達は、周囲にはいない。

つい一人で笑う。

人間って、孤独だな――。

「いらっしゃいませー」

不意に、店頭に立っていた派遣社員の声が響いた。なぎさもそちらを振り返りながら声を上げた。

「いらっしゃいませ」

だが、その男の影は店頭の売り子には振り向きもせず、どんどんこちらのほうへ入ってくる。完全に無表情な顔。年恰好《かっこう》は三十前後だろう。坊ちゃん刈に、少し小柄なその体格。

ふと思い出す。今日はたしか金曜――。

あっと思った。古ぼけた記憶が突然蘇《よみがえ》った。

あの男だ。

あの〈身長何センチ?〉の男だ。まだ来ていたのだ。

小柄な男はなぎさに見向きもせず、奥のキャッシャーまで進んでいった。大柄な社員が顔を上げる。果たして男は口を開いた。

「身長、何センチですか」

「一六八センチです」

驚いた様子もなく、にこやかに彼女は答えた。男は無表情のまま、さらに口を開いた。

「それって、高いほうですか?」

「高いほうです」

「そうですか」と、男は一声上げ、大きくうなずいた。「ありがとう」

そして次の瞬間には、何事もなかったかのように店を出て行った。足早に遠くに去っていく。

なぎさは堪《こら》え切れず、ついぷっと吹き出した。

十年ぶりに会ったあの男。基本的には何も変わっていない。でも歳《とし》をとり、少しは敬語の使い方を覚えたようだ。

「ねえ」と、キャッシャーの社員に呼びかけた。「あの人、まだここに来てたの?」

「はい」彼女は元気よくうなずいた。「毎週金曜の午後三時。わたしたちはお宮参りって呼んでます。昔からですか?」

「そう」なぎさは答えた。「私がいた十年前には、すでに」

思わず二人して笑い声を上げた。

気がつくと、店頭に立っている派遣社員も一緒になって笑っていた。奥にいたパートナーも笑い始めた。みんなが笑っていた。

人生、いろんなことがある。嫌なこともたくさんある。

でも、分刻みでいろんな人がやってきて、そしてすぐに去って行く。たまにはちょっとしたドラマもある。

だから、デパガはやめられない。

File 2. 女難の相

1

何故《なぜ》かこの男と食事するときは、いつも南国の料理になる。

今夜もそうだ。

目の前の真介は、さかんにメキシコ料理をパクついている。トルティーヤの中に鶏肉やレタスやトマトや玉ねぎなどを挟み、サルサソースをたっぷりとかけて手づかみで口に運んでいる。かと思うと、コーンチップスにアボカドのディップを付け、パリパリといかにもおいしそうに齧《かじ》り始める。

タイ料理、ベトナム料理、ブラジル料理、インド料理……この男は本当に暑い国の料理が大好きだ。

真介は北海道の足払《あしふっ》とかいう田舎町で生まれ、十八歳まで育っている。

この前ふと思い立って地図帳で調べてみたら、宗谷岬《そうやみさき》からオホーツク海沿いに五十キロほど下ったところにある、北緯四十五度の場所にあった。

北緯四十五度……。世界ではどんな都市があるのかと思い、さらにページを捲《めく》って調べてみた。カナダのモントリオールや、中国の黒竜江省《こくりゅうこう》にあるハルピン、あるいはセルビア共和国の首都ベオグラード。やっぱり相当に寒い国の都市ばかりだ。冬は零下二十度まで下がり、深い雪に閉ざされる。東京で生まれ育った陽子には、想像もできない世界。ひょっとしたら、そんな世界で生まれ育ったからこそ、余計に暑い国に対して憧《あこが》れ、その食文化を好きになるのかもしれない。

「どうした。陽子？」

その呼びかけにふと我にかえる。目の前の真介がグラス片手に、こちらに微笑《ほほえ》みかけてきている。

「お腹《なか》がいっぱいになったのか」

その言い方。まるで子ども扱いだ。

「真介、さ――」陽子は思いつくままに言葉を発した。「やっぱり真介の生まれた場所ってのは、こう、東北出身の人間みたいに我慢強かったり、性格的には内に籠《こも》るタイプが多かったりするわけ？」

「なにを突然」真介は笑った。「どうしてそう思うんだ」

「だってさ、冬は気候が厳しかったりするわけでしょ」陽子は言った。「そしたら、それに見合う性格になってきたりもするんじゃないかな」

するると真介は首をかしげた。

「少なくともおれの育った周りには、そんな人間はあまりいなかったよ。あけっぴろげで陽気な人間が多かったな。やることとけっこう抜《ぬ》け作《さく》だしね」

「つまり、あんたみたいなおバカが多かったってこと？」

「なんだ、それ」真介はさすがに苦笑した。「言うに事欠いておバカとはなんだよ」

陽子もつい笑った。

こいつとの会話はいつもそうだ。真面目《まじめ》な話題を口にしているときでも、つい何かの拍子で間抜けな掛け合いに変わる。でも、それがこの男の持つ性格の良さだと思う。気楽で肩肘《かたひじ》が張らない。

「ところでさ——」ジンジャーエールを一口飲み、真介は口を開いた。「陽子は、今は生命保険には入っているのか」

「団信じゃなくて総合保険ってことなら、入ってないよ」

「なんで？」

「昔は入ってたけど、今は入ってない」陽子はさらに詳しく言った。「新入社員当時に、十年満期の積み立て型保険に入ったのよ」

「で？」

「それでね、加入当時に説明されたのは、この保険は積み立て型にもなっているから、お得ですよって。十年後には七百万ぐらい貰《もら》えることになりますよって」

「それで？」

「で、十年間保険料を払い続け、満期になったの。でもね、途中でバブルが弾《はじ》けて景気が悪くなったせいで、生保《せいほ》本体の資産運用がうまくいかなかったのね。約束の七百万は、三百万になった。それでね、なんとなく白けちゃった。今は外資系のガン保険だけだよ。ある程度の特約を付けた掛け捨ての。保険料、安いしね」

「なるほど」

「真介は、入っているの？」

途端に相手は破顔した。

「入っているわけないだろう、おれが」

「どうして？」

「おれ、二十五までは実質的にプー太郎だっただろ。だからさ、それから会社に入っても、生保のオバちゃんは意外と中途入社には声をかけてこないわけよ。どうせもう加入済みだろうぐらいに思っているんだろうな」

「ふうん」

その陽子の相槌《あいづち》に、真介は何が嬉《うれ》しいのか得々としてうなずく。

「で、そうこうしているうちに、結局ズルズルと入らないままになってしまったってわけ」

「なるほどね」

うなずきつつも呆《あき》れた。やっぱりこいつはロクデナシだと思う。もしガンや脳卒中になった場合、いったいこの男はどうするつもりなんだろう。たぶん、自分がそうなってしまうことなど夢にも考えたことがないのだ。脳ミソが徹底的に能天気に出来ている。

ふん。

もしおまえがそうなって泣いても、あたしは助けてなんかやらんぞ。

……あれ?

でも、だったらどうしてこの男は、生保の話なんか持ちかけてきたのだろう。

目の前の真介は、何か別のことに気をとられている様子で、ふたたびタコスをパクつき始めている。この男が珍しく考え込むこと……大好きなバイクやクルマのこと以外には、あの罰当《ばちあ》たりな仕事の件しかない。

ははーん、と思った。

たぶんこいつは今、生命保険会社のクビ切りを担当している。それに関連して、生保業界の現状も詳しく調べている。だからなんとなく、あたしに生保の話を聞いてきた。

なるほどね。

2

「じゃあ美代ちゃん、次のファイル、いこうか」

「はーい」

いつもの自分の呼びかけ。そして隣の川田美代子の、いつもの気の抜けた炭酸のような声音。

被面接者が退出したあとの、十分ほどの休憩時間。彼女との会話には、毎度毎度およそ緊張感の欠片《かけら》も感じられない。

デスクから川田美代子が立ち上がり、山椒魚《さんしょううお》のようにのったりとした動作で次の被面接者のファイルを差し出してくる。最近ますます動作ののろさに磨きがかかったようだ。でも袖口《そでぐち》から漂ってくるいい香りには、やはり心が和む。

「ありがと」

「はーい」

愛想よく答え、川田はふたたび自分の席へと戻り始めた。隣のデスクにぺたんと座りなおし、それから何かを思い出したようにこちらを振り向いてくる。

「なに？」

「特には――」川田はにっこりと微笑み、かすかに首を振った。「でも今日は村上さん、ご機嫌だなあ、って」

つい笑った。たしかにそうかもしれない。

昨夜《ゆうべ》、陽子に会った。最近はお互いに忙しく週末だけにしか会えなかったが、久しぶりに平日の夜に食事を共にした。もちろん一緒に食事をしたあとは、陽子を自宅まで送り、しっぽりと決めた。

陽子のマンションを出たのが午前一時。自宅に帰って寝たのが午前二時。今日は若干の睡眠不足だが、それでもなんとなく昨夜の余韻を引《ひ》き摺《ず》っている。

最近の陽子はとても忙しい。同業種団体の事務局次長になってまだ二ヶ月で張り切っているせいもあるが、もう一つには、あと一ヶ月で今の事務局長が辞め、陽子がその後釜《あとがま》に座るという事情もある。そうなる前に、組合員である建材業の社長たちと出来るだけ密な信頼関係を築こうと必死になっている。週末は各支部のゴルフコンペに自ら進んで出席したり、平日も飲み会が入っていることが多い。

だからなのだろう、ここ最近陽子は太り始めている。昨日寝たときもそう思った。腰元にむっちりと肉が付き始め、シャープだった顎《あご》もやや二重になってきている。

真介は、百貫デブならともかく、肉付きのいい女は嫌いではない。抱いたときの柔らかい感触が好きだからだ。

でも陽子は、最近の自分の太り具合をひどく気にしているようだった。だからついからかいたくなり、「陽子、最近太ったな」としばしば意地悪を言っていた。

すると陽子は二週間ほど前からジムに通い始めた。職場のすぐ近くにある、朝七時から開いているフィットネス・クラブだ。朝一番のプログラムにボクササイズがあるという。そこで一時間せっせと汗を流し、シャワーを浴びてから事務所に行くのだということ。

ちょっとからかい過ぎたかな、と陽子がかわいそうになった。

と同時に、陽子はよりにもよって何故『ボクササイズ』などという、激しく攻撃的な運動メニューを選んだのだろうと思った。

だって、気分もすっきりするしね……。

いつもは歯切れのいい陽子だが、そのときばかりは妙に口ごもった答え方をした。ピンと来た。笑い出したくなった。

こいつ、仕事で相当ストレスが溜《たま》っている。あれほど飲み会やゴルフに付き合っているにも拘《かか》わらず、まだ社長たちとの信頼関係をうまく築けずにいる。

シャドーボクシングを取り入れたエクササイズ。この恐ろしく鼻っ柱の強い女は、(クソ、あの社長っ)などと腹の中で罵《ののし》りながら拳《こぶし》を突き出しているに決まっている。四十三歳にもなって、この無邪気さ。人生を悲観することもない。可愛《かわい》い限りだ。

さて、と――。

気を取り直し、ファイルを捲った。休憩時間もそろそろ終わりだ。資料に集中し始める。

履歴書の一枚目。松本一彦《まつもとかずひこ》とある。昭和四十六年生まれ。今年で三十六歳。

顔写真に目をやる。

いかにも真面目で人の良さそうな男の顔が、こちらを向いている。真介より一歳年上なだけだが、それにしては妙に老けた印象を覚える。

福島県の相馬《そうま》郡田代村出身。真介と同様、かなりの田舎で生まれ育っている。地元の県立高校を卒業したあと、現役で東北大学文学部に入学。ストレートに卒業し、新卒で今の『東京安井生命』に入社。現在に至る。

東京安井生命……日本の数ある生命保険会社の中でも、三本の指に入る大企業だ。企業総資産は二十七兆六千億円。保険外交員も含めた従業員数八万人。収入保険料は三兆三千五百億円。資産運用益六千八百億円。経常利益は二千七百億……。真介が今いる会社『日本ヒューマンリアクト㈱』などから見れば、まさに雲の上のような存在だ。

そんな生命保険会社に東北大学を卒業して入社した、この松本……先週の企業説明のミーティングで、社長の高橋が言っていた。

「さて、来週からこのクライアントの面接業務が始まるが、知っての通り、今回みんなに面接を行ってもらうのは、いわゆる生保のセールス・レディではない。スタッフ側の男性——総合職で働いているものがほとんどだ。何故こうなるかは、分かるな？」

真介をはじめとした面接スタッフたちは一斉にうなずいた。

日本の生命保険会社は近年、掛け金の圧倒的に安い保険商品を揃《そろ》えた外資系生保の営業攻勢に遭って、青息吐息の状態が続いている。一つには、従業員たちの人件費が高いせいもある。セールス・レディ——保険外交員が契約を取ってきたときの高額歩合報酬に加え、総合職社員たちの年俸も、外資系保険会社の給与体系よりはるかに高い。それら人件費が経営を圧迫している。保険商品の価格にどうしても反映されてくる。が、高ければ商品は売れない。利益も出ない。

現に、東京安井生命の経常利益は、十年前は三千六百五十億だった。それが今では二千七百億にまで落ち込んでしまっている。安い保険商品を作るためにも、人件費の削減が急務となる。

そこで真介たちの勤める会社『日本ヒューマンリアクト㈱』に仕事の依頼がきたのだが、その自主退職を促す対象は、従業員八万人のうち五万人もの圧倒的多数を占める保険外交員ではないという。真介は一瞬奇異に感じたが、それでもすぐに納得した。

保険外交員——いわゆるセールス・レディは、歩合報酬も高額な代わりに、そのノルマのきつさも半端ではない。入社後一年間のセールス・レディの平均受注契約数は二十五件だ。この間の実績は、ほとんどのセールス・レディの場合、家族を含めた親族、友人、自宅近隣住民などの個人的な繋《つな》がりから掻《か》き集めてきた数字だ。

だが、ここからが本当の正念場となる。その友人知人の受注を一巡すると、そこからは新たな手法で顧客を掘り起こさなければならない。友人の知り合い、そのまた知り合いと伝《つて》を頼っていく。地場の企業に飛び込み営業をする。あるいは、ガソリンを入れに立ち寄るスタンドの従業員や、惣菜を買いに立ち寄るスーパーの店員にも保険を勧める。何でもござれだ。しかし、最初からその保険外交員と情や立場が絡《から》んでいる人間関係ではないから、よほど馬力をかけない限り、契約はなかなか取れない。この段階で、セールス・レディの大部分はノルマのプレッシャーに耐え切れず、職場を去っていく。

ちなみに、この会社における保険外交員の離職率は、一年目を過ぎた時点で五十パーセント。二年目を過ぎた時点で八十パーセント。三年目に入る頃には、当初働き始めた外交員は一割前後まで減ってしまう。激烈なサバイバル・ゲームそのものだ。

真介たち面接官が敢《あ》えて自主退職を促さなくても、新規採用さえ控えれば自然減になってくる所以《ゆえん》だ。

この会社の雇用体系を思い起こす。

総合職。一般職。外交部長候補生。そして保険外交職の四つのパターンがある。

保険会社における総合職は、いわゆるエリートコースだ。新入社員で採用された時点から、組織の中で将来的に幹部になることを約束されている。そのための社員教育とジョブ・ローテーションも行われる。一流大卒の男子が九割で、残る一割が同じく一流大卒の女性だ。毎年八十人ほどしか採用されない。

一般職。これは、いわゆる純然たる事務方が多い。短大卒や高卒の女性社員がほとんどで、よほど仕事で頭角を現さない限り、組織内での出世はあまり見込めない。総合職社員の仕事は激務で、朝は早くから夜は遅くまで会社にいる。ひどいときには三日も家に帰れないときがある。そんな会社漬けの暮らしなので、なかなか社外の女性と出会うきっかけもない。だから、その結婚相手の受け皿として採用されている部分もある。忙しい総合職社員と一緒に働いてきた一般職の女の子たち……なかなか家庭を顧みる余裕も持てない夫の仕事に、不満ながらも理解は示せるという構図になっている。

外交部長候補生。これは保険外交員のマネジメントを専門に行う仕事だ。中途採用枠で、そのほとんどが社会経験をある程度積んだ三十五歳以上の男性だ。でなければ、常に過度なストレスに晒《さら》されている何十人もの保険外交員を御していくことなどとうてい出来ない。ほとんどの人間が営業所の外交部長としてその職を終えるが、ごくまれに非常に優秀な外交部長だった場合、そのブロックの支社長まで登り詰めるときもある。

保険外交職。セールス・レディのことで、基本的には支社ごとの採用がほとんどだ。会社に所属しているとはいえ一種の自営業のようなもので、順調に保険の契約を結ぶことが出来れば年収数千万も夢ではないが、その営業活動のための必要経費はすべて自分持ちとなる。相手を接待する費用はむろん、販促グッズの飴玉《あめだま》や保険パンフレットなどのツール代も、自腹を切って支社から購入する。リスクが非常に大きい仕事でもある。

……真介はもう一度個人ファイルに視線を落とす。

松本一彦。三十六歳。東北大学文学部卒。現在の役職は、本社システム開発部の係長。同期に比べて出世は遅いほうだ。ちなみに独身で、現在の年収は一千五十万。同期の平均年収一千百万から比べても、やや下がる。

生命保険会社の総合職採用枠は、非常に狭き門だ。この会社の場合、新規採用時には、まず学歴優先で新卒を採用していく。

この男が新卒で入社した年の学歴一覧を、以前にデータとして見た。

八十人の採用枠のうち、東大卒が二十人。京大卒が十五人。阪大や九大、北大など、旧一期校系の大学出身者がそれぞれ平均五人ほどずつで三十人。あとは早慶で合わせて十人程度……変り種では東京外語大や東工大出身の人間も何人かいる。

　そういう学歴的なヒエラルキーの中で、この男の東北大学の文学部卒という履歴は、少なくとも入社段階では中位に位置していた。その後のキャリアアップもそれを裏付けている。採用された後、首都圏エリアではなく、政令指定都市のひとつである仙台支社に配属。支社の規模としては千二百人の従業員を抱え、全国でも十本の指に入る規模のもので決して小さくはないが、さりとて首都圏エリアにある支社ほど巨大ではないし、本社付きの配属でもない。その支社で、当初は営業販促部門に配属されている。保険外交員たちの販促・採用活動を裏から支えていく仕事だ。具体的には保険外交員たちの販促グッズやチラシ・パンフレットの作成、新たな保険外交員を採用するための講演会やパーティの企画などだ。

　入社後の五年間、その仕事にヒラ社員として従事している間に、社内奨励制度で、将来的に資産運用部門に配属された場合の大事な資格である証券アナリストの資格と、これまた代理店管理部門の仕事に配属された場合に欠かせない司法書士の資格も取得している。この会社で、ヒラ社員のうちに将来に備えて二つの資格をとった人間はそう多くない。そういう意味では、この松本という男、この頃はまだ希望に燃え、非常に仕事熱心だったと言えるかも知れない。

個人データの二枚目を捲《めく》る。

六年目の二十八歳になった段階で、最初の昇進試験に受かり、単なるヒラ社員から主任になっている。

この主任に昇格した段階から営業部門に異動になり、山梨支社の甲府営業所に転勤。外交部長の下で実地の営業活動の基礎を学んでいる。とはいえ、松本たち幹部候補生のスタッフが表に出て行き、保険のセールスをするわけではない。あくまでも保険外交員たちの活動を裏から支えるスタッフという身分からは離れない。外交部長の指導の下、外交員たちの人事考課をつけ始めたり、営業所内行事の企画・立案を行う。

さらに二年後、三十歳のときの第二回昇進試験も合格。主任から係長へと職階を上げている。と同時に、外交部長に昇格し、実際に保険外交員のマネジメント業務を行うために、福岡支社の北九州営業所に赴任していく。

……ここまでの松本は、いかにもこの生保会社の幹部候補生らしい順風満帆のステップ・アップの仕方だった。

さらにデータの三枚目へ。

通常は、この外交部長を五年ほどこなしたあと、本社の中枢《ちゅうすう》部門に配属になり、保険商品開発部門や代理店開拓部門、財形貯蓄部門などの仕事をこなしながら、さらにキャリアアップしていく。

ところがこの松本は、何を思ったのか、この北九州営業所で二年目を迎えた外交部長時代に、突然の異動願を提出する。外交部長からの職種替えを希望し、支社従業員千人のトップに立つ福岡支社の支社長にまで直訴している。

会社は、総合職で採用した幹部候補生に対しては、最初から出世の階段を登らせるつもりで、慎重かつ堅実なキャリアアップ・プランの道を牽《ひ》いている。逆に言えば、幹部候補生たちがそのレールからはみ出すことは許されない。

しかも他の補助的な仕事ならともかく、外交部長職は、生命保険会社の売り上げを根底から支える非常に大事な職務だ。この仕事の経験なしには生保組織の運営は語れない。そんな要《かなめ》の職務を途中で放棄することなど、とうてい許されることではない。

だからこの時期に松本が行った行為は、はっきり言って自殺行為だ。

しかし、本社の人事部長から聞いた話では、松本は当時そのことも充分に分かっていて異動願を出したのだという。当然のように会社側は、その後の一年間、松本への職種続行の説得を我慢強く行った。が、松本はどうしても納得しなかった。と同時に、この北九州営業所の成績も見る間に急降下していく。

松本が外交部長として三年目を迎えようとしていた春、ついに本社は異例の人事異動を決断する。本社内のシステム・ネットワーク開発部門に松本を異動させる。

通常この手の本社内の中枢部門に配属されるのは、外交部長を経て職階が課長職以上になってからだ。当然それなりのポストも用意される。

しかし松本は――この男が持っている資格を活用できる資産運用部門でも、代理店管理部門でもなく――プログラマーやシステム・エンジニアの職種に関しては何の予備知識も持たないまま、しかも係長の職階で、この開発部門に横滑りさせられた……。

梯子《はしご》を外された瞬間だ。

松本の出世の芽は、ほぼここで摘みとられる。

それが五年前のことで、以来係長職に据え置かれたままだ。今年の春からは、同じ部署の隣の課に、順調に外交部長からキャリアアップしてきた課長職の同期がやって来ている。

「……」

何故《なぜ》だろう。

どうしてこの松本という男は、出世コースから外されることが分かりきっているのに、これほど頑固に異動願を出し続けたのか。

ふたたび人事部長から聞いた話を思い出す。

この松本はですね、どうもその外交部長時代に、その下の保険外交員たちとうまくいってなかったようなんですよ。正直、ノルマに追われて常時ストレスを抱えているセールス・レディたちの管理業務というのは、一筋縄ではいかない業務ですからね。

なるほど、といったんは納得しかけたが、それでも心の中に疑問は残った。

この松本という男、写真で見る限り、そこまで部下とぶつかり合うような人間にはとうてい見えない。そのいかにも人の良さそうな顔つきが、妙に引っかかる。

職場の女性に不用意に手を出したり、経費の使い込み、あるいは不倫関係になったりなどの悪い噂《うわさ》も一切ない。職場測定アンケート『SSE』の結果も、それを裏付けている。協調性4・7。倫理感4・5。社交性4・1……たしかに人柄はいいようだ。

だが、人の良さとは、一面においては〝気が弱い〟ことと同義でもある。そうした性格の弱さを持つ男が、いくら部下の女性たちとうまくいかなかったからといって、一年もの間、組織に対して頑強に首を振り続けるものだろうか。

それとも、慰留に首を振り続けなければならないほど、その北九州の職場で辛《つら》い経験か何かをしたのだろうか。

事情は分からない。が、この時点での出来事が、松本に自主退職を促す場合のポイントになる、とは直感で分かった。

だから真介は先週、リサーチをかけてみた。人事部長から許可をもらい、かつての松本の職場であった北九州営業所に電話をかけてみた。

だが、情報は何も得られなかった。

現場のセールス・レディたちは、三年が経《た》ち、その大部分が入れ替わっていたし、当時の稼ぎ頭だった保険外交員数人のグループは、他の生保会社に引き抜かれた後だった。営業所の庶務係である一般職の事務員は昨年結婚退職しており、現在の庶務係は事情を何も知らなかった。

ため息を吐《つ》き、真介はファイルを閉じた。次いで壁の時計を見る。

二時五十八分。そろそろやってくる。

ＳＳＥの他の結果。目標達成度3・2。向上心2・4。取り組み姿勢2・5……その数値が示すとおり、上司の人事考課を見ても、システム・ネットワーク開発部門での仕事ぶりはあまりパッとしない。意欲が感じられない。特にこの一年間の四半期ごとの業務目標は、四回のうち三回は外している。

おそらく現時点では、隣の課の同期の課長職を目《ま》の当たりにして、さらにやる気を失い始めているのではないか。

とりあえず、ここら辺りから絡め取り、攻めていくしかない——。

そこまでを考えたとき、正面のドアからノックの音が聞こえた。

真介は咄嗟《とっさ》に横の川田美代子を見た。川田は机の上にあるティッシュボックスにそっと手を触れたあと、こちらを向いて少し微笑《ほほえ》み、こくんとうなずいてきた。

そこまでを確認して、ようやく真介は声を上げた。

「はい、どうぞ。お入りください」

目の前の扉が開いた。

紺色のスーツに身を包んだ、背の高い男が入ってくる。いかにも東北人らしく、がっしりとした体格をしている。襟元には白いシャツに臙脂《えんじ》色《いろ》のネクタイを合わせている。紺・赤・白……。無難を絵に描いたようなスーツの着こなしだ。

真介は今回の仕事で、生保業界はこういう地味なスーツ姿の男が圧倒的に多いことを目の当たりにしたが、それでもこの男のファッションはあまりにも無難すぎ、面白みに欠ける。

無難に。無難に。目立たないよう――なんとなく感じる。自分に対する自信を失いかけている男によくあるパターンだ。

そんなことを思いながらも、いつものように口は滑らかに動いていた。

「松本さんでいらっしゃいますね。お忙しいところ、恐れ入ります」立ち上がりながら、さらに言葉を続ける。「さ、どうぞ。こちらのほうにおいでください」

言われるままに相手が近づいてくる。真介はデスクの前のパイプ椅子《いす》を指し示した。

「どうぞ。お座りください」

相手が緊張した面持ちで椅子に座るところまでを見届け、

「では松本さん、私が、今回あなたの面接をつとめさせて頂きます村上と申します。よろしくお願いいたします」

そう言って、軽く頭を下げた。松本も依然無言のまま、ぎこちなく頭を下げ返してくる。

「さて、実際の面接に入る前に、コーヒーか何かお飲みになりますか」

「いえ――」ようやく松本が口を開いた。「けっこうです。ありがとうございます」

意外に落ち着いた、いい声をしている。こういう声音の持ち主は、まずはその第一印象として女性には嫌われないものなのだが。

「では、さっそくですが本題に入らせていただきます。よろしいですか」

わざと松本にも聞こえるよう、音を立ててファイルを開いてみせる。やや遅れ、相手がうなずく。

「はい」

「すでにご存知かとは思いますが、現在、御社では大幅な人員削減計画が進んでおります。そしてその計画は、松本さん、あなたが今いらっしゃる部署とも無関係ではない——」

そこで一呼吸おき、真介はあらためて相手を正面から見つめた。途端、松本は視線を逸《そ》らす。下を向く。相当に気持ちが弱くなっているようだ。あるいはもともと気が弱いのか。

「むしろ、総合職社員の多い本社スタッフ部門は人員削減計画の筆頭候補に上がっております。私が申し上げております意味、お分かりですよね」

「はい——」ややかすれた声で、松本が返事を返してくる。「分かっている、つもりです」

「言わずもがなですが、御社に限らず、日本の生保業界は社員の給料が高いことで知られております。ですからこの人件費の圧迫を抑え、財務体質をある程度改善した上で、外資とも充分に張り合うことの出来る保険商品を開発しようというのが、御社の目指されるところのようです。逆に、まだ組織に比較的体力の残っている現時点でそうしておかなければ、今後、この生保市場における東京安井生命の現在の地位はますます危うくなると、少なくとも御社の上層部は考えておられるようです」

「……はい」

その声が、ますます小さくなっていく。

「それでは、質問させていただきます」真介はやや胸を反らしてもう一度相手を見つめた。ふたたび相手が目を逸らす。「松本さん、今回の人員削減に関し、あなたご自身は今、どのようにお考えですか」

松本は束《つか》の間《ま》、その素振りに迷ったような表情を見せた。ややあって重い口を開く。

「外資系の生保会社が現在この日本市場で攻勢をかけてきていることは、私も現場に居たときに実感しておりました……ですから、長い将来を見据えれば、会社が今回のような判断を下すのも止《や》むを得ないのかな、とは感じております」

「では、その意見を、ご自分の立場に落とし込んで考えてみた場合ではどうでしょう」すかさず真介は質問を重ねた。「もしご自分が会社から不要だと判断されているとしたら、松本さん、あなたに自主退職を受け入れられるおつもりは、ございますか」

さすがにこのえげつなく、あからさまな質問は、相手に少なからずショックを与えたようだ。松本は一瞬驚いたように、目をしばたたかせた。

「いや――いきなりそういうことを質問されましても」

だが、そのあとの言葉はうまく続けられないようだった。しばらくして、こう言葉を続けた。

「すいません。情けないことですが、自分のことになりますと、咄嗟にはなんと答えていいものか……」

そう小声で言ってふたたび力なく顔を伏せ、黙り込んだ。いかにも居心地悪そうに大柄な体をパイプ椅子の上で縮めている。たぶん演技ではない。こんなことを質問されている自分の情けなさに、本当に身の置き所がなくて困っている。三十六にもなって、そのときどきの感情がつい素直に出てしまうタイプのようだ。かと言ってその屈辱感を怒りに変え、こちらに向けてくることもしない。朴訥《ぼくとつ》。人間が擦《す》れていないのだと感じる。

苦手だな。不意にそう思う。この手のタイプ、おれは苦手だ。

それでも真介の口は滑らかに動きつづける。

「松本さん、失礼ですが、あなたのご出世は同期の方の中でもやや遅れがちのようですね。上司の人事考課を拝見させていただいても、余り芳《かんば》しい成績ではない。それと併せ、こんなことを申し上げるのはまことに申し訳ないのですが、私どもの調査でも、やや仕事に対する意欲が減退されているように見受けられます」

「……」

「現在、あなたと同じ部署には、すでに課長職になられた同期の方がいらっしゃいますよね。失礼ですが、その方をご覧になって、何か思うところはございますか」

松本はしばらく何かを考えているようだったが、やがて口を開いた。

「――彼もたぶん、いろんな経験を経て、今の立場になったのだと思います。時には嫌なこともあったでしょう。それを堪《こら》えて仕事をやってきたのですから、今の課長職にあるのは当然だと思います」

その訥々とした答え方。束の間吟味した後、真介はうなずいた。

今度も感情に嘘《うそ》はついていない。かといって嫉妬《しっと》もしていない。この男は同期でもトップ昇進を果たしたその相手に対して、心底そう思っているようだ。

真介は今の仕事を続ける中で、時おり考えていた。

嫉妬――。出世競争の中に生きる男が持つ、もっとも醜い感情の一つだ。同期の陰口を叩《たた》く。ないしは悪意のある噂話を流す。あるいは実際の業務で足を引っ張る。そして相手が出世コースを外れていくまで、それらの行為を厭《あ》くことなく続ける。ある意味、女の嫉妬より陰湿で始末が悪い。

ところがその感情を、この男はどこかに置き忘れて生きている。やはり、もともとの人間性が非常にいいらしい。

と同時に、面接開始直前の疑問がふたたび頭をもたげる。

この男は今、その隣の課の同期に対して『時には嫌なこともあったでしょう。それを堪えて』と話した。たぶん自分の経験に照らし合わせて考えていたはずだ。

やはり、九州勤務時代に何かがあった。

「質問を変えさせていただきます」真介はファイルの二枚目を捲《めく》りながら、ふたたび口を開いた。「あなたは七年前、北九州営業所に外交部長として配属になっておられますよね」

「はい――」

この答えは、一瞬遅れた。

「私が思うに、この外交部長職は、御社においてキャリアアップしていくためには避けては通れない道です。日本の生命保険会社はどの企業でもそうですが、その事業収入のかなりの部分を保険外交員の売り上げが占めている。ですから、長いキャリアの中でこの部長職を勤め上げることは、その後の会社人生を考えても、とても大事なことですよね」

「……」

「ですが、あなたは就任して一年後には、この職種からの異動希望を提出されている」

目の前の松本の表情が、見る間に硬くなる。

「何故《なぜ》です？」それでもはっきりと真介は聞いた。「他の職種の段階でならともかく、この営業管理職の仕事を途中で放り出すことは、自ら出世コースから降りることに等しい行為のはずです。そして、それは松本さん、あなたにも充分分かっていたはずですよね。どうしてそんなことをされたのです？」

しばしの沈黙のあと、松本は何かをつぶやいた。聞こえなかった。

「――え？」

つい真介は聞き返した。

「だから、それはこの面接で答えなくてはいけないことですか」相手は限りなく小さな声で、ふたたび口を開いた。「私は、答えたくないのですが……」

「なるほど」真介は一応うなずいた。「もちろん答えていただく義務はありません。が、私が思いますに、あなたはそこで一度、会社人生における大きな選択をされておられます」

「……」

「そしてその選択が、今のあなたの立場にも大きく影響を与えているとはお考えになりませんか」

松本はなおも黙っている。黙ったままこちらをかすかな上目遣いで見ている。真介は思う。この場合の沈黙とは、肯定を示している。

「――たしかに、現状の中で今後も仕事をつづけていかれるのも、一つの考え方かもしれません」真介はゆっくりと言葉を吐いた。「ですが、これを機会に、新しい外の世界にチャレンジされるのも一考かと思われますが、いかがでしょう」

「……」

「むろん、そうなった場合、こちらの会社としてもできるだけのことはさせていただくそうです」

そう言って、隣の川田美代子を見遣《みや》る。真介の視線を受けて、川田がデスク上のファイルを手に取り、立ち上がる。ゆっくりと松本に向かって歩いていく。

「どうぞ。資料です。お受け取りください」

そう言って、松本にかすかに微笑みながら、両手で資料を差し出す。つい、といった感じで松本が資料を受け取る。

今の会話の流れから、松本にもなんとなく分かっているはずだ。手渡される資料は、間違いなく自主退職を促すためのものだと。それでも松本はすんなりと受け取った。

こういう阿吽《あうん》の呼吸、川田は本当にうまい。しかし意識的にうまいわけではない。おそらくは完全な天然女《てんねんおんな》だからこそ出来る技だ。気負いもなく、さりとて過度に遠慮することもなく、まるで友達にでも対するように、ごく自然に相手に手渡すことが出来る。

やはり去年、彼女の時給を上げてでも契約を更新しておいて良かった。が、今はそんな呑気《のんき》な感慨に浸っている場合ではない。

目の前の松本に向きなおる。

「お渡ししたファイルには、もし自主退職を受け入れられた場合の退職条件が詳しく明記されています。繰り返しますが、かなりの好条件です」松本の手に握られたままのファイル。少しその手元が震えているように見える。「今までの被面接者の方々の中には、この条件をご覧になって自主退職の方向に傾いた方も数多くいらっしゃいます。ですから辞職勧告を受け入れる受け入れないは置いて、ひとまずその内容をご説明させていただければと思っているのですが、よろしいですか」

「……分かりました」

真介はうなずいた。

「では、さっそくですが、資料の一枚目をお開けください」

そう言って、あくまでも事務的な口調を続けた。松本が素直にファイルの一枚目を捲る。

「よろしいですか。では最初のページ。特別退職金の支払い規定についてです。今回の場合の退職金は、社内規定分にプラス、勤続年数×基本給の一ヶ月分です。通常退職金の約二倍ということになりますね。松本さんの場合ですと、約千六百万円です。それに、再就職活動の援助金がプラスの百万円です。合計で千七百万。二項目を見てください。さらに今までに溜《たま》っていた有給休暇の買い取り——」

あとの言葉はもう、意識しなくとも淀《よど》みなく口をついて出てきた。

この会社の面接業務を始めてから五日が経《た》つ。松本までに二十三人の面接をこなしてきた。今ではもう、退職条件は資料に目を落とさなくてもすらすらと口をついて出てくる。

松本が部屋を退出していったのは、四時十分前。

真介が一通り退職条件を説明し終わったあとも、特に相手のほうからの質問はなかった。

「なるほど。そういう条件ですか……よく分かりました」

松本は、そうつぶやくように言っただけだった。自己都合退職を受け入れるとも受け入れないとも言わなかった。

結局、最終結論は来週末の二次面接まで持ち越しになった。

ふう――。

時計を見る。三時五十二分。

「じゃあ美代ちゃん、次のファイル、行こうか」

「はーい」

川田美代子がデスクからゆっくりと立ち上がり、次の被面接者のファイルを持ってくる。

「ありがと」手に取りながら川田を見上げた。「今日もあと一人で終わりだから、がんばろ」

「はーい」

ふたたび同じ台詞《せりふ》を繰り返し、川田美代子が微笑《ほほえ》む。真介もなんとなく笑う。

連日繰り返されるこの面接室の中での殺伐としたやり取りも、彼女の精神にはなんら暗い影を落とさないようだ。羨《うらや》ましい性格。

気を取り直し、次の被面接者のファイルを開けた。

だが、途中でふとあることに思い至り、資料の文字を追っていた目が一瞬止まった。

「——」

ありていに言って川田美代子は、全方位的な美人だ。誰が見てもそう思うだろう。

それはむろん、被面接者の男性たちにとっても例外ではない。男の悲しい習性《さが》で、自分が崖《がけ》っぷちに立たされているこの面接時にも、必ず二度、三度と川田の顔を盗み見る。

しかし、あの松本は、一度も自分のほうから川田の顔を見ようとはしなかった。彼女からファイルを手渡されたときも、ひたすらうつむき加減だった。

……ひょっとして、女嫌いなのか。

まさか女性恐怖症か。

ふと、自分の身に照らし合わせて考えてみる。

苦笑する。

女を嫌いなんて……おれにはとうてい信じられない。

3

週末に送別会が行われた。

とは言っても、現在社内で進行中のリストラでクビを切られた社員の、ではない。それは早くても一ヶ月以上は先の話だ。

システム・ネットワーク開発部門のプロジェクトがめでたく一段落し、それに併せて契約が任期満了になった子会社系《インハウス》派遣社員たちの送別会だった。

上座にはそれらシステム・エンジニアやプログラマーの面々が顔を連ねている。ざわざわと賑《にぎ》わう宴席の中、松本一彦は末席のほうに座ったまま、ぼんやりとしている。同期トップで課長職になった山口は、はるか上席のほうに居る。同僚の後輩たちが気を遣い、もっと上座に着くように言ってきたが、やはり遠慮した。同期の山口に対して悪意はない。悪意はないし、むしろ立派な男だとは思うが、近くに座るのは、やはり気が進まなかった。

ふと気づいた。

上座に座っているシステム・エンジニアの田中。今日までは一彦の部下だった。同じチームで、お客様相談センターのヒアリング・システム開発を受け持っていた。

田中は座布団《ざぶとん》の上で、その手足の長い、ひょろりとした体をいかにも窮屈そうに縮めている。ぼんやりとしたその表情。今、あくびを嚙《か》み殺した。無理やり主賓席に座らされ、明らかに退屈しきっている。今どき珍しい分厚い瓶底のような眼鏡。この五月の陽気に、どこから引っ張り出してきたのか長袖《ながそで》のネルシャツ。よれよれのカーゴパンツの裾《すそ》からは、白いソックスがはみ出ている。一彦も人のことは言えないが、この田中も相当に服のセンスは悪い。というか、まるで関心がない。主賓に呼ばれる格好でもない。

なんとなくおかしみを覚える。田中明《あきら》。今年三十六歳になるから、自分とは同年だ。なのにこの歳《とし》にもなって、未《いま》だにしがない派遣社員だ。

が、仕事が出来ないからではない。むしろ、仕事はおそろしく出来る。今回のプロジェクトの成功は、この一見まったく冴《さ》えない派遣社員の男が陰の立役者と言ってい い。

田中の目がこちらを向いた。一彦の瞳《ひとみ》と会うと、ちらりと情けなさそうな笑みを投げかけてきた。

ボク、なんでこんな所にいるんでしょ――。

顔に、はっきりとそう書いてあった。一彦はつい微笑んだ。最近では、これがこの男の良さだと思えるようになっていた。

派遣会社からやってきてチームを組んだ一年前から、この男のとんでもない勤務態度には散々煮え湯を飲まされたものだが、今となってはその記憶も懐《なつ》かしいものに変わりつつある。

「おい——」

そう呼びかけられると同時に、肩を叩《たた》かれた。顔を上げると、一彦の膳《ぜん》の前に同期の山口がどっかりと腰を下ろしたところだった。すかさず膳の上にあった銚子《ちょうし》を取り上げ、一彦に笑いかけてくる。

「ま、飲めよ。松本」

「ああ」

言われるまま、杯を差し出す。なみなみと注がれた日本酒を飲み干す。

「じゃあ、おれももらおうか」

飲み干した杯を山口に差し出し、酒を注ぎ返す。一気に呷《あお》った山口は、ふたたび明るく笑った。

「お互い、せっかく近くの席になったのに、最近はあまり話をする暇もないよな」

「ああ……そうだな」

「どうよ。最近の、そっちの課の調子は？」

「ま、悪くないな」一彦は言った。「見ての通り、今日でプロジェクトも一段落だ。システムの動き方も非常にいいしな。バグもほとんど見当たらない」

山口は得たりとうなずいた。

「お客様相談センターの連中も驚いていたぜ。こんな使いやすいシステムがあるのかって。しかも合理的だ。かなり感謝していた」

一彦は笑った。それはそうだろうと思う。あの田中がメインのプログラムを書いたのだ。使いにくいわけがない。

それにしてもこの山口、やっぱりいい奴《やつ》だと思う。

いつの間にか両隣の席は空いている。最近の宴席ではよくあることだ。社内でいつも暗い顔を引《ひ》き摺《ず》っている男など、誰も喜んで相手しようとは思わない。しかし、この山口は、明らかに出世コースを外れたおれなんかに話しかけても何の得にもなりはしないというのに、今日もこうして自分のほうからわざわざ出向いてきた。さりげなくおれの無聊《ぶりよう》を慰めようとしている。こういう男が出世していくのは、当然だ。

「ところでさ──」と、急に山口は声をひそめてきた。「おまえ、昨日の面接、どうだったんだ」

「どうって?」

山口はわずかに顔を寄せ、さらに声をひそめてくる。

「だから、まさか自己都合退職をすんなり受け入れたんじゃないだろうな」

「いや……」思わず口ごもる。挙句、つい正直に答えてしまった。「一応、それも含めて次回の面接までに考えることにしたよ」

「絶対に、辞めるなよ」

即座に山口は返してきた。一彦がふたたび口ごもっていると、

「分かるな。絶対に、辞めるな」

もう一度真剣な表情で繰り返した。

しばらく、お互いに無言だった。

ややあって山口は軽いため息をつき、ふたたび口を開いた。

「自慢で言うんじゃないから、聞いてくれ。たしかにおれは同期の中では出世頭だ。職場結婚だったカミさんも喜んでいるし、いまのところ上司からの覚えもめでたい」

「……」

「もちろんおれだって悪い気はしない。でも、だからどうしたっていう気持ちも、心

のどこかに絶えずある。ただでさえ忙しいこの会社だ。おまけに役付きになって、ますます帰宅は遅くなっている。今週だって毎晩午前様だ」

いつのまにかやや俯《うつむ》いている山口の顔。

昔はもっと細面の男だったな、とぼんやりと思う。それが長年の激務と付き合い酒で、今ではすっかり顔はむくみ、肌の色も悪い。

「出世なんて、しょせんはオセロと同じだ。ある一時の局面では優位になったとしても、ほんのちょっとした油断やミスから、瞬《また》く間に盤の目はひっくり返る。勝っていたと思っている状況からひっくり返されるから、より悲惨だ。カッコもつかない」

分かる。山口は今、自身の状況を分かり易《やす》く例えている。

「逆に今、不利な状況に立っていても、何かの拍子にふたたび目をひっくり返せることだってある」

今度は、自分のことだと思う。

「でも、だからこそ会社の中で、利害を別にした親しい人間が必要なんだと思う。自分がもし苦しくなったとき、しょうもない馬鹿話《ばかばなし》をして笑えるような奴らがいないと、人間、やがては駄目になっちまう。余裕もなくす」

そう言ったあと、ふたたび一彦の顔を見上げた。

「だから、辞めるな。分かるな？」

課長ーっ。

山口課長ーっ。

宴席の遠く、一般職の女性社員たちから目の前の男にお呼びがかかっている。

ちょっと来てくださーい。

「おう。今行く」

そう振り向いて呼びかけ、山口は腰を上げた。立ち上がりざま、もう一度囁《ささや》いてきた。

「やがては明るい目も出る。分かるな。ヤケになるなよ」

そう言い残し、山口は女性社員たちのほうに歩きはじめた。

「やあやあ、何だよ」

その横顔には、一彦に見せた真剣な表情とは打って変わって、早くも満面の笑みが張り付いている。

山口。

こいつも本当は孤独なのだ。激しい出世競争の中で、絶えず不安を抱えている。

いつの間にか、遠い世界に来てしまったな——。

ふとそう思った。なんとなく昔を思い出した。自分たちがまだ新入社員だった十数年前。さらにその前のこと……。

一彦は、福島県の山深い寒村に生まれ育った。大人たちの八割が林業に従事する村だ。

小学校までは、村の分校に通った。全学年合わせて五人の生徒で、当然のように複式授業だった。男子生徒も女子生徒も関係なかった。泥だらけになって一緒に遊んだ。みんな、冬ともなると盛大に鼻水を垂らし、両頬をリンゴのように赤黒く染めていた。自分も含めて、裏山から引っこ抜いてきたサトイモ同然だった。女の子のパンツが見えても何も感じなかった。

中学校からは路線バスに乗り、町の学校まで通い始めた。

ショックだった。そして衝撃だった。

町の女の子たちはみな、一彦が育ってきた村の女の子たちとは全然違って見えた。ほっぺたも赤くないし、鼻水を啜《すす》っている子など、まったくいなかった。しかも、なんとなくいい匂《にお》いがした。男子生徒にしてもみんなカッコ良かった。そんな中に一人、イガグリ頭で田舎から通ってきている自分がいた。恥ずかしかった。

女の子に対して気軽に接することができなくなったのは、ちょうどこの頃からだ。

授業以外で親しくなる接点もなかった。村に帰る路線バスは、最終が五時半……部活など、とうてい出来なかった。家に帰っても暇だった。元来が真面目《まじめ》な性格だったので、その時間を勉強に当てた。当然、勉強が出来るようになった。

高校は、県下でも一、二位を争ういわき市内の進学校に合格した。

ただし、男子校だった。これで女の子とはますます縁遠くなった。

結局、一彦は高校三年間で、コンビニのヤンキー娘の店員と言葉を交わす以外は、一度も同年代の女の子と親しい会話を持つことがなかった。そして、そんな自分に心底呆《あき》れた。

ヤンキーの女の子は嫌いだった。というか、どうしても好みではなかった。

村の数少ない同年代の女の子たちは、中学を卒業すると、どういうわけかみんなヤンキーファッションにかぶれていった。だが、ほっぺたにはまだ子どもの頃の名残がある。一緒に野グソをした頃のことも覚えている……とうてい異性として見られたものではなかった。

おれは絶対に女の子の多い、しかも賢い女の子の多い大学の学部に行くのだ――。

そういう邪《よこし》まな動機も多少あり、受けて合格した大学が、東北大学の文学部だった。

連日の合コン。学部内やサークルでの飲み会。酒の勢いもあり、ようやく女の子とも気楽に口を利《き》けるようになった。しかし特定の彼女は出来ず、十代最後の夏も、童貞のうちに虚《むな》しく過ぎ去っていった。

大学二年の夏だ。

運命の出会いが一彦に訪れた。夏季集中講座の体育の授業を選択したときのことだ。ウィンドサーフィンの授業で、一年先輩の女性と知り合った。経済学部の三年生だった。

そのときのことは今でも昨日のことのように鮮明に覚えている。

最初の授業で見た瞬間から、もう心臓がドキドキしていた。なんと言えばいいのか、まさに自分の思い描いてきた理想像が、今そこに立っている、という感じだった。

彼女——杏奈《あんな》は、東京の出身だった。いかにも都会っ子らしいさばけた雰囲気と、その垢《あか》抜けた髪型や服装のセンスも素敵だった。笑顔も魅力的だった。一発でぐっときた。

……今にして思えば、自分は、憧《あこが》れの延長線上に好き勝手な女性像を作り上げ、そのフィルターを通して彼女に思い焦《こ》がれていただけだったのだと分かる。

そしてそんな己《おのれ》のある種朴訥《ぼくとつ》さというか、間抜けさは、今も心の中に引き摺っている。だいたい十五年も前の出来事を、昨日のことのように鮮やかに思い出せるということ自体、一彦のこれまでの女性経験の少なさを雄弁に物語っている。

彼女は実習中も、一彦に対しては何かと親切だった。よく話しかけてくれたりもした。それは、都会育ちの子がよく身につけている習性——広く浅く誰とでも付き合うし、相手が嫌いでない限りは分け隔てなく愛想良くするという、単なる社交儀礼のようなものに過ぎなかったのだが、一彦はひょっとしたら自分に気があるのではないかと考えた。

夏季講座が終わる頃には、もう夢中になっていた。経済学部のサークル仲間を頼り、必死に彼女の情報を集めた。結果、彼女には親しい男友達は数人いるが、さりとてちゃんと付き合っている相手はいないようだということが分かった。

ある日、勇気をふるって（もし良かったら、ボクと付き合ってください）と打ち明けた。まるで中学生の告白だ。彼女は一瞬困ったような顔をしたが、（じゃあ、たまに飲みに行くような関係になろうよ）と、提案してきた。

二人の関係には何の進展もないまま、たまに飲みにいくだけの関係が、ほぼ一年続いた。しかも飲みに誘うのは、一彦からばかりだった……。

大学三年の秋のことだった。

夜の十時を過ぎた頃、珍しく彼女から電話がかかってきた。べろんべろんに酔っ払っているようだった。私の部屋で飲もうよ、と相手は誘ってきた。部屋に行くと、テーブルの上にフォアローゼズの瓶とグラスがあった。彼女に付き合ってしばらく水割りを飲んでいると、相手はどういうわけか、突然泣き出した。そんな彼女の姿を見るのは初めてだった。一彦は仰天し、その訳を聞いたが、相手は何も答えないまま、いきなり一彦に抱きついてきた。思わぬ事態に一彦は戸惑った。それでもペニスが固くなってくるのを抑えることが出来なかった。

……結局は、そうなった。

彼女と寝てしまった週末、ふたたび飲みに誘われた。

経済学部の友人たちと飲んでいるから、もし良かったら一緒に飲まない？

一彦はのこのこと出かけていった。

飲み屋に着くと、杏奈はすでに半ば出来上がっていた。他の六、七人の学生たちも似たような状態で、座はかなり盛り上がっていた。一彦は杏奈の近くの席に、静かに腰を下ろした。

気になる学生がいた。むろん男だ。

杏奈のすぐ脇《わき》に座っている彼女のクラスメイト……軽くウェイブのかかったロングヘアには所々に金のメッシュが入り、大きく開いた胸元には金色のペンダントをぶら下げている。学生の分際で気障《きざ》な男だと感じた。

その男は、杏奈の肩に当然のように腕を廻して飲んでいた。だが彼女は、そんな相手の振る舞いを嫌がっているようには見えなかった。それどころか相変わらず上機嫌な様子で誰彼となく話しかけ、何か滑稽《こっけい》な話題が出たときには、むしろその男にもたれかかるようにして大笑いしていた。一彦は、次第に不機嫌になっていく自分をどうすることもできなかった。

おそらくその時の自分は、いやな目つきでその男を何度も見ていたのだろう、

「ねえ、おまえさ——」

気が付けばその相手に話しかけられていた。ロングヘアの男はにやりと笑い、ふたたび口を開いた。

「おまえさ、こいつのことが好きなんだって?」

そう言って、肩を抱いたままの杏奈に向け、軽く顎《あご》をしゃくった。

「ちょっと、やめてよー、小林クン」杏奈は笑いながら相手の胸元を軽く押した。

「そういうこと、言うもんじゃないわよ」

だが、相手はさらに言葉を続けた。

「こいつさ、右の尻《しり》の上に、ちっちゃな黒子《ほくろ》があっただろ」

——え。

目が点になった。

「だからあ、やめてって言ってるでしょ」その朗らかな口調が、心に突き刺さった。

「彼が、かわいいいいいそうでしょ」

目の隅で捉《とら》えた。いつの間にか、その場にいた全員が一彦たち三人のやり取りに聞き耳を立てていた。みんな、知っていた……まるでおれは、ピエロだ。

気がつけば、自分の部屋に戻ってきていた。いつ飲み屋をあとにし、どこをどう通ってアパートまで戻ってきたのかも記憶になかった。

以来、大学を卒業するまで、一彦は誰とも付き合わなかった。もう付き合う勇気もなかった。

その反面、このままではいけない、と心のどこかで感じていた。

世の中の半分は女性なのだ。その存在を無視してこれから社会生活を営んでいくことなど、とうてい出来ない。

……それに、ゆくゆくは自分だって好きな女を見つけて結婚もしたい。なんとかこの苦手意識は、早いうちに払拭《ふっしょく》しなくてはならない——。

大学三年も終わりに差し掛かり、就職活動の時期がやって来た。

いくつかの会社のリクルーターに会った。

その中から一彦が選んだ会社が、今の東京安井生命だった。総合職としての採用で、当然のように将来の幹部候補生だという。給料も高い。いい条件だと思った。

そして、密《ひそ》かに（これはいいかも）と思った職場の教育制度があった。

「うちの会社はさ、なんと言っても保険外交員の頑張りで成り立っている企業なんだよね」かつて同じ学部の先輩だった相手は、そう説明してきた。「だからさ、少なくとも入社して十年間は、彼女たちの仕事にまつわるスタッフ業務がメインの仕事になる。けどね、うちの会社は保険外交員に対するノルマの締め付けが厳しいから、彼女たちのストレスもけっこう溜《たま》る。だから、こういった現場レベルでの仕事では大変なこともある」

「……そうですか」

「でもね、実はそんなに心配することもないんだ。入社後の一ヶ月間の研修では、そういう外交員に対する接し方や扱い方も、心理学各学科の先生や専門の講師を招いて詳しく勉強する。実際に現場に出てからも、支社長や外交部長たちは女性の扱い方にかけては相当なベテランだから、ＯＪＴ（実務研修）でもいろんなことを教えてくれるよ。実際の接し方を見ているだけでも、かなり勉強になるしね。実際ぼくも、女性の扱い方や付き合い方に関しては、この仕事を通じていろんなことが分かってきたと思う」

なるほど。

一石二鳥とは、まさにこのことだと思った。

将来性のある大企業に勤め、ついでに女性のこともよく分かるようになる。ひょっとしたら、苦手意識も薄らいでいくかもしれない——。

入社直後から始まった新人研修では、たしかに大学の先輩が言っていたとおり、為《ため》になる研修内容が多かった。

特に、ある心理学の先生の言った言葉は、今でも鮮明に記憶に残っている。

生理薬理心理学の分野では、人間は、悲しいから泣くのではなく、泣くから悲しいのだという捉え方があります。つまり、涙が出るという生理行為を自ら認知して初めて、自分は悲しいのだということを悟る、という考え方です。こう考えてみれば、いったん泣き出した女性が、さらにさめざめと泣き続けるという事例も、妙に納得できるような気も致しますね。

へえ、と目から鱗《うろこ》が落ちる思いだった。

そんな研修が続くさなか、八十人の同期たちとも親しくなっていった。その中には山口もいた。ある夜、同期たちと連れ立って飲みに行った、その帰り道のことだ。

新宿駅の西口に、『人生鑑定』の灯籠《とうろう》を出している小さな卓があった。その後ろのパイプ椅子《いす》に、老婆《ろうば》がちょこんと腰かけていた。易者だった。

これからの会社人生を占ってもらおうよ、と誰かが言い出した。みんな、軽い洒落《しゃれ》のつもりで順番に占いを受け始めた。

一彦の順番が回ってきた。老婆はしげしげと一彦の手相を覗《のぞ》き込んでいたが、やがて軽いため息をつき、こう口を開いた。

「あなた、数年ほど前に、女性関係で悲しい目に遭われてますね」

「……」

「用心されたほうがいいですよ。今も、その女難の相は消えていません。危ういところには、近づかないことです」

背後の仲間たちは酒の余韻も手伝って、どっと笑い出した。

女難の相だってよー。シャレになんねーっ。

でも、一彦には笑えなかった。

学生時代のあの事件。たしかに当たっている。……ということは、今の予言めいた言葉も本当なのだろうか。

が、直後にはあわてて首を振った。

なに、そんなことはないはずだ。だいたい人間、若いうちなら数年に一度や二度は手痛い失恋を経験して当たり前だ。だからこの婆《ばあ》さんは、自分の占いに信憑性《しんぴょうせい》を加えるため、あてずっぽうにそう言ったのだ。そうだ。そうに決まっている――。

東京本社での研修終了後、仙台支社に配属された。宮城県全域にある五十の営業所を統括する支社の営業販促部門で、保険外交員の後方支援活動《バック・ヤード》としての仕事のイロハを学んだ。

販促部門では、保険グッズや支社オリジナルのチラシ・パンフレットの作成と同時に、入れ替わりの激しい保険外交員のリクルーティング活動も同じくらい重要な仕事として扱われていた。講演会やパーティ、お茶の会などを企画し、保険外交員に友人知人を連れてきてもらう。その現場で、熱心なリクルーティング活動を行う。

とにかく配属早々から目の廻るような忙しさだった。通常業務をこなしているだけでも朝七時出社夜十一時退社は当たり前で、新しい販促ツールの作製や講演会の準備が重なったときなどは、帰宅が午前二時三時になることもざらだった。

会社も、伊達《だて》に高給を保証してくれていたわけではない。そして、気まぐれに一彦たちを幹部候補生の総合職として採用したのではない……生存競争《サバイバル》の始まりだった。

この最初の五年間で、同期の総合職の約二割が会社を去っていった。

この間、一彦には相変わらず付き合う女性は出来なかった。平日は仕事で忙しく、土日もその疲れから、一日はずっとぼうっとして過ごした。残る一日は、付き合いゴルフや、社内的に奨励されている資格取得のための通信講座や、やがて来る昇進試験のための勉強で潰《つぶ》れた。とても社外の女性たちと出会うきっかけはなかった。

……女性と付き合うなら、やっぱり社外のほうがいいと思っていた。職場で仲良くなった女の子もいたし、中にはほのかに好意を覚える女性も存在したが、とても付き合ってくれと言い出す勇気はなかった。もし断られたらどうしよう、という気持ちがつい先にたった。

あの大学三年生のとき……。

おまえさ、こいつのことが好きなんだって？

こいつさ、右の尻の上に、ちっちゃな黒子があっただろ。

あのとき、周りの人間はみんな聞いていた。いたたまれなかった。

もし断られたら、きっとあのときみたいに周囲の人間の知るところとなる。いい笑いものになる――。

そう思う反面、二十代の後半になってもこんなことでくよくよ思い悩む自分自身、どうかしているとも感じていた。


二十八になって、初めての異動を経験した。

甲府営業所の営業現場へと赴任し、外交部長候補生として、二年の実地研修を含んだ仕事が始まった。

ある程度の予想もして覚悟は出来ていたものの、赴任早々から一彦は仰天した。そして内心、恐れ慄《おのの》いた。

女、女、女……そこはまさしく、女の戦場だった。高校を出たての十八のおぼこ娘から、人生の酸《す》いも甘いも嚙《か》み分けた五十代のオバちゃんまでが横一線に並び、激烈な受注競争を日々繰り返していた。そしてこの職場で、女という生き物が集団になると、いかに恐《こわ》いものであるかということを目《ま》のあたりにした。

女は、どんな集団であろうと必ず仲良しグループがいくつか出来る。そしてその集団同士は、表面上ではいかに愛想笑いを取り繕っていようと、腹の底で交じり合うことなど絶対にない。少なくとも一彦にはそう見えた。

そして、そんなよそよそしい付き合いがたまに爆発することがある。担当エリア分けの営業会議や、共通の知人をどちらがリクルーティングするかなどで、お互いの利害が対立しあったときだ。最初は引きつった笑みで始まった女同士の遠慮言い争いが、やがて毒を含んだ罵《のの》り合いになり、そして金切り声を上げながらの会釈《えしゃく》もない個人攻撃に移行する。ごくまれには、お互いの髪を引っ張り合う騒動になることもあった。

この営業所で、まさに女の本性というものを思い知らされた気がした。

そんな彼女たちの雰囲気に気圧《けお》され、つい言動が臆《おく》して的確な業務指導ができなかったときなど、

「あんたっ、ナニやってんの！」

逆に、そう怒られることもしばしばだった。

おれにはこの仕事、向いてないかも……。

そう気落ちしているときなど、営業所の外交部長がよく飲みに誘ってくれた。

だいじょうぶだよ。やがて慣れるから。

ああ見えてね、彼女たちにもすごく可愛《かわい》いところがあるんだよ。

おれの誕生日に照れながらプレゼントをくれたりね、営業所の数字が足りないときなんかは自分のノルマは達成していても、本部へのおれの顔を立てるために、まだ必死に売ってくれたりする。

この仕事はね、彼女たちに助けられて、初めて成り立つんだよ。

五十代のその外交部長は、一彦の目から見ても、彼女たち外交員に対しては実によくやっていた。元気のない外交員がいれば喫茶店に誘って気軽に相談に乗り、インフルエンザにかかった外交員がいれば、わざわざ自宅まで見舞いに行く。景気づけのためのボウリング大会や釣り堀での釣り大会なども、自腹でしばしば催していた。だからこそ彼女たちも、その期待に応《こた》えるよう必死にやっていたのだ。

「……」

おれは二年後、このまま順当にいけば、その立場になる。でも、はたして女ともロクに付き合ったことのないこのおれに、ここまでの仕事と心配りができるだろうか。

正直、かなり不安だった。

その不安を引き摺《ず》ったまま、二年が過ぎた。三十歳のときに二度目の昇進試験に合格し、主任から係長職になった。と同時に、なりたての外交部長として北九州営業所に赴任した。

始めよければ終りよし、という格言があるらしい。最初がよければ、その勢いに乗ってあとの仕事もやりやすくなる、というほどの意味だ。

だから逆にこの赴任初日、一彦はもう緊張しまくっていた。朝飯も喉《のど》を通らぬほど、身も心もガチガチに固くなっていた。

絶対に、初日から好印象を持ってもらわなければならない。みんなに嫌われてはならない――。

その緊張が、裏目に出た。

初顔合わせのときの挨拶《あいさつ》で、最初の一言からいきなりどもった。しかも二言目にはいいいい、尻上がりの福島訛《なま》りが出た。頭の中が真っ白になった。あとはもうしどろもどろになり、支離滅裂なことを口走っていたようだ。

気が付くと、営業所内はしいいんと静まり返っていた。自分の間抜けぶりを笑われたほうがまだよかった。だが、外交員の女性たちはみな、黙りこくったまま自分の顔を見ていた。

（こんな男が、あたしたちの上司になるのか――）

どの顔にも、そう落胆の表情が浮かんでいるような気がしてならなかった。

初日から気持ちが挫《くじ》けた。最悪だった。

翌日からの朝礼・夕礼もぼそぼそとした口調でしか挨拶が出来ないようになった。

自分に対して外交員たちの気持ちが冷えていくのは、当然のことだった。

……今思い返してみれば、おれは結局、自分のことしか考えていなかったのだとよく分かる。

自分は、どう見られているのか。自分は、嫌われているのではないか。バカにされているのではないか。女に対して奥手だということがバレてやしないか。

周囲の目を気にしすぎる余り、徹頭徹尾自分のことしか興味がなかった。外交員たちがどんな気持ちで必死にノルマをこなし、どんな気持ちで会社や自宅訪問を繰り返しているか、本当の意味で彼女たちの立場になって考えたことなど、一度もなかった。

もし真剣に彼女たちの立場を考えていれば、そんな下らぬ理由で自分のことばかりを考えている余裕は、とてもなかったはずだ。

仮に自分がみっともない態度を示し、周囲に明るく笑ってもらえなかったとしても、だったら逆に開き直って、たとえ空元気でもいいから自分で自分を豪快に笑い飛ばせば良かった。そうやって彼女たちのいる場を救うことを、考えなければいけなかったのだ。

だが、おれにはそれが出来るだけの度量も、そして勇気もなかった。

ある意味、疎《うと》んじられていくのは当然のことだった。もともと明るいほうではないと思っていた自分の表情が、ますます暗くなっていくのが分かった。

一概に言って、九州の女たちはしっかり者が多い。上役が頼りにならなければ、自分たちがその役割を分担してでもやっていこうとするような男勝りの部分がある。

赴任して半年が過ぎる頃には、すでに営業所内での一彦の存在は『壁掛けの絵』同然になっていた。彼女たち外交員は、会議の席でも借り物の部長として一彦を上座に据えているだけだった。ベテラン外交員たちが音頭を取って、担当エリア分けもキャンペーンの数字の割り振りも、完全なる自分たちの主導で決めていった。

むろん一彦の立場としてはありがたかったが、それ以上に自分への情けなさが心を蝕《むしば》んだ。

こんなことではいけない。これでは、おれがここに居る意味など全然ない。

そう思っては、会議の席上で何度か積極的に発言したこともあった。

しかし、反応はまったくなかった。外交員たちはみな押し黙っていた。彼女たちの心はすでに、完全に一彦から離れていたのだ。所内に誰も味方はいなかった。

「……」

激しい自己嫌悪《けんお》がじわじわと精神を蝕み始めた。年が明けたころから、帰宅してからの平日はおろか、休日の夜までも次第に眠れなくなってきた。寝酒の量も増え、導眠剤にも頼るようになった。食欲もなくなり、体重も七十キロから五十八キロへと激減した。

このままでは、組織人としての前に、個人としての自分が駄目になる。

ついにそう思い至り、福岡支社の支社長に異動願を提出した。

「おまえ、自分がいったい何をやろうとしているのか分かっているのか」支社長には、はっきりとそう言われた。「この職種の段階をすっ飛ばすことは、おまえのこの会社での未来をどこかにすっ飛ばしてしまうことと同じなんだぞ」

「――」

「とりあえず、もうしばらく頑張ってみろ」支社長は苦虫を噛み潰したような顔で説得してきた。「今の話は本社にはまだ言わないでおいてやる。少し冷静になって、アタマを冷やせ」

……社内の噂《うわさ》とは、滲《にじ》むようにして広がるものだ。

いつしか一彦が支社長に異動をかけあったことは、所内中の噂となっていた。

一彦の想像ではない。実際に給湯室の脇《わき》を通りかかったとき、こんな小声の会話が洩《も》れ聞こえてきた。

いったいナンが不満なんやろ。ウチらがこげん頑張っとっとに。

暗かし、仕事もできんくせにね。

そりゃあの痩《や》せよう見たら、部長にも気の毒なトコはあるばってんがさ。

でも、そげん言うんなら、ロクに指導も景気づけもしてもらえんあたしたちも、じゅうぶんに気の毒たい。

——足音を立てぬよう、しかし急いでその場を通り過ぎた。それ以上聞きたくなかった。耳を塞《ふさ》ぎたい心境だった。

一年半過ぎた頃になると、完全なる不眠症になっていた。心療内科に通い、睡眠薬の量も増え、日中の意識は絶えずぼんやりとするようになった。意味もなく額に冷や汗が滲むようになり、床に就いても手足が妙に火照《ほて》るようになった。自律神経系にまで明らかな異状が出始めていた。一種のノイローゼだ。

……このままでは、本当におれは駄目になってしまう。みんなのためにもならない。

その年の終わりごろから、ふたたび一彦は支社長に異動を訴え始めた。支社長がどれだけ説得してこようとも、今度ばかりは頑として譲らなかった。

年が明けて三年目を迎えようとしていた春、ついに事実を告白した。

「私は、もともと女性恐怖症だったんです」さらに言い募った。「それが、どんどんひどくなっています。彼女たちが恐いんです」

支社長はとうとう首を縦に振った。

「ただし、分かっているな。本当に後悔はしないか？」

最後にもう一度、念を押された。一彦ははっきりとうなずいた。

――それが、五年前のことだ。

両隣の席は、相変わらず空いたままだった。

なんとなく視線を感じた。上座を振り返る。相変わらずつくねんと座っている田中が、その長い手足をだらんとさせたまま、こちらを見ていた。不意にその顔が、にやっと笑った。

「……」

一次会は九時に終了になった。

最後のほうで宴席を立ち、店の前に出ると、職場の人間たちがわいわいとまだ屯《たむろ》していた。二次会をどの店にするかで盛り上がっている。明るい笑い声を立てている人社数年目の女性社員たち。後輩の男性社員たちも、じゃあカラオケにでもするか、と言ってはしゃいでいる。

昔はおれも、こうだったな――軽い仲間意識。新入社員のころを懐《なつ》かしく思い出した。

気がつくと、田中が脇に立っていた。よれよれのカーゴパンツの下には、白いソックスと黒い革靴の取り合わせ……。つい少し微笑《ほほえ》む。やはり最低のセンスだ。

「田中さん、二次会は行くの」一彦は口を開いた。「今夜は主賓でしょ。行くんだったら、おれも付き合うけど」

「えーと、そうですねえ……」

田中は瓶底の眼鏡で、ビルの谷間に見える夜空を見上げるような素振りをした。それからややあって、つぶやくように言った。

「ま、やめときましょう」

「そうですか」

この男は、スモッグだらけの東京の夜空を仰ぎ見ていた間、いったい何を考えていたのだろう。ことシステム構築に関する限り、恐ろしく頭がいいのは知っている。だが、その人柄は、一年間付き合ってみても相変わらず正体不明だ。

なおも笑みを浮かべたまま、一彦はうなずいた。

「じゃあ、せめて駅まで一緒に帰りましょうか」

「ええ」

二次会に向から人間をやり過ごしてから、二人で黙ったまま東京駅へと向かい始めた。

中央通りを過ぎたところで、ふたたび田中に話しかけた。

「次の仕事は、決まっているの？」

「そうですねえ……」田中はのんびりと答えてきた。「決まっているといえば決まっているし、決まってないといえば決まってないし」

「どういうこと？」

相変わらずゆったりとした歩調で歩きながら、田中はこちらを見て少し微笑んだ。

「オファーは来ているんですが、しばらくは働きたくないんですよ」

なるほど、と思わず笑った。いかにも田中らしい。

そしてそういうこの男に、今夜は特に妙な好意と、同時に羨《うらや》ましさを感じる。

田中が、一彦がリーダーを務める開発チームに派遣されて来たのは、去年の七月のことだ。

金融系の会社のコンピューター・システムには、大きく分けて勘定系と業務系の二つのシステムが走っているが、一彦の所属する部門は、業務系システムの開発が専門だった。完全社外秘である勘定系システムとは違い、企業秘密の洩れる恐れのあまりない業務系システムは、必要に応じて外部の人間を子会社《インハウス》経由で雇い入れている。

その時の仕事は、お客様相談センターからの要望で、ヒアリング・システムを抜本的な部分から再構築しなければならないという業務だった。しかも一年以内にそのシステムへの完全変更を行わなければならない。

それまでいた派遣プログラマーのほかに、早急に優秀なシステム・エンジニアを確保しなければならないことになり、一彦はインハウス経由で人材派遣会社に依頼を出した。

派遣社員の世界でも、優秀なシステム・エンジニアは常に引っ張りだこだ。ところが運のいいことに、Sクラス《スペシャル》のエンジニアが今はたまたま空いているという。

だが、時給は五千円と相当に割高だった。しかも派遣会社の担当は、こう付け加えてきた。

「たしかに仕事は相当出来る方なんですが、ちょっと勤務態度に問題がありましてですね……」

しかしまず重要なのはその男のポテンシャルの高さだと思い、今までにやって来た仕事内容の履歴を取り寄せた。取り寄せてみて、驚いた。

信じられないくらいの高度な仕事を、過去にいくつも請け負ってきていた。そのあまりにも輝かしい履歴は、かえって嘘臭《うそくさ》く感じられるほどだった。

こんな優秀な男が何故《なぜ》、単なる一派遣社員として今も仕事をしているのだろう。興味が湧《わ》き、この男本人の履歴を詳しく聞いた。

さらに仰天した。

現在、この日本でシステム開発に携わっている人間では、知らぬ者のないナレッジ・システムがある。『ココナッツ』と呼ばれる画期的な情報・知識共有システムで、業務における会社と顧客の関係力を強化するウェブ上の仕組みだ。十年ほど前に開発されたこのシステムは、現在日本の鉄道や航空系の旅行業分野で、約八割という圧倒的なシェアを誇っている。

それを開発した会社の、当初の立ち上げメンバーの一人が、この田中だったという。

これは、と思った。この男を絶対に逃してはならない——。これからの業務に、うってつけの人材だ。

すぐに派遣会社と雇用契約を結んだ。

田中は、その三日後から職場に来て働き始めた。

たしかにその履歴どおり、仕事は恐ろしいほどに出来る男だった。

なによりも特筆すべき点は、この男が書くプログラム・ソースがとても美しく、かつ、感動的なまでにシンプルだったことだ。

一彦はそれまでのシステム開発の経験から、少しは分かるようになっていた。無能なシステム・エンジニアほど、ゴチャゴチャと分かりにくい複雑怪奇なプログラムを作ってしまうものだ。結果、コマンドがバグだらけとなってシステムがうまく作動しない。

逆に、優秀なシステム・エンジニアほど、シンプルで分かり易《やす》いプログラムを書く。頭のいい人間ほど、その考え方がシンプルで素早く、かつ、その指示出《コマンド》しも他人に分かりやすいのと同じだ。

振り返ってみれば、田中の組んだプログラムはすべて、その試運転の段階において一度も誤作動を起こしたりフリーズすることはなかった。おかげで無駄なシステム検証に時間をとられることもなくなり、チームとして大幅な人件費の削減にも繋《つな》がった。

しかも田中のプログラミング速度は、常人の三倍は速い。

まったくいい人材の買い物だったと感じた。この男になら、時給一万円を支払ったとしても全然惜しくはない。

しかし、働き出して一ヶ月ほどすると、徐々にこの男の問題点が浮き彫りになり始めた。

始業時間には一時間も二時間も遅れてくる。知らない間にこっそりとタイムカードを打ち、帰っている……。

何よりも問題だったのは、その無断欠勤の多さだった。自宅に電話をしても、まったく出ない。携帯を鳴らしても、留守番メッセージしか流れない。

そして、そういう無断欠勤が一日、二日と続き、ひどいときは一週間連続して休む。おかげで開発スケジュールが大幅に狂うこともしばしばあった。いい加減アタマにきて、豊島区のアパートまで押しかけていったこともあった。だが、本当に不在だったのか、いくらチャイムを鳴らしても反応はなかった。

チームリーダーの一彦としては、たまったものではなかった。とにかくこの田中には、一社会人としての自覚がまるでない。開発部の上司も激怒した。

「他の人間にも示しがつかん。いくら優秀でも、そんな人間は即刻クビにしろっ」

だが、一彦は必死になって田中を庇《かば》った。上司の怒りが解けるまで、我慢強く説得を続けた。

「しかし彼が働き始めたことにより、開発チームは七割も残業代が削減出来たのですよ」

「出てこない分、時給は支払わなくてもいいんですから――」

理屈はたしかにその通りだ。彼の存在は、それでもチームに役立っている。

でも、それを置いたところでも、何故そこまで必死になって彼を庇うのか、自分でもよく分からなかった……。

ともかく、その後ようやく出勤してきた田中には、くどいほどに念を押した。

「休むのは、仕方がないです」と、この倫理感ゼロの男にそこまで譲歩してやった。

「でも、休むなら休むで、ちゃんと報告を入れてくださいよ。そうしてもらわないと、おれも上司に対して言い訳が出来ないでしょ。それと、もし家に居るのなら、居留守は使わないこと」

すると田中はいかにもすまなそうに、

「分かりました。今度から休むときは、ちゃんと連絡を入れます」

とは言ってくれた。

その言葉に嘘はなかった。休む当日には、必ず連絡を入れてくるようにはなった。

ただし、休む理由はとぼけた大嘘ばかりだった。

「実を言うと、昨日祖母が肺がんで亡《な》くなりました」

「弟が、急に心臓発作で倒れたもので……」

「母親がたった今、クルマに轢《ひ》かれまして――」

その度ごとに、次々と親兄弟を殺しまくった。

「すいませ～ん。十年来行方《ゆくえ》不明になっていた父親が、今朝銚子沖に浮かびましたもので、その死体確認に……」

上司はふたたび激怒した。しかしチームの人間たちは、田中の言い訳を聞くたびに、いつもゲラゲラと笑い転げていた。

そんなある日の、昼休みのことだ。

一彦が温泉宿のガイドブックを開いていると、珍しく田中が話しかけてきた。

「松本さん、温泉旅行が好きなんですか」

ええ、と何気なく一彦は答えた。「けっこう好きですよ」

事実そうだった。もともと旅行は好きだったのだが、北九州から帰ってきてからというもの、いよいよそれが本格的な趣味となった。妻も子どもも居ないので、休日は暇を持て余している。かといってこれ以上出世も望めないから、昇進試験の勉強をする気にもなれない。たまにある同期との飲み会も、なんとなく気鬱《きうつ》で参加していない。

週末は、いつしか必ず一人で旅行に出かけるようになっていた。自家用のカローラを一人で運転し、人里離れたひなびた温泉宿に好んで泊る。この五年間弱で、訪ね歩いた宿は百五十軒を数えた。

「へぇ」田中はいかにも嬉《うれ》しそうに言った。「実を言うと、ボクも田舎の温泉、意外と好きなんですよね」

一彦は思わず笑った。どう見てもストレスからくる腰痛や肩凝りとは無縁そうなこの男。温泉に浸《つ》かったところで、いったい何の功能があるというのか。

まあ、それはいい。この男がいったいどんな温泉に行っているのかには興味があった。

「田中さんの、お勧めの温泉宿ってあります？」

「えぇっとですね、じゃあその本、ちょっとボクに貸してください。知っている宿、あるかなあ」

しかしそこまで親しい話をしても、相変わらずズル休みの癖だけは直らなかった。

家族ネタが尽きると、今度は自らの病気ネタになった。

「ごめんなさい。悪性のインフルエンザにかかってしまいまして。死ぬかもしれません」

このときは、一週間連続で休んだ。

「昨日、賞味期限切れのソーセージを食べたもので、腹が……」

「友人を見舞いに行ったところ、病院でスペイン風邪をうつされたようで」

しかしまあ、よくぞここまで次々と新しい嘘を思いつくものだと、しまいに一彦は感心した。

ある日、田中はまたしょうもない言い訳で会社を休んだ。

「昨日、アパートの一番上の階段から転げ落ちてしまいまして」

「ははあ、そうですか」

「……で、今からその打った腰を遠赤外線治療するため、病院に――」

ちょうどその日の午後、池袋まで行く用事があった。支社で要件を済ませたあと、思い立って田中のアパートまで出向いてみた。

築数十年は経《た》ったモルタル造りの安アパート。扉のチャイムを鳴らそうとして、台所の窓が半ば開いていることに気づいた。

中を覗《のぞ》いてみると、キッチンの先の中扉も開いており、奥の畳の部屋が見えた。田中はうつ伏せになったままコタツの中に下半身を突っ込み、いかにも気持ち良さそうに眠りこけていた。

なるほど——一彦は一人で笑った。たしかに遠赤外線治療には違いない。

気がつくと、東京駅の前の外堀通りまできていた。

横断歩道を渡り、八重洲《やえす》口のロータリーに向かう。田中は相変わらず、自分の横をゆっくりと歩いている。

この男と話すのも、今日で最後だ……。

そう思うと、ごく自然に言葉が口をついて出てきた。

「田中さん」

「はい？」

「実を言うと、おれもこの会社、辞めるかもしれないんですよ」

「——そうなんですか」

「ええ……今、自主退職を勧告されています」

「そうですか」

田中はそうつぶやいて、急に足を止めた。それに合わせるように、つい一彦も足を止めた。

「でも、いいんじゃないんですか」一彦の顔を見たまま、田中は微笑《ほほえ》んだ。「それはそれでも」

「え？」

「だって、会社を辞めたからって、別に死ぬわけじゃありませんから」

「……」

「贅沢《ぜいたく》さえ言わなければ、今の日本、何の仕事だってありますよ」

これには、さすがに一彦も苦笑した。

「それも、そうですね」

「じゃあ、ボクは丸ノ内線なんで、ここで」

「はい」

田中は軽く手を上げて、一彦に背中を見せた。それからまたゆっくりとした歩調で歩き始め、やがてガード下の死角へと消えていった。

まるで、明日また顔を合わせるかのような別れ方だった。一彦はふたたび笑った。

会社を辞めたからって、別に死ぬわけじゃありませんから――。

たしかにその通りだ。

そして次の就職の当てがなくても、死ぬわけじゃない。

もう一度、笑った。

4

——え？

一瞬、真介は聞き違いかと思った。

だが、目の前の松本は、まるで買い物にでも行くかのような気楽な口調で、ふたたび口を開いた。

「だから、辞めることにしました」

「ちょ——」思わず真介は口ごもった。そしてつい、余計なことを口走った。「しかし、面接はたった今始まったばかりですよ。本当にそれでいいんですか」

「いいですよ」松本はあっさり即答してきた。「もう、決めましたから」

目の前のパイプ椅子《いす》に座った男。がっしりとしたその体格と相変わらずの落ち着いた声が、今日は微妙にこちらを圧迫してくる。視線もそうだ。目を逸《そ》らそうとはせず、じっとこちらを見つめてくる。まるでこの前とは別人の押し出しだ。自信が押し出しを支えているのだと感じる。何か著しい心境の変化があったようだ。

……しかし、本人がそう決めた以上、おれが詮索《せんさく》すべき問題ではない。その立場にもない。

束《つか》の間《ま》考えて、真介はうなずいた。

「そうですか。では、これから改めて退職条件の確認を――」

「それも、結構です」松本が微笑んだ。「この前いただいた資料は、ちゃんともう一度目を通してきましたから。疑問点もなかったです」

「……それは、ありがとうございます」

「じゃあ、わたしはこれで」

言うなり、松本は席を立ち上がった。一礼するとそのまま踵《きびす》を返し、すたすたと部屋を出て行った。

乾いた音がして、ドアが閉まった。

思わず時計を見る。四時一分十秒過ぎ――一礼して入ってきてから退出するまで、わずかに一分。面接の最短記録だ。

意味はない。意味はないが、なんとなく〝負けた〟と感じた。

真介は隣の川田美代子を振り返った。川田もこちらを振り返っていた。

途端、彼女は笑った。

「じゃあ、わたしはこれで――」そう、松本の口真似《くちまね》をしてきた。「さらり。かっこいい」

真介も、思わずうなずいた。潔《いさぎよ》い。

5

「どうしたの」

「うん――」

今日の真介は、なんとなくふさぎ気味だ。そして生返事が多い。

最近になって陽子は分かった。

もともとクビ切りの仕事などというものは、よほど明るく陽気な性格でない限り、長年勤められるはずもない。クビを切られた者たちの怨念《おんねん》や悲しみ。そんなものが、どう気晴らししたところで心の中に淀《よど》みのように沈殿していくからだ。明るく強い精神の持ち主でないと堪えられない。

が、そろそろこの男も、そういう時期になってきているのかもしれない。

「どうしたの」

もう一度聞いた。いつになく自分の口調が優しくなっていることに気づいた。

おれさ、と、ややあって真介が口を開いた。「昨日、ちょっといい男に会ったよ」

「どこで」

「面接中」

「……そう？」

真介はうなずいた。

「ああ、こういう感じっておれ、しばらく忘れてたなって思った」

「そう？」

「うん」

それからテーブルの上にあった陽子の煙草《たばこ》を、意味もなくいじり始めた。

「ひょっとして、しょげてんの？」

「しょげてない」真介は煙草を見つめたまま苦笑した。「ただ、おれもそのとき、なんとなくいい気分だった」

あ。

この感じ。やっぱりこいつはしょげている。昔に忘れ去った何かを、妙に懐《なつ》かしがっているような雰囲気……。

陽子は少し考えた。

なら、今日はちょっとだけ優しくしてやろう。

ただし、今日だけだ——。

6

その日、一彦はパンツ一枚でマンションの部屋に寝転がっていた。

手元には空いた缶ビールが二つ、転がっている。日が高くなるにつれ、開け放ったサッシの外から、かすかに油蟬《あぶらぜみ》の唸《うな》り声が聞こえてきた。

梅雨が明けたのだと思う。

早いもので、会社を辞めてから一ヶ月近くが過ぎていた。すでに就職活動も始め、転職雑誌にも定期的に目を通していたが、なかなかこれはと思うような企業がない。だが、不思議と焦《あせ》りもない。

ま、就職できなかったら、できなかったでいいか——。

福島の郷里に帰って林業をやるという手もあるし、それが退屈な未来に思えたら、この際だ。どこか外国を旅行して廻るのもいい。

貯金は、退職金を合わせて三千万近くある。ニュージーランド国債かオーストラリア国債あたりなら、現在の利率は年七パーセントほどだ。全部ぶち込めば年に二百十万……物価の安い国を選んで旅行して廻れば、旅費はその利子だけで充分にまかなえる。中央アジアの国々を歩いたり、南米あたりを放浪するのなら、たぶん死ぬまで旅を続けられる。

天井を見上げたまま、一人微笑む。

たぶん自由って、こういうことだ。

自分の将来を、あれこれとぼんやり考えられることだ。

なんでこんな単純なことに、今まで気づかなかったのだろう。会社に入ってからのこの十数年というもの、ずっとおれはガチガチに凝り固まっていた。

今なら、北九州営業所にいた外交員たちも、みんなおれのことを気に入ってくれるかな。でもそれも、どちらでもいいや――。

電話が鳴った。

三日ぶりに鳴っている電話。最後の電話は、リフォーム業者からの勧誘だった。どうせ今回も、ロクな電話ではあるまい。

ゆっくりと立ち上がり、受話器を取った。

「はい。もしもし」

「松本さんの、お宅ですか」

……なんとなく聞き覚えのある声。

「失礼ですが――」

「あ、こんにちは。ボクです。田中です」

一彦は笑った。

「ひさしぶり。元気でしたか」

「はい。まあまあです」田中はそのあと、いきなり用件に入ってきた。「ところで松本さん、派遣会社の担当から聞きましたよ。本当に会社辞められたんですね」

「ええ」

「もし良かったら、ちょっといい仕事があるんですけど」

へえ、と思った。まさかこの男から仕事を紹介される日が来るなどとは、夢にも思っていなかった。興味が湧《わ》き、聞いてみた。

「どんな、仕事なんです」

「実を言うと、親しい友人が宿泊企画のサイトを立ち上げようとしているんです。その仲間を探してます」田中は説明してきた。「目的別に分けた、お宿探しのサイトです。聞くところによると、けっこうバナーは埋まる予定みたいです。で、プログラムもある程度組めるし、宿情報もたくさん持っている松本さんならどうかなと思って電話してみたんですが」

少し考え、一彦は口を開いた。

「その立ち上げには、田中さんも参加されるんですか」

「いや――」受話器の向こうから、田中のかすかな笑い声が洩《も》れ聞こえた。「ボクはもう、こういう会社関係の立ち上げは、どんな小さなものもこりごりですから」

「そうですか」

「今までどおり、派遣で気楽に食っていくつもりです。で、松本さん、どうですか？」

「そうですねえ……」束の間、口ごもった。「それって、しばらく考えてからの返事でもいいですか」

「もちろん」相手は明るく答えてきた。「じゃあ、決まったら電話ください。あ、携帯も自宅の番号も、変わってないですから」

「分かりました」

「じゃあ、そういうことで」

そう言って、電話は切れた。

受話器をそっと戻し、一彦は少し笑った。笑いながら、ふたたび畳の上に寝転がった。

さて、どうしたものか。

ま、ゆるゆると考えればいいさ。

自由な未来。

いつだって選ぶのは、自分自身だ——。

File 3. 借金取りの王子

1

その企業から業務を委託されたと聞いたとき、真介は少なからず驚いた。

真介だけでなく、ほかの同僚たちも同じようにざわついていた。

法人名は、『フレンド㈱』。

消費者金融業界では、押しも押されもせぬ最大手の一つだ。テレビやラジオからは一日に何度もそのコマーシャルが流れている。十数年前までは『宝永《ほうえい》ファイナンス㈱』という名前の会社だったが、その厳《いか》つい企業イメージの刷新に伴い、CI（コーポレート・アイデンティティ）を行って現在のフレンドという馴染《なじ》みやすい法人名に登記を変えていた。

「あなたの夢をアシストする、フレンドです」

現在では三代目になるイメージキャラクターの若い女性タレントが、そう言ってテレビの中でにこやかに微笑《ほほえ》む。今では小学生でもそのフレーズを諳《そら》んじることができる企業認知度だ。

しかし、と真介は内心首をかしげる。

『フレンド㈱』に限らず、消費者金融業界は慢性的な人材不足だ。貸付と回収業務の数字の締め付けが非常に厳しく、ひどい会社になると入社一年目での離職率が九十パーセントを超えるという。残業も桁《けた》外れに多いので社員はぼろぼろと辞めていく。だから、この業界の企業が日々洪水のようにテレビコマーシャルを打つのは、ひとつには信用度のアップという目的もあるが、もうひとつにはリクルーティング・コマーシャルとしての意味合いもある。湯水のように宣伝費をかけ、新しい人材を常に求めている。

そんな会社で、何故《なぜ》リストラが必要なのか。

真介は会議の席上、社長の高橋にその疑問をぶつけた。思いは同じだったのか、ほかの面接官たちも一斉にうなずく。

高橋はにやりと笑った。

「よかったよ。この件を聞いておまえたちが何にも疑問に思わなかったら、どうしようかと思っていたところだ」

会議室全体から苦笑ともつかぬ笑い声が湧《わ》く。

社長、それくらいみんな余裕でわかりますよ。

誰かが冗談交じりに呼びかけると、さらに笑いの輪が広がる。

陽気だな、と真介は思う。

この会社の人間——特に面接官たちは、基本的に常に陽気だ。

彼らはみな日頃から〝この鬼っ、人非人っ、悪魔っ、死ね！〟と罵《ののし》られたり、泣き落としにあったり、いきなり胸倉を摑《つか》まれたり、ごくまれには被面接者から殴られたりもしている。実際、真介も去年の春、ある会社のクビにした社員に待ち伏せされ、しこたま殴りつけられたことがある。

それでもみんな常にへこたれず、日常では朗らかな態度を崩さない。逆に言えば、そういう陽性の気質を持つ人間にしか、こういう仕事は続けられない。

「じゃあ、今から理由を説明しよう——」と、高橋が口を開いたところで、ふたたび真介は現実に戻った。「この『フレンド』だが、三年前に社長が代わった。オーナー一族以外から初めて社長に就任した男だ。当然、仕事は恐ろしくできる」

続く話はこうだった。

『宝永ファイナンス』としての創業以来、『フレンド』は、社員・支店が成績さえ上げていれば、問題が表沙汰《おもてざた》にならない限り、ほとんどその仕事のやり方には関知しなかったという。貸付金目標達成のため、強引に既存顧客に金を借りさせる。ヤクザまがいの脅し文句で顧客から貸付金を回収する、などのやり方だ。しかし近年、そんな強引な顧客への商売がマスコミで叩《たた》かれ始めた。

新社長は、実質的な対顧客イメージ刷新のために、これらの強引かつ違法なやり方を改めるよう指示するとともに、社内的な風紀・モラル向上にも乗り出した。

その名も『アップル作戦』。箱の中の一番上のリンゴが腐っていたら、その下のリンゴも次々と腐っていくという考え方だ。

箱とは、この場合『フレンド』の各店舗を示し、その中の一番上のリンゴとは、店長を示す。風紀・モラル的に問題のある店長には、いくら仕事上優秀な社員でも自主退職を促す、というものだ。

真介も、このやり方は正しいものだと感じる。

たとえば女癖の悪い上司の下では、職場の雰囲気は悪くなる。手を付けられた女性社員はむろん、その経緯を見ていた他の社員も、上司と職場にうんざりして次々と辞めていく。リクルーティングに膨大なお金を注《つ》ぎ込んでいる本社としては、たまったものではない。

支店経費を個人の遊興費に当てる店長や、ギャンブル狂いなどでいつも社内融資ギリギリまで金を摘んでいる店長も同様だ。下は上を見て育つ。この業界での出世はとてつもなく早い。通常、仕事の出来る社員は入社二、三年以内に店長になる。まだ若い彼らは、激務からくるストレスをうまく制御できない。そのはけ口として、以前の上司を安易に真似《まね》て『飲む・打つ・買う』の三セットに走る。当然給料が足りなくってくる場合もある。支店経費に手をつける、あるいは社内融資で借りられるギリギリの金額を常に引き出している状態となる。最悪の場合、顧客を装《よそお》って金を借りたり、ヤクザに顧客リストを売るようになる。数字上ではいくら優秀でも、やはり辞めてもらうしかない。そしてまた、イチから店長候補の人材を育てていくこととなる。これもまた、会社としてはたまったものではない。

だから、未来の店長たちがそうなる前に、あるいは平社員たちが大量に辞めてしまう前に、今存在する腐ったリンゴは、当座の戦力損害は覚悟の上で、排除しておくという方針になった。風紀上の見せしめという意味もある。

そして、そんな店長たちを進路研修という名目で本社に呼び出し、自主退職を促すことになったのだと高橋は説明した。

そして今、真介は『フレンド』の渋谷本社にいる。

八階にあるこぢんまりとした第三会議室。今日で面接開始から二日目だ。

午後三時四十分。先ほど四人目の被面接者が退出したばかりだ。

まだ乾いていないシャツ。べたべたする。思わず小さなため息をつく。

「だいじょうぶですか、村上さん」

心配そうに川田美代子が声をかけてくる。

「だいじょうぶ。替えはあるから」

そう言って川田に微笑みかけ、デスク脇《わき》のサムソナイトから、新しいブルーのシャツを取り出す。

「美代ちゃん、悪いけど一瞬あっち向いてて」

「はーい」

椅子《いす》をクルリと腰元から回し、川田美代子が素直に背中を見せる。真介は上着を脱ぎ始めた。

先ほどの被面接者。面接の後半でいきなりお茶をぶっ掛けられた。

川田が湯飲みを出して三十分は経《た》っていたから、火傷《やけど》をしないことは分かっていた。

甘んじてその攻撃を受けた。

むしろ、プラスだと思う。相手は二次面接でふたたび真介に会い、間違いなく気まずい思いをする。気分的に不利になる。次回は、相手のその引け目から突いていけばいい。

お茶をかけてきた相手は、池袋二号店の店長だった。三十八歳で店長のままだから、この会社の出世としては遅いほうだ。もちろん理由はある。人事部から提出された極秘レポートには、決定的に女癖が悪い、とナマの言葉で書かれていた。よほど本部からも嫌われているらしい。その性向を裏付ける事実も、くどいほどに列記されている。少しでもいい女と見れば、社内でもすぐに手を出す。同じ支店の部下でも見境ない。そのせいで池袋二号店の社員は次々と辞め、この二年ですべての部下が入れ替わっていた。

しかもこの店長は、社内以外にも同時並行で複数の女と付き合っていた。支店経費を流用して通っているクラブの女が一人と、融資枠を緩くして懇《ねんご》ろになった顧客である上福岡の主婦。自身の女癖の悪さに引きずられ、社内的なモラルまでなし崩しにしている。最悪だ。

真介は、最初からこの点を突っ込んだ。相手が屈辱的に感じるよう、わざとあけすけな言い方をした。

女性を好きなのは、仕方がないことだとは思います。しかしそれも加減によりますよね。失礼ですが鈴木さん、あなたの場合は明らかに常軌を逸脱している。しかもそのために融資の基準を甘くしたり支店経費を使うなどとは、ご自身でも言語道断の行為だとはお思いになりませんか。

人間、自分の痛い部分を正論で突かれると、大多数がすぐに怒り出すものだ。自分でもひたすら見ないようにしてきた部分だからだ。案の定、相手も怒り始めた。

真介は追い討ちをかけた。ＳＳＥ（職場測定アンケート）の結果を元に部下からの散々な評価を伝え、さらに相手を酷評した。

正直申しまして、私もこれまでのアンケートの中で、ここまで低い数値は見たことがありません。どうやら支店の皆さんも見るところは見られているようですね。

店長失格の烙印《らくいん》を押されてここに召集された挙句《あげく》、支店の部下からも散々な評価を聞かされる。これ以上の屈辱はないだろう。

真介は相手がブチ切れるのを待っていた。ブチ切れて一瞬自暴自棄になり、（おぅ、だったら辞めてやるよっ）という一言を吐くのを期待していた。そうなればその言葉尻《じり》を捕らえ、じわじわと辞職へと追い込んでいけばいい。

確かに相手はブチ切れた。ただしブチ切れて、お茶をぶっかけてきた……。真介の完全なヨミ違いだ。おかげで二次面接以降での辞職誘導はやりやすくなったが、おれもまだまだ修行が足りないな、と感じる。

新しいシャツを羽織りながら、ふと高橋の言葉を思い出す。

(もしもの場合のクリーニング代は、すべて経費で落としていい)

つい笑った。真介たち面接官がこうなる場合もあることを充分判《わか》った上で、今の会社を立ち上げた高橋。鬼だ。だが真介は、今年で四十八になるあの社長のことが嫌いではない。

去年の三月。逆恨みされた顧客に道端で殴りつけられたとき、高橋もたまたま傍にいた。

鳩尾《みぞおち》と脇腹に一発ずつ拳《こぶし》を喰《く》らい、思わずアスファルトに両膝《ひざ》を突いた真介に、高橋は笑いながら手を差し出してきた。だが、手を差し伸べただけだ。助け起こそうとはしなかった。

「相手の身元は分かっている」真介を片手で引き上げ、高橋は言った。「やられっ放しで黙っているわけにはいかんだろ。暴行罪で訴えるなら会社で費用は負担する。必要経費だ」

真介は断った。

「何故？」高橋は聞いてきた。「言っておくが、こういうことで訴えるのは恥じゃない。弱いということにはならない。むしろ、周りの目を気にして泣き寝入りすることこそ、恥だ」

この男、分かっている、と感じた。

それでも真介が断ると、相手は笑い、昼食時にもかかわらずビールを奢《おご》ってくれた。

「殴られ賃だ」と。

ようやくシャツのボタンを下まで留め終わり、妙な感慨を覚える。

たぶん、おれはあの社長の下だと居心地がいい。それは他の社員たちも同じだろう。だから、こんな首切り会社に居続ける部分もある。

ちらりと壁の時計を見る。三時四十五分。次の面接は四時から。

シャツをズボンの中に押し込み、真介は口を開いた。

「美代ちゃん、もういいよ」

「はーい」

返事とともに川田美代子がくるりと向き直る。

「じゃあ次のファイル、行こうか」

「はーい」

思わず微笑む。この女の返事は、いつも「はーい」だ。三年以上の付き合いになるが、「それはちょっと……」とか「嫌です」というセリフを彼女の口から一度も聞いたことがない。

川田がデスクから立ち上がり、ファイルを持ってくる。いつものきっちりとマニキュアが施された指先で、真介に手渡してくる。

「サンキュ」

まだ湿っているネクタイを結び直しながら、ファイルの一枚目を開ける。

履歴書の欄。氏名、三浦宏明《みうらひろあき》。三十歳。渋谷一号店の店長。

静岡県沼津市の白浜という町で生まれ、十八まで育っている。なんとなく興味を持ち、グーグルマップでその町名を検索した。市境に近い田舎町だった。静岡はのんびりとした土地柄で知られる。特に沼津は背中に箱根を背負い、南には穏やかな駿河湾《するがわん》を抱え、西には富士山を望むことができる風光明媚《めいび》な場所でもある。

顔写真を見る。目はくっきりとした二重で、鼻筋も通り、口元もほど良く引き締まっている。顎《あご》もすっきりと細い。端正な顔立ちをしている。ちょっとないほどの美男子と言ってもいい。そして、美男子にありがちな胡散《うさん》臭さというものが、その写真の写り具合からはまったく感じられない。わずかに顔を傾けることもなく、上目遣いになることもなく、完璧《かんぺき》に無防備な表情を晒《さら》している。

たぶん、その土地柄と同様に茫洋《ぼうよう》として育ってきたタイプだろう。燦々《さんさん》と照りつける太陽の下、自分の顔の造作というものにほとんど無自覚なまま生きてきた。

いい奴《やつ》なんだろうな、と感じる。

ふたたび履歴欄に目を戻す。

勉強も出来たらしい。地元の公立高校を卒業後、現役で慶応大学の経済学部に入学。留年することもなく卒業し、『フレンド㈱』に新卒で入社。当時いくら就職難の時代だったとはいえ、その学歴を考えれば、他にも入社できる企業はいくらでもあっただろう。しかしこの三浦は、激烈なストレスに晒されるこの業界を敢《あ》えて選んでいる。

入社後、江戸川区の小岩一号店に配属。現場の営業マンとして二年半を過ごす。二十五のときに、秋葉原二号店に店長として昇格異動。その時点で年収は倍増の一千万になる。さらに三年後に店長のまま、より大きい渋谷一号店に異動。現在に至る。

この三浦は小岩一号店の営業マン時代、貸付の分野でコンスタントに優秀な成績を収めている。そしてこの会社では、優秀な営業マンは入社後一年そこそこで店長に昇格することもある。だが、三浦は三年弱も経ってからようやく店長に昇格している……。

人事部長から聞いた話を思い出す。

実を言うと、この三浦にも一年目が終わる頃から店長にならないかという誘いをさかんにしたらしいんですよ。ですが、断ったのは本人です。頑強に抵抗されましてね。どうしても今は店長になりたくない、と。もうしばらくこのままの身分でいさせてくれ、と。それで二年半もかかったわけです。

私どもの会社は店長になったとはいえ、いわゆるプレマネ（プレイング・マネージャー）ですから、部下の管理とともに自身もいっそうの営業成績を収めることが求められます。個人成績で支店の部下に負けてはならないのです。今にして思えば、給料が倍増するとはいえ、そういう仕事のきつさを嫌って店長になるのを拒否し続けていたような気がします。

なるほど、と真介は一瞬納得しかけ、それでも直後には疑問を感じた。

だったら何故《なぜ》、約三年後とはいえこの男は店長の道を選んだのだろう。

ページをめくり、店長になってからの業績欄に目をやる。

二十五から二十八歳までの秋葉原二号店時代、この三浦は目覚しい実績を挙げている。赴任当初の一年少しは多少のもたつきがあったものの、その後の二年弱、店は毎月の営業目標を完全に達成している。連続して二十二ヶ月間だ。

昔、真介も広告取りの営業マンをやっていたから、このすごさはよく分かる。

営業店は数字をこなせばこなすほど、さらに数字が上乗せされる。その数字を達成すれば、さらにその上の数字を課せられる。どこかで必ず破綻《はたん》が来る。目標の上乗せ額とそれに付随する数字の締め付けが厳しいこの業界では、なおさらだろう。それをこの三浦は、店長として二十二ヶ月もの間、一月《ひとつき》もこぼすことなく目標を達成し続けてきた。

件《くだん》の人事部長にも確認したところ、ここまで店舗目標を連続して達成し続けた例は、過去にもほとんどないという。

さらにページをめくる。

二年前、その実績を買われて都内でも最も大きい店舗のひとつである渋谷一号店に店長として栄転。しかし、この本社のお膝元でもある店舗を任せられた時点で、三浦は躓《つまず》く。

いや、それは躓きと言えるほどの落ち度ではない、と個人的には思う。

この会社では、三ヶ月連続して店舗目標を達成できなかった店長は、それまでにいくら優秀な実績があろうと、自動的に降格となる。給料は半減し、違う店舗で平社員からやり直すか、サルベージ・センターという債権回収専門の部門に行って、敗者復活戦を行うしかない。

三浦は、この渋谷店で三ヶ月連続して目標を外したことはない。しかし、その三ヶ月スパンで店舗成績を見てみると、この二年間の店舗成績は、×〇〇、××〇、〇×〇、××〇というように常に芳《かんば》しからぬ成績だった。

特に去年末からの九ヶ月間はひどい。××〇、××〇、××〇がずらりと続き、常に降格ライン上にいた。最後の月だけのクリア。自分が降格しないよう、意識的に成績調整を行っているようにも見える。目標がいくかいかないか分からないような月はさっさと諦《あきら》め、最後の三ヶ月目にすべての数字を投入するというやり方だ。

就任以来伸び悩んでいる店舗成績。当然、店舗の貸付・回収目標もこの一年半はずっと据え置かれたままだ。拡大再生産が至上命題である企業のあり方に、明らかにそぐわない。

これで、三浦に対する本部の評価はガタ落ちになった。やる気のない店長は要らない、というわけだ。

社内制度上、三浦を降格させることは出来ない。しかし、もし三浦が意識的に店舗の成績調整をやっていたとしたら、こういう前例を作ってしまうと、必死に目標をクリアしようとしている他の店長にも示しがつかない。全社的な士気にも影響する。そういう意味では、三ヶ月連続して目標を外してしまった店長よりも余計にその扱いに困る。

そこで、今回のリストラ候補リストに例外的に名前が挙がってきた。

人事部情報欄のページを開ける。

モラル的な面での悪い噂《うわさ》はない。女癖が悪いということもないし、経費使い込みや顧客への不正融資、架空受注、立替などの背任行為もない。人間的におかしいということはないようだ。

単に、数字がいつも店長降格ラインにいるだけだ。見せしめのためのリストラ候補。もし必死に頑張った挙句の店舗成績がこれなら、気の毒な男だと思う。最後の個人履歴欄のページをめくる。二十七歳で結婚、とある。たぶん社内結婚ではない。それならそうと、通常ここに書いてあるはずだ……。

時計を見た。

三時五十分。渋谷一号店は、この本社から歩いて五分の場所にある。

もう相手は支店を出た頃だろうかと、ぼんやりと考えた。

余裕を見て、面接開始時間の十五分前には支店を出るつもりでいた。が、気づいてみるとこの体《てい》たらくだ。腕時計の針はすでに三時五十二分を指している。バンク融資の出来る午後三時まで、必死に数字を追いかけていたせいだ。そしてその後は、その三時までに囲い込んだ顧客の後処理に追われた。

急がなくては——。

2

携帯と財布を上着の内ポケットに詰め込み、宏明は立ち上がった。今はちょうど店内の客も途切れている。

「じゃあみんな、あとは任せたよ」

言いながら店舗の出口に向かう。

「店長、負けちゃだめですよっ」

「頑張ってください！」

「ヒロちゃん、ファイトっ」

まだ二十代前半の部下たちが、一斉に宏明の背中に呼びかけてくる。みんな、今週から本社で行われている店長の進路研修がどういうものか、ようく分かっている。だから自分を励まそうと声をかけてきた。

「ありがとう」宏明は少し微笑《ほほえ》んだ。「やれるだけは頑張ってみる」

「何時ごろのお帰りですか」

「たぶん五時か、五時半」

そう言い捨て、店を出た。途端に八月の太陽が網膜を刺激する。この支店に来てから、平均睡眠時間は五時間を切っている。慢性的な睡眠不足である自分を感じる。目の前にある井ノ頭通りは、あいも変わらず雑多な年齢層の通行人で溢《あふ》れている。いつも店内からそれとなく観察しているので分かる。この時間帯までは、まだ駅から東急ハンズ方面へ向かう人の流れがやや優勢だ。再び腕時計を見る。三時五十三分四十秒。その人の流れに乗り、宇田川町にある本社に早足で向かい始める。人事部には顔を出さず、八階の第三会議室に直行するように言われていた。

歩きながらも、ついため息をつく。

何人かを追い越したとき、地味な紺色のスーツを着た女性の背中が、すぐ目の前に見えた。うなじの感じからして、まだ若い。二十歳《はたち》前後だろう。片手には真新しい黒いカバンを提げ、足元も黒いパンプス。就職活動中の学生だろう。会社説明会のシーズンだ。

急ぎ足でその学生を追い越しながらも、自分が大学四年生だった当時をふと思い出した。

八年前——。

宏明が今の会社に就職を決めたのは、特に深い理由があったからではない。

友達に誘われて、たまたまこの会社の企業説明会に出たところ、三年勤めれば家が建つ、と言われた。さらに頑張れば、その家のローンを三十歳前までに完済することも可能だ、と。特に家が欲しかったわけではなかったが、少なくとも仕事で実績さえ上げれば、それに給料で報いてくれる会社だということは分かった。しかも、恐ろしいほどの高給で。

今の時代、どんな大企業に就職したところで先は分からない。その会社が潰《つぶ》れることだってあるし、会社が潰れなくても配属された部門が消滅して路頭に迷うことだってある。しかも名の知られている会社であればあるほど、給与体系は依然として年功序列だ。

それなら、今仕事で頑張ったぶんを、すぐ今の給料に反映してくれる会社のほうがいいのかもしれない。貯金さえしておけば、万が一の将来にも役立つ……。そう感じた一因には、宏明の父親が彼の少年時代に恩義のある知人の保証人になり、挙句その借金を被《かぶ》って、一時期はひどい極貧状態に陥った事とも無縁ではないかも知れない。

人事部のスタッフが温和で知的そうに見えたことも、好印象だった。世間の風評とは違い、意外と雰囲気のいい会社なのではないか。

だったら、この会社でもいいかなと思って、『フレンド』に就職を決めた。

翌年。

入社して早々に、会津高原にある研修センターで一週間の合宿が始まった。全国から集められた八百人の新入社員たちが一堂に会した。

宏明はもう、仰天した。

まだ暗い朝四時に起床。起床してすぐに二キロのマラソン。薄闇《うすやみ》の山道ルートを周回し、ようやく日が出始めた頃に、センターのグラウンドに戻ってくる。朝礼が始まる。営業統括本部長からの気合を込めた訓示があり、その後、接客七大用語の唱和。唱和は、個人個人がそれこそ腹の底から大声を振り絞らなければならない。何故《なぜ》ならば、全体としての声が小さいと、鬼瓦《おにがわら》のような顔をした指導員から何度もやり直しをさせられるからだ。

声が小さいぞっ、コラッ！

おいおーいっ、やる気アンのかぁーっ。

二十人ほどの指導員がそう怒鳴り散らし新入社員たちの間をうろつきながら、手に持った竹刀《しない》でバンバン地面を叩《たた》く。

身の毛もよだつ軍隊式合宿生活の始まりだった。

唱和の後、その場で適当に指名された新入社員が、次々と壇上に立つ。そこで入社後の抱負を無理やり言わされる。マイクはない。目の前に居並ぶ八百人すべての人間に聞こえるよう、ここでも必死に声を張り上げなくてはならない。

どんなに頑張っても小さな声しか出せない新入社員には、すかさず指導員の罵声《ばせい》が飛ぶ。

おらっ、そんな声じゃ蠅《はえ》だって取り込めねェぞ！

気合見せろっ。気合をお！

まるでヤクザだ。中には、恐怖と恥辱に泣き出す女性新入社員もいた。聞いた話だと、これら指導員は、すべてが成績優秀店の店長だという。逆に言えば、店長はそういう押し出しもアクも強いタイプがほとんどだ。そしてその延長線上にある未来……ふと、人事部スタッフたちのいかにもやさしげな仏面《ほとけづら》が脳裏をよぎった。慢性的な人材不足に陥っているこの業界。人事部、すなわちリクルーターだ。

騙《だま》された、と思った。

だが、それらの裏事情も承知の上で、新卒でこの業界に飛び込んでくる猛者《もさ》もかなりの割合でいる。

彼らは壇上で、自信満々に宣言する。

おれは、この中の誰よりも早く店長になります！

三年内に、貸付で全国ナンバーワンの営業マンになりますっ。

そのギラギラとした脂《あぶら》っこい意気込み。正直、宏明は毒気に当てられた。

が、そのたびに指導員たちの拍手喝采《かっさい》が起こる。宏明も仕方なく拍手をしながら、ますます憂鬱《ゆううつ》になってくる自分をどうすることもできない。

研修は、営業マニュアルの勉強と、それに伴う接客ロールプレイング、現場の営業体験談などが主な科目だった。研修の内容自体は非常にまともだったが、ここでも新入社員たちは常にビクビクしている。まったく気が抜けない。店長の成功体験談に、教室全体の反応が鈍かったりすると、すかさず「こらっ、ちゃんと聞いているのか！」などと叱責《しっせき》の声が飛ぶ。ここでも仕方なくわざとらしい感動の声を上げることになる。地獄だった。

三日目の朝、宏明が目覚めると、八人部屋の同室の一人がいなくなっていた。荷物もなかった。みんなが寝静まった頃を見計らって、こっそりと夜逃げしたのだ。

この一週間の合宿で、早くも五十人の脱落者が出た。

宏明は、逃げ出そうと思ったことはなかった。何故そう感じなかったのかは、今もって自分でも分からないが……。

新人研修も終わり、小岩一号店に配属された。

支店の雰囲気は、恐れていたほど悪くはなかった。同年代の二十代前半の社員ばかりで、雑然とした中にも若々しく、むしろ和気藹々《わきあいあい》とした雰囲気があった。

今にして思えば、それは店長の人柄に負うところが大きかったのだと分かる。

店長の池口美佐子《いけぐちみさこ》は宏明より四つ年上の、二十六歳の女性だった。ただし、この会社でのキャリアはすでに十年近くあった。

神奈川県の藤沢で生まれ育った彼女は、中学生の頃からスピンアウトの人生を歩んできていた。筋金入りのヤンキーだったということだ。中学時代から髪を金色に染め、無免許運転で単車を転がしていた。

中学卒業後は、夜間の高校に入学。十六歳で正式に単車の中型免許を取ると、いよいよ手が付けられなくなった。不良少女を集めてレディースを結成、挙句、エリアのいざこざから女だてらに地元の暴走族と派手な乱闘を起こし、保護観察処分。同時に高校を退学。十七歳で東京に出てきて『フレンド㈱』に入社したという経歴の持ち主だ。

彼女がこの会社に入った理由は、仕事さえ出来れば学歴も男女差も関係ない職場だったからしい。実際、今も全支店の約半数が女性店長だ。

彼女と初めて会ったときの印象は、今でも忘れない。美人だが、いまさらこの世の中にあたしを驚かせるものなど何もないといった、不敵そのものの面構《つらがま》えをしていた。

新入社員として型どおりの挨拶《あいさつ》を終えた宏明の顔を、彼女はまじまじと見つめた。

そして笑った。

「あんた、つくづくいい男だねー。慶応卒だしイケメンだし、モテるでしょ」

いきなりの不躾《ぶしつけ》な質問にドギマギする宏明を尻目《しりめ》に、彼女はさらに明るく両手を打った。

「分かった。あんたの呼び名つけたげる。あんた、今から『王子』ね。でも王子様じゃないよ。ただの、おーじ」

周囲にいた先輩社員たちが一斉に笑った。こうして宏明は『王子』になった。借金取りの王子だ。

「じゃあ王子、今から回収ね。出かけるよー」

池口は唄《うた》うように言って、大きな営業カバンを片手に立ち上がった。宏明も慌《あわ》ててその背中を追った。

着いた先は、南小岩の飲食街の外れにある、今にも崩れ落ちそうなぼろアパートだった。

「こいつがさ、また四十にもなってしょうもないギャンブル狂いでさ」

小声でつぶやきながら池口は玄関のチャイムを押した。反応はなかった。二度、三度とチャイムを押した。五回目でも反応はなかった。

池口は軽くため息をつくと、宏明を振り返った。

「じゃあ王子、ちょっとドア、蹴《け》ってみな」

「は？」

にっこりして、彼女は繰り返した。

「いいから、蹴ってみな」

眩暈《めまい》がした。人様《ひとさま》の家のドアなど、生まれてこのかた蹴ったことがなかった。

「ほら、早く」

池口にふたたび急《せ》かされ、おそるおそるドアを蹴った。ぼん、という音が周囲に響いた。途端、池口は形のいい眉山《まゆやま》をしかめた。

「何やってんだよ、爪先《つまさき》だけで蹴ってんじゃないよ。こうだよ。足裏ぜんぶを使うんだよ」

言うや否《いな》や、彼女は思い切り踵《かかと》を上げた。ローヒールのパンプスの裏全体を使って、ぐわあぁぁん、とドアを反響させた。一瞬、心臓が喉《のど》からせり出しそうになった。通りの電線にいた雀《すずめ》も驚き、一斉に飛び立つ。最悪だ。

「ほらっ、王子、やってみな！」

仕方なく彼女を真似《まね》て、もう一度ドアを蹴った。言われたとおり足裏全体を使って蹴ったつもりだが、それでも池口のような派手な音はしなかった。

彼女は悲しそうにため息をついた。

「使えないなあ……王子は」

思わずしゅんとした。自分が情けなくなった。学歴など、この世界では何の役にも立たない。

彼女はその後も、二度、三度とドアを蹴り上げた。それでも室内からの反応はなかった。

玄関のドアの脇《わき》に、二槽式の古びた洗濯機があった。

彼女はその洗濯機を見つめ、

「三分、待つんだよ」

　と、ささやいてきた。腕時計を見ながらその場で三分待った。三分が過ぎた。

「じゃあ、脱水機のスイッチを入れな」

　言われたとおりにした。すると彼女はポケットから十円玉を取り出し、回り始めようとする脱水槽の中にいきなり放り込んだ。

　ばちっ、ばち。

　ばちばちばち！　どばばばばっ！

　すさまじい音が辺り一帯に響き渡った。先ほどのドアの比ではない。宏明はもう、気が遠くなりそうだった。

　直後、目の前の玄関が開いた。無精髭《ぶしょうひげ》にグレーのトレーナー姿という四十がらみの男が姿を現した。池口の姿を見て慌ててドアを閉めようとする。が、彼女はすかさずパンプスの先をドアの隙間《すきま》に突っ込み、艶然《えんぜん》と微笑んだ。

「おはよう、緑川《みどりかわ》さん。観念してね」

　とりあえず二ヶ月分の利息を回収したその帰り道、池口は宏明に言った。

　支払いが滞ったお客には、まずは会うことだ、と。電話なんかの催促では駄目だ、と。

「客ってさ、何回も押しかけてくるあたしたちから必死に逃げながらも、意外と心のどこかでは（こんなに手間かけさせて悪いな）って引け目を感じてる」

こちらの顔を見てしまえば、おいそれとは嫌と言えない雰囲気になる。だから、なによりも面と向かい合うことが肝心なのだという。

「ま、今日は楽なほうだったかな。バルサンまでいかなかったしね」

「バルサン？」

「そ。ドアの新聞受けからバルサンを焚《た》く。扇子《せんす》で室内に煙を送り込む。燻《いぶ》り出し」

軽く池口は言ってのける。ふたたび気分が悪くなった。

現場での日常が始まった。

小岩一号店の主な客層は、その土地柄もあるのか、自営業者と肉体労働者、そして風俗関係の女性がメインだった。消費者金融の世界ではどこでもそうだが、債権的にキレイな客はあまりいない。来店客があり、免許証を預かって端末でその顧客履歴を洗ってみると、過去に何度も金を借りているか、現在進行形で他所《よそ》からも摘んでいる場合が多い。多重債務者だ。だいたい、キレイな人間はまず銀行にお金を借りに行く。

あるいは融資限度額が二十万から百万くらいのバンキング・カードを持っている。それで借りればいい。誰も好きこのんで消費者金融の高利子のお金を借りに来ない。

そういう業界なのだと肝に銘じて仕事を始めた。

保険証のみでは融資をしてはいけないと言われた。顔写真がないから、その本人の証明にはならないという。詐欺《さぎ》の可能性が濃厚……これも、肝に銘じた。

営業成績という部分では、宏明は最初から好調なスタートを切った。特に貸付分野での好調は、平社員の間中ずっと続いた。来店する顧客たちはみな、宏明のおっとりとした物腰と、そのすっきりとした見目《みめ》に安心感を覚えるらしい。借入限度額ぎりぎりまで融資を申し込んでくる。

特に風俗嬢からの人気は絶大で、彼女たちは来店するとまず店内をぐるりと見回し、一番話しかけやすそうな宏明のところに必ずやって来た。他の客層に比べれば、彼女たちは返済もわりあいしっかりしていた。金遣いが荒い反面、日々の実入りが多い商売でもあるので、その気になればちゃんと返済できるのだ。

彼女たちは手元不如意《ふにょい》になると、二度、三度と宏明を名指しで訪ねてくるようになった。時には店の同僚と連れ立って借りにくることもあった。優良顧客のリピーターだ。

月を重ねるごとに宏明の取扱高は順調に増えていった。店内会議のとき、池口は笑った。

「王子、やるね、あんた。最初に会ったときからイケるとは思っていたけど、案の定だ」そう言って、ふーっとタバコの煙を天井に吹いた。「その調子で、客を転がしな」

ある日、宏明が契約をまとめて彼女たちを送り出そうとしたとき、すかさず池口が寄ってきて、にこやかに口を開いた。

「どうもありがとうございます。これからもウチの『王子』をご贔屓《ひいき》に」

あっ、この女、と思ったときには後の祭りだった。

彼女たちはキャッと笑い、王子、王子、と一斉にはやしたて始めた。

それから宏明は、一部の風俗嬢の間でも王子と呼ばれるようになった。顧客関係も、いっそう親密さを増した。

「王子さあ、今日は十万貸してもらってもいい？」

「ねえ王子ぃ、今度ウチの店に遊びに来てよ」

「マジで聞くけど王子ってさ、彼女いんの？」

十九か二十歳そこそこの女の子に、しばしばそんな友達のようなタメ口を利《き》かれた。

しかし、いいこともあった。彼女たちは以前にも増して返済期日をしっかりと守る

ようになった。あるときその件を口にして、ある女の子に礼を言うと、

「だってさ、支払い遅れると王子、怒られるんでしょ。かわいい、かわいそうじゃん」

と、あっさり返された。

やれやれと思った。

借金まみれの風俗嬢にここまで同情されるおれとは、いったい何者なんだろう。おれはそんなにかわいい、かわいそうに見えるのか――。

反面、以前はその眼中にも入らなかった風俗嬢全般に、ほのかに好意のようなものを覚えるようにもなった。彼女たちは一見擦《す》れているようでいて、意外と優しい。たぶん心のどこかにいつも寂しさを抱えている。浪費もきっとそのせいだ。

もっとも、借金申し込みのときにエルメスやヴィトンの財布から免許証を取り出すような女性と付き合いたいとは、さすがに思わなかったが。

宏明の貸付実績は、入社半年を過ぎるころになると、店内でも常にトップを争うようになった。

回収実績も表面上はまずまずの成績だったが、その内実はといえば、風俗嬢をはじめとした良心的な顧客が多かったせいで、そんな顧客の誠意に頼りっ放しといった状況だった。宏明は、回収は苦手だった。数こそ少ないが、一度滞り始めた顧客の支払

いは、止《と》め処《ど》もなく滞留し続けるという場合がよくあった。

個人成績全体における影響は少ないとはいえ、宏明自身がこの先今の仕事で生きていくことを考えれば、決定的な欠点だ。

池口も、目ざとくそこを突いてきた。

「……ったく、王子は仕方がないねえ」滞留リストを見て、よく池口はため息をついていた。「あんたさ、自分が、支払いを出来なくなるかも知れない客に金を貸したことで、なんとなく気が咎《とが》めてんだろ」

宏明が何も言えずにいると、彼女は顔を上げ、さらに言ってきた。

「優しすぎるんだよ、あんたは。他の世界じゃそれは通《い》しかもしれない。けど、ここじゃあ、そうじゃない」

「……」

「この世界で飯を食っていくんなら、まずはその性根から叩《たた》き直すことだね。でないと、あんたがそのうち泣きを見るよ」

そのとき、ブースを一つ隔てたロー・カウンターで、先輩社員が女に追い込みをかけていた。その会話がもれ聞こえてきた。

女は元ＯＬだった。だが悪い男にひっかかり、そのヒモを食べさせるため、今はソープ嬢をしている。今の時代にもごくまれにそんな女がいる。

女は先ほどから涙声になり、返せない理由を必死に掻《か》き口説いていた。

先輩は終始、ふん、ふん、ああ、なるほど、などと適当に相槌《あいづち》を打っている様子だったが、最後に気だるそうに口を開いた。

「で、それが？」

女の涙声が、ついに崩れた。

「だってあたし、使ってないもん」

一呼吸置き、先輩は軽く笑った。

「それがウチらに、何の関係があるんです」

……これが、この世界の現実だ。そこまで厳しくやっていかないと、この世界では生き残っていけないのだと思い知らされた。


支店では、池口宛《あて》にほぼ一時間おきに電話がかかってきていた。営業管理センターからの電話だ。最初のころ、宏明は本部からの定期連絡か何かだろうと思っていた。

——が、

「店長、センターから電話です」

誰かがそう言って取り次ぐと、決まって池口は小さく顔をしかめた。そして軽い吐息を洩《も》らし、受話器を上げた。

宏明は、たまたまそんな池口の背後にいたことがある。中腰になり、ファイルキャビネットの中から顧客リストを取り出していた。

「はい、池口です」

彼女が耳に押し当てている受話器から、いきなり怒鳴り声が漏れ聞こえてきた。

「おい店長っ、どーなってんだよ！　この一時間、ぜんぜん数字が上がってきてねえじゃねえかよっ」

「はい。すいません」

「こんな数字でてめえ月末、ちゃんとケツ取れる覚悟がアンのか、あっ？　挙げろよっ、実績を。端末に打ち込めよっ、数字をよぉ！」

「はい」

「はい、はいじゃねえんだよっ。もう三時過ぎちゃったじゃねえかよ。バンク振込みの客、今からどうやって取り込むんだよ、このバカ野郎っ！」

傍にいる宏明のほうが、胃が痛くなりそうだった。

定期連絡などではなかった。毎日ほぼ一時間おきにかかってくる電話は、各支店の店長をさらに馬車馬のように働かせるための罵倒《ばとう》の電話だったのだ。

——気がつくと、いつの間にか東急ハンズを通り過ぎ、宇田川町のバス停近くまでやってきていた。人通りもここら辺りまで来ると、めっきりと少なくなる。

バス停を二十メートルほど進んだところに、カーテン・ウォール工法のひときわ高いビルが聳《そび》え立っている。高いエントランスの軒下にも金箔《きんぱく》が見える。相当なお金がかけてある。

『フレンド㈱』の本社ビルだ。

腕時計を見た。三時五十七分——。

一つため息をつき、エントランスへの階段を上り始めた。

3

目の前の扉から、軽いノックの音が弾《はじ》けた。

真介は壁の時計を見た。四時ジャスト——。

「はい。どうぞお入りください」

ドアノブが回る。中背だが、すらりとした四肢の男が入ってくる。三浦宏明。相手は一瞬、こちらを見て立ち止まった。

やはり、と真介は多少の感動を覚える。やや疲れた表情をしているものの、写真のとおり、同性の目から見ても水際《みずぎわ》立つほどの男ぶりだ。立ち姿の雰囲気もいい。

この男、金貸しになって今のような面接を受ける境遇になるよりも、モデルかなんかになったほうがよっぽど良かったんじゃないだろうか。

そんなことを思いながらも、口はいつも通り滑らかに動いていた。

「三浦さんでいらっしゃいますね。さ、どうぞ。こちらのほうにお越しください」

三浦はこっくりとうなずき、言われるまま静かに近づいてくる。その挙措。素直でもありそうだ。ブラックの三つボタンに、ごく薄い灰色のシャツ。それに沈んだ臙脂《えんじ》色《いろ》のタイを合わせている。やや地味派手のセンスも、悪くない。

「こちらに、おかけください」

真介は立ち上がったまま目の前の椅子《いす》を指し示した。相手がゆっくりと腰を下ろす。

「コーヒーか何か、お飲みになりますか」

「いえ、結構です」三浦は口を開いた。一呼吸置き、さらにこう続けた。「ですが、ありがとうございます」

ふむ。

真介は改めて感じ入る。

被面接者の多くは、ここにやってきた時点で、精神的にいっぱいいっぱいになっている。とても真介のような面接官に気を配る余裕はない。だが、この男はこういう場面でも、さりげなく気遣いの言葉を口に出来る。こちらの状況も、ある程度は見ている。

やはり、いい男だと思う。たぶん躾《しつけ》の厳しいまともな家庭で育ってきている。あるいは、この男の生き方自体がそうなのかもしれない。気配りの人生。

決断した。

この男には、もったいぶった前置きは必要ない。わざとらしく音を立ててファイルを開き、脅す必要もない。

この男自身、どういう理由でここに呼び出されたかは、自分でもようく分かっている。

真介は口を開いた。

「率直に申し上げます。三浦さん、あなたの現在の店舗成績なら、平社員に格下げされたりサルベージ・センターに回されたりすることはありません。ですが、さりとてこれ以上出世できる実績でもない」

「はい」

「さらに言わせていただきますと、御社の上層部の方々は、あなたが今、守りに入っていると思われているようです。ご自身の年収一千万オーバーの生活を守るためにね。本当の意味で、骨の髄まで仕事に打ち込んでいない、と。数字もそれを示しています」

もう一度、三浦は相槌をうつ。

「一面、あなたの個人的な営業成績は、店長の平均実績よりやや上をいっています。ですが、あなたの渋谷一号店全体の実績は、到底それに及ばない」

「──はい」

「ここに、あなたの部下にアンケートを取らせていただいた結果があります」依然ファイルを開かないまま、真介は言葉を続けた。「職場測定アンケートの結果です。八つの項目ごとに0から5の六段階評価になっております。私が覚えているだけでも、倫理感5、公平性5、社交性5、合理性5……他の項目でも、すべてが4・5以上の圧倒的な評価でした。正直、こういう面接を受けられる方々の数値としては、私も今までに見たことがないほどの高評価です」

そこまで一気にしゃべって、改めて相手の顔を見た。軽い驚きの表情が浮かんでいる。自分は到底そこまでの人間ではない、とその顔に書いてある。

真介はさらに口を開いた。

「この結果が、何を示すものか、分かりますか？」

束《つか》の間《ま》、三浦は戸惑ったような表情を浮かべた。

「……つまり、私は部下に好かれている、と」

「そうです」真介は大きくうなずいた。「失礼な言い方になりますが、超人でもない限り、こんな高評価はまず弾き出されません。部下の皆さんは、あなたに店長を辞めてほしくないと思っている。だから驚くほど高い評価をつけている。本当はすべてを5にしたかったのでしょうが、それではあまりにも信憑性《しんぴょうせい》がないと感じたのでしょう、たまに4をつける。末尾のコメント欄の回答も、それをよく示しています」

そこで初めて、真介はファイルを開けた。

「――読み上げます。『店長は悪くないです。無理な実績を押し付けてくる本社のほうが良くない』。『店長は頑張っています。ぼくたちの実績が悪いせいです』。『私は、今の店長の下で働きたいです』……どうですか。みなさん、自分の身を挺《てい》してまでこれらのコメントを書き込んでいます、絶対にあなたを降格などさせるものかという、意気込みすら感じます」

ほんの一瞬だが、相手は今にも泣き出しそうな顔をした。

ややそれに引きずられかけた気持ちを、慌《あわ》てて引き締める。

「部下に好かれ、尊敬される上司。素敵だとは思います」つとめて冷静に真介は言った。「ですが、部外者の私が言うのも厚かましいですが、あなたの仕事は部下に愛されることではない。むしろ部下を叱咤《しった》し、追い込み、数字を積み上げるように厳しく指導することがあなたの仕事のはずです。そうしながらも二次的な要素として、部下と友好的な人間関係を築くことにあります。そうはお思いになりませんか」

はい、と三浦はかすれた声でつぶやいた。「おっしゃるとおりです」

自分より四つ年下のこの男……真介はふたたび言葉を続ける。

「このことに関しては、上層部の方々も同じ意見です。現在の店舗成績うんぬんより、その店長としての態度を、守りに入ったように見えるその仕事の姿勢を、問題にされているのです。他支店の店長にも示しがつきません。だからあなたは今、ここにいる」

特に最後の一言は、敢えて切り捨てるように言い放った。

相手は黙って真介を見ていた。その瞳《ひとみ》には敵意は感じられない。

しばらくして、三浦はためらいがちに口を開いた。

「それでも、私の部下は必死にやっています。頑張っています」

だが、発したのはその一言だけだった。

真介は思わずため息をついた。本心からのため息だった。

だからこれ以上部下を責め立てることなど、到底出来ないとでも言いたいのか。

「正直に申し上げますが、あなたには、この業界よりももっと向いている世界があるのではないですか」気づけば、心底そう思っている気持ちを口にしていた。「あなたがとてもいい店長だということはアンケートを見てすぐに分かりました。それに、個人の数字面でも人一倍頑張ってきたことは実績を見ても明らかです。だからお膝元《ひざもと》の店舗を任され、今では年収一千二百万オーバーの店長にまでなった。ですが、人間には本来、向き不向きというものがあります。景気も今はやや上向いてきています。失礼ですがあなたのその学歴と、仕事に対する頑張りがあれば、営業職で受け入れてくれる会社はいくらでもあるでしょう」

明らかに一線を越え始めている自分に気づいた。面接官は腹のうちを見せてはならない。こんなことを言ってはならない。言う立場にもない。

ようやく最後に、いつものセリフに戻すことが出来た。

「これを機会に、新しい外の世界にチャレンジされるのも一考かと感じますが、いかがでしょう」

しかしこの場合、それも本心だった。

二十分後、三浦は部屋を出て行った。

結局、彼は最後まで自主退職を受け入れなかった。結論は二次面接以降に持ち越しということになり、仮に退職した場合の退職条件を説明して、退出してもらった。

「……」

三浦の個人ファイルを片付けながら、何故《なぜ》かひどく不機嫌になっている自分に気づいた。

ふと、隣の川田美代子と目が合った。

しかし彼女は、いつものようににっこりと笑いかけてはこなかった。

彼女も妙にしゅんとして見えた。

4

週末になって人事部から連絡が来た。

宏明の二次面接の予定が、来週の火曜に決まったという。

今週末には、そろそろ妻に事情を話そうかと思う。

店長である宏明の休みは、毎週土曜日だ。だが、今月のこの状態では、明日もたぶん休日出勤になる。あまりじっくりと話し合う時間もない。なんとなく気ものらない。

そんなことを考えつつ、宏明は午後九時過ぎに融資先の飲食店から店舗に戻ってきた。

表の看板はすでに降りている。裏口の扉を開けたとき、疲れ切っていてつい声を出すのを忘れた。

バックヤードに残っていた二人の社員。隣り合って座っていた男女が宏明の姿を見て、慌ててその間を空ける。それからやや気まずそうに、

「お帰りなさーい」

と声だけは元気よくかけてくる。

「ただいま」

答えながらも、つい内心で微笑《ほほえ》む。

男性のほうは回収が得意な二十一歳の社員。女性のほうは窓口専門の十九歳。女性が契約した顧客で、回収が厄介になった案件を、よく男性はヘルプしていた。それで親しくなった。たぶん今では密《ひそ》かに付き合っている。よくあるパターンだが、この二人は独身だし、性格もいい。万が一もつれても、たぶん泥沼になることはない。

この店舗に限らず、『フレンド㈱』の社内恋愛比率は非常に高い。そこから発展して結婚する率も高い。朝早くから夜遅くまでの激務だ。他で知り合うきっかけがない。そして激務ゆえに忙しいときはお互いに助け合うことが、この仕事での必須条件となる。男と女は、どうしても親しくなっていく。

「今日の締めはどうだった？」

鞄《かばん》を机に置きながら宏明は聞いた。

「トータルの貸付が一千百万。回収が八百万です」宏明を励ますように男性社員が元気よく答える。「まずまずでした」

宏明はうなずいた。

本社はわかってない。社員のことを何も考えていない。

この男性社員の口癖だ。先日のコメントを聞いたとき、誰が書いたかはすぐにピンと来た。

「店長、お茶でも飲みますか」

女性社員が傍まで寄ってきて口を開く。

「いや、いいよ。でもありがとう」

彼女はにっこりと笑い、ふたたび席へ戻っていく。

おれは、みんなに助けられているな、と感じる。

宏明の店舗に限らず、世間的には強面《こわもて》で知られることの業界だが、一歩内部に入ってしまうと、意外と雰囲気のいい支店は少なくない。

むろん、あの小岩一号店もそうだった。

店長の池口は宏明たちに対して蓮《はす》っ葉《ぱ》な物言いはするものの、上からどんなに責め立てられようと、決してその風当たりを部下のほうには向けてこなかった。プレッシャーは彼女が一身に受けていた。部下に対して非常に公平な上司でもあった。

店内の結束は強かった。居心地も良かったし、誰もがこの店長を〝男〟にしてやるのだと思っていた。

だから宏明は、一年目の終わりに本部から店長にならないかと誘われたときも断った。もう少しこの池口店長の下で仕事をしたいと思っていた。それに、店長になれば給料は倍増するものの、管理センターからの一時間おきの電話に見られるように、それ以上のストレスに晒《さら》される。それだけはごめんだと感じた。

だが、池口はそんな宏明を見て眉《まゆ》を寄せた。

「王子、あんたそれでも男なの。せっかくのチャンスを逃げてどうすんの」

「それにね、この会社にいる限りは、やがて店長になるんだよ」

それでも宏明は抵抗した。自分にはまだ店長になる自信がない。回収のスキルもない。だから今は、店長にはなりたくないのだ、と。

でももう一つの理由、もう少し居心地の良いここで、池口の下で働きたいのだとは、さすがに口に出せなかった。言えば、池口はさらに自分を情けない男だと思うだろう。だが、述べた二つの理由だけでも、池口に深いため息をつかせるには充分だったらしい。

――宏明の同期は、一年も経《た》たないうちにその八割が会社を辞めていた。数にして六百人以上だ。あるものは数字のストレスに耐えきれず、またあるものは職場のあまりの雰囲気の悪さに次々と会社を去っていった。

各支店の雰囲気が悪い理由は様々だが、その最たるものが社内不倫だ。

上司が部下に手を出す。既婚者の同僚同士で道ならぬ恋に落ちる。男もそうだが、この会社では同等の仕事を任されている女も数字に追われ、絶えず激しいストレスに晒されている。気持ちが徹底的に乾いている。何かに縋《すが》りたくなる。そこに、自分の苦しい状況を何度も救ってくれる相手がいる。それが白馬に乗った……自分のように情けなくない、王子に見える。つい抜き差しならぬ仲になってしまうのは、分からないでもない。

ある他店の店長も、笑って言っていた。

「おまえならさ、ちょっと声かければどんな女もイチコロだよ」

だが、それと引き換えに支店の雰囲気はぶち壊しになる。同期の飲み会ででも、よくそんな話が出た。

「ってかさ、おれんところの店長と窓口、サイアク」

「それよっか脇《わき》のデスクの隣同士で不倫されてみ、いたたまれないぜ」

「女の上司と男の部下っていう、逆パターンも結構あるらしいな」

その最後の発言が、少し気になった。

今まで池口の浮いた噂《うわさ》は一度も聞いたことがなかった。でも、ひょっとして店長も陰では……。

ある日、先輩と同行しているとき、その件を聞いてみた。

「あ、ウチの店長？」途端に先輩は笑い出した。「ない。ない。絶対に、それはない」

「どうしてですか」

「え、王子知らないの？」

池口が入社して四年目の頃、首都圏の店長会議が会津高原で行われたという。夜になり、飲み会になった。

宴席の隅で、ある営業本部の上司が、池口をしつこくからかっていた。

今度おれと飲みに行こうよ。奢《おご》ってやるよ。銀座。寿司《すし》。

社長の子飼いであるその上司は、当時怖いもの知らずだった。仕事も出来た。その余勢をかって、半ば冗談、半ば本気まじりで池口を口説いていたという。この会社には、よくそんな手を使って女を口説く輩《やから》がいる。

最初は苦笑していた池口も、浴衣《ゆかた》の太ももに手をかけられた直後に、顔色が変わった。その態度も豹変《ひょうへん》した。

ゆっくりとビール瓶を逆さにし、相手の頭上から中身をだらだらとかけた。

そして、一言一句刻み付けるように、こう啖呵《たんか》を切った。

あたしはね、あんたなんかに口説かれるほど、安くはないんだよ。

宴会場は大騒ぎになったという。

「一部では有名な話だよ」先輩はそう言って明るく笑った。「だから、誰もウチの店長には怖くて手を出さない。万が一言い寄ってこられても、みんな逃げ出すよ。絶対に、ない」


だが、そんなある意味幸せだった小岩店時代も、長くは続かなかった。

宏明はそのあともことごとく昇進話を拒否し続けていた。ついに二年半後、支店の中では店長を除けば宏明が一番歳嵩《としかさ》になった。

時を同じくして、池口が異動になった。栄転だ。次の転勤先は新宿東口店だった。首都圏では二番目に規模の大きな支店だ。

その送迎会の二次会だった。周囲はみんな、ぐでんぐでんに酔っ払っていた。池口と宏明だけが、何とかかろうじて正気を保っていた。

酒の勢いもあり、宏明はかねてから聞きたかったことを、おそるおそる聞いた。

「なんで、昔はグレてたんです」

すると池口は、あはっと笑った。

「よくある話」ややあって、切って捨てるように言った。「親父《おやじ》が母親の浪費癖に愛想を尽かし、会社の女と蒸発した。金に困った母親は場末のソープ嬢になった。で、あたしは近所からも学校の先生からも（かわいそうな子供）って目で見られるようになった。以上」

「――」

「でもさ、世の中には似たような境遇で育っても、あたしみたいにならない奴《やつ》もいる。結局、甘えてたんだよね。自分に」

　そう言った彼女の手の甲には、かすかに根性焼きの痕《あと》が残っていた。

　池口の代わりに来たのは、自分より年下の上司だった。宏明より一年遅く入社し、二年目になるときに店長の話を受けた。

　自分より年下の店長ということに、特に不満はなかった。

　だが、その年下の店長は、必要以上に宏明に気を遣ってきた。同僚のように「王子」ではなく、「三浦さん」と呼んできた。宏明はそれが気になった。部下のぼくを〝さん〟付けで呼ぶことはない、と何度も言った。それでは店長の示しが付かないでしょ、と。

　しかし彼は、なおも〝さん〟付けを止《や》めなかった。

もう、限界だ。

おれはこの支店にはいられない。

一瞬、会社を辞めようかとも思った。でも、やはり気が進まなかった。

宏明は、当時思っていた。ノルマが厳しく、ストレスも激しい仕事だからこそ、途中で放り出したくはない。それは即、自分に負けることを意味するような気がした。仮にこの仕事が嫌で会社から逃げ出したとする。でも、そんな軟弱な人間を誰が雇いたいと思うものか。

自分は、池口にもたびたびため息を洩《も》らされていたように、たしかに情けない男だ。でも、その情けなさにも、おのずと限度はある。

結局、本部からの次の誘いに宏明は乗った。秋葉原二号店の店長になった。

ある程度覚悟は出来ていたつもりだが、それでも店長としての仕事は半端でなく忙しかった。部下と店舗の管理もやりながら、自分の数字も追わなければならない。その数字も、絶対に部下に負けてはならない。

そして少しでも店舗の売上げが落ちると、連日一時間おきに営業管理センターから例の電話がかかってくる。

「おい店長っ、さっさと数字端末に打ち込めよ！　一体どーなってんだよ、てめェンところはよっ」

「月末まであと十日しかねえぞ！　こんな数字でシカトしてんじゃねーよ。てめえまさか今月は諦《あきら》めて、来月はロケットスタートしようって腹でいるんじゃねーだろなっ」

「おらっ、もう三時過ぎちゃったろっ。挙げろよっ、まずは今月の実績をよお！　根性見せろよ、このオカマ野郎っ！」

そのたびにひどく憂鬱《ゆううつ》になり、胃がきりきりと痛んだ。毎晩のように悪夢にうなされた。

それでも辞めようとは思わなかった。

池口のことを想《おも》った。彼女だって必死に頑張っていた。悲惨極まりない過去から這《は》い上がってきた彼女。部下にも一度だって八つ当たりはしなかった。

おれにだって、もう少しはやれるはずだ——そう思い、死に物狂いで仕事を続けた。

それでも、店舗の月ごとの数字がいかないときもある。

そんなときは、決まって〝店長研修〟という名目で本社に呼び出された。

各月の目標を外した店長ばかりが大会議室に集められ、営業本部長からのさらに厳しい叱責《しっせき》が飛ぶ。

「これぐらいの数字もいかないようなら、さっさと辞表書いて出せよっ。てめえらの代わりなんざいくらでもいるんだぞ！」

「ったくよお。それが年収一千万以上もらっている人間の働きか。おいっ」

「おめえらカスだ。人間のクズだ。いいからもう全員死ねよ！」

言葉の暴力で、これでもかというぐらい叩《たた》かれる。それが一時間ほど延々と続く。

だが、宏明が最も耐えられなかったのは、それが終わったあとで、『相互の意識改革』と称して、店長同士がお互いを罵倒《ばとう》し合う時間が設けられることだった。

一人の店長につき、だいたい十分目安の時間が設けられる。その間に他の店長たちは、該当の店長に集中砲火を浴びせる。

「努力が足りない」「意識が低い」「数字の読みが甘い」「部下の指導力が弱い」などなどだ。その十分間は、相手の欠点をなにがなんでも責め立てなくてはならない。無言になってはならない。

やがて仕事面でのネタも切れ、仕事とは関係のない個人攻撃に移る。営業本部もその傾向を奨励する。徹底的な屈辱感を味わわせ、二度とこんな会議に出席したくないと思わせるのが目的だからだ。宏明も嫌というほどやられた。

「慶応だって思い上がってんじゃねえぞ！」

「てめえ、いい男ぶって調子に乗ってんじゃねーのか」

仕事とは関係のない要素で、徹底的に吊《つ》るし上げられる。


この店長会議で、異動以来、初めて池口の姿を見た。

ちょうど宏明が店長になって四ヶ月目のことだった。

彼女は店長会議に大幅に遅れてきた。ちょうど、宏明への集中砲火が終わったころだった。おそらくは回収業務か何かで大きく時間を取られたのだ。

久しぶりに見る彼女は、なんだか少しやつれて見えた。新宿東口店は首都圏でも有数の大規模店だ。部下の数も多く、その管理業務だけでも半端ではない忙しさなのだろう。

「おい、池口」と、さっそく営業本部長からの声が飛んだ。「てめえ目標を外した挙句、大事な会議に遅れてくるとはいい度胸してるじゃねえか」

「すいません」

ややかすれた声で、池口は言った。その湿った声音。たぶん少し体調も崩している。

だが、本部長は容赦しなかった。

「じゃあ次はすっ飛ばして池口、おまえからだ」

入室して早々のいきなりの指名だった。遅刻してきた者に対する見せしめだ。さっそく他の店長からの集中砲火が始まった。

「おまえ、久しぶりにこの会議に出たんで、場所、忘れちまったんだろ」

「新宿から来たのは初めてだもんなあ。間違えて大宮まで行ってたんじゃねえのか」

驚いたことに、のっけからの嫌味攻撃だった。手元のデータを見る。池口は新宿東口店の店長になってからは、初めての会議だ。つまり、それまでは目標を外していない。対してここにいる店長のほとんどは、二ヶ月か三ヶ月に一度は目標を外している。仕事面で攻撃しようにも、その糸口があまりない。だからしつこく遅刻の件を責め立てる。

「時間を守るってのは、基本の基本だろうが」

「なあ、おまえさあ、時間にルーズな店長ってのは、それだけで罪だとは思わねえか」

「ついでに下《しも》のほうもゆるゆるなんだろ」

「だろうよ。服のセンス見りゃ、分かる」

「この、ヤンキー崩れが」

「ま、育ちが悪いとどうしようもねえよな。親にちゃんと教育されなかったんだ。な、池口」

口調こそややおとなしいものの、その内容はあまりにもひど過ぎた。徹底的に彼女を痛めつけようとしている。どうしてそこまで彼女を貶《おとし》めようとするのか。悪意さえ感じる。

「でかい店舗任されたんで、気が抜けたか。天狗《てんぐ》になってんだろ」

ようやく気づいた。

──これは、嫉妬《しっと》だ。

わずか三十で有数の大規模店を任されるまでになり、それでもなんとか店舗を切り盛りしている有能な女性への、男たちの嫉妬だ。

池口は黙ってそれらの個人攻撃を受け止めている。

「──おい、三浦」

不意に名前を呼ばれ、はっとした。

「三浦よ」

もう一度名前を呼ばれ、振り返る。本部長だった。

「なんでおまえだけ、さっきから黙っている」瞬《まばた》きというものをほとんどしない半眼の瞳《ひとみ》で、じっとこちらを見ている。「なんで、発言しない」

束《つか》の間《ま》、しいんと会議室が静まり返った。

店長たちの視線。痛いほど気になる。

「おい、三浦」本部長はやや声を荒らげた。「返事をしろ。なんでおまえだけ黙っている」

それでも宏明は、机の上を見つめたまま黙っていた。

「三浦っ、返事しろ！」

今度は怒鳴り声が聞こえた。じっと見つめている長机の木目。ところどころでとぐろを巻いている。池口の笑い声が聞こえる。

王子、こんなんじゃ駄目だよー。

なにやってんだよ王子、ほらっ。がんばりな。

王子、王子——。

「小僧っ！」

ひときわ大きい怒鳴り声が飛んできた直後、肩口を鈍痛が襲った。と同時に、視界にぱっと煙幕のようなものが立った。がしゃん、という鋭い音。

重いガラス製の灰皿を投げつけられたのだ。その灰と吸殻を、全身にかぶった。

ついに宏明は、重い口を開いた。

「ぼくには、言えません」

本部長はさらに怒り狂い、机を叩いた。

「ふざけるなっ。てめえナニ考えてんだ！」

その様子を見て、他の店長たちも一斉に追随する。

「ナンだあ、美しい師弟愛かあ！」

「自分一人いい子ぶってんじゃねえよっ」

違う——。

師弟愛ではない。いい子ぶっているつもりもない。

もう一度宏明は静かに、だが、断固として繰り返した。

「ぼくには、言えません」

その一言に、再び会議室は水を打ったように静まり返った。

……宏明は気づいた。

俯《うつむ》いたままの池口の首筋が、かすかに赤くなっていた。

翌々月の会議では、彼女に会わなかった。宏明は自分のことはさておき、ほっと胸をなでおろした。きっとまた必死に頑張っている。

でも、それはとんだ間違いだった。あの会議の一ヶ月後には、彼女は会社を辞めていた。

5

さて。どうしたものか——。

翌週の火曜。午後四時十五分。

目の前の椅子《いす》に三浦が腰掛けている。

真介は内心、先週の自分の態度を激しく後悔している。

やはり、あんなことを言うべきではなかった。被面接者を相手に、本音をつい吐露してしまった自分。やりにくいことこの上ない。

「——で、結局どうなんです」ようやくそう聞いた。「決心は、付きましたか」

「いえ。まだです」三浦はためらいがちに口を開く。「というよりも、自ら辞めるのは、やはり気が進まないと思っています」

内心で大きなため息をつく。先ほどから似たような応酬を何度も繰り返している。

この男は、いったいなんなのだ。一見、風に吹かれる柳のような優男《やさおとこ》に見えて、その実は絶対に自分の意見を変えようとしない。口調こそマイルドだが、一歩も引こうとしない。恐ろしいほどの頑固者だ。ここまでこの男を今の仕事に固執させるものはなんなのか。

つい真介は口調を荒くした。

「ですが、あなたの現在の店舗成績ですと、やがては平社員かサルベージ・センターに回される可能性が大なんですよ」

「――それは、おっしゃる通りかもしれません」

「よしんば今の立場に踏みとどまることが出来たとしても、今後よほどの成績を上げない限りは、ますます上層部の覚えは悪くなる一方でしょう。それが、現状で可能ですか？」

「それでも、やれるだけ、やってみようと思っています」

思わず舌打ちしたくなる。

「三浦さん、前回にも少し申し上げましたが、あなたなら、今よりもはるかに向いている業界があるのではないのですか」予感がする。ふたたび面接官のラインを超えようとしている。それでも口は止まらなかった。「言っておきますが、これは私の仕事として言っているのではありません。本心からそう思って申し上げているのです。お伺いしますが三浦さん、あなたは今のような生活で、一体楽しいのですか」

「楽しいとか楽しくないとか言う以前に、まずは実際の生活を立てていくことが、私は大切だと思っております」

「しかしですね、人間はそれだけでは生きられるものではないと、お考えにはなりませんか」

「かも知れませんが、それでも食べていくことは大事です。安心して家族とともに生きていくことも、大事です」

ふと思う。この男の口から、初めて家族という言葉が出た。

「奥さんがいらっしゃいますね。奥さんは今、何をしておられるのです」

「私と同じように働いています」

「大変不躾《ぶしつけ》な質問ですが、その年収は？」

「私とほぼ同じです」

軽い驚きを覚えた。

「大体で結構ですが、どんなご職業でしょう」

「ある業界の販社に勤めています。歩合制の営業職です」

「お子さんは？」

「おりません」

「奥さんに今回の件はお話しされましたか？」

この答えは、一瞬遅れた。

「いえ……まだです」

なるほど。

一つの可能性に思い当たる。ひょっとしたらこの男、自分と同じように働いている妻に、なかなか言い出せずにいる。ほぼ同等の年収を稼ぐ妻に対して、面目ないと思っている。

だが真介は思う。その女、歩合で年収一千二百万を稼ぎ出すのだから、相当に仕事は出来るのだろう。しかし、このタイプの男が選ぶような女性だ。エグい営業をやるような人間ではないはず。その背後に感じるものは、体感と経験則から自分なりの方法論を導き出し、ひたむきに努力する、という姿勢だ。そしてその姿勢とは、生き方でもある……。

もしそんな女なら、この男の現状に合った正しい判断を、きっとしてくれる。

「ではですね、こうしましょう」真介は提案した。「今回の面接はここまでにしますが、一度この件を奥さんによくご相談なさってみてください。その上で、来週以降の三次面接でもう一度話し合いましょう」

一瞬ためらい、三浦はうなずいた。そして軽く頭を下げ、部屋を出て行った。

しかしたまげたな、と改めて思う。

わずか三十前後で、夫婦合わせて二千四百万の収入とは……。

隣の席を見る。川田もこちらを見ていた。

つい真介は聞いた。

「美代ちゃんさ、今の三浦さん、女としてどう思う？」

束《つか》の間《ま》首を傾《かし》げた川田は、

「カッコいい人ですよね。最初に見たときからそう思いました」と、答えてきた。

「でも、私はちょっと苦手です」

「どうして？」

するとと彼女は少し笑った。

「だって、いい男過ぎますもん。なんかこう、守ってあげたくなる感じ。女には損です」

真介も笑った。おれもそうだ。だからつい、あの男に対して本心をさらけ出した。

6

その夜。十一時十五分。

宏明は最寄り駅である吉祥寺で、いつものように電車を降りた。北口を出る。

自宅は、北口ロータリーから中道通りを歩いて十五分のところにある賃貸マンションだ。

2LDKで、家賃は十九万。移ってきた当時は新婚だったし、夫婦合わせての年収を考えれば、もっと都心寄りで広いところに住むことも充分に可能だった。

しかし妻は反対した。

将来何が起こるか分からないんだから、これくらいの家賃に抑えておこうよ。

その通りかもしれないと思った。彼女の意見に従った——。

五年前。池口の辞職を聞いた週末、宏明は散々悩んだ末、その年の社員住所録を開いた。

彼女の住まいは、新宿に転勤してからも小岩のままになっていた。少し笑った。あの猥雑《わいざつ》とした町。いかにも彼女らしい。

午後、愛用の白いアルテッツァを運転して、彼女のマンションに出向いた。ごみごみとした市街地だった。マンションの南側の路肩にクルマを止めようとして、気づいた。

向かい側に、ごく小さな児童公園があった。隅に古びたブランコがあり、その横木に腰掛けたまま、ぼんやりと煙草《たばこ》をくゆらしている女の影があった。池口だった。

宏明はクルマを降り、公園の低い植え込みをまたいで、彼女の方向に公園を横切り始めた。

足音に気づいたのだろう、彼女は不意に首を上げ、こちらを見てきた。

一瞬その顔があっけに取られ、次に泣き出しそうな表情になり、最後には無理やり笑みを浮かべた。

「よっ、王子」彼女はそう言って、明るく笑った。「あんた、いつ見てもいい男だねえ」

駄目だ、と肝に銘じた。彼女は今、おれを突き放そうとしている。どういうつもりでやって来たのかを、なんとなく察している。だからこのおれは、いつものように照れてはならない。

宏明は黙って彼女に近づいていった。無言のまま、彼女の隣のブランコに腰を下ろした。

しばらく二人とも黙っていた。

その沈黙に耐え切れず、ついポケットから煙草を取り出した。その宏明のしぐさを見て、ようやく池口が口を開いた。

「へえ。あんた、煙草吸うようになったんだ」

無理に始めようとする会話。その語尾が少し震えていた。

「ですね」言葉少なに宏明は答えた。「去年からです」

彼女は少し笑みを浮かべた。

「煙草は、健康に悪いよ。歯も黒くなるし」

「店長だって吸ってるじゃないですか」

すると、彼女はもう一度微笑《ほほえ》んだ。

初夏だった。周囲からセミの音が聞こえていた。

「あたしはもう、店長じゃないよ」

会話はそこで、ふたたび途切れた。

しばらくして、今度は宏明が口を開いた。

「ぼくの、せいですか？」

「あんたのせいじゃないよ」

彼女は即答した。ややあって少しため息をつき、こう付け足してきた。

「ただ、あのとき、何かが壊れた」

「あのとき？」

池口はうなずいた。

「灰を被《かぶ》ったまま、黙っているあんたがいた。切なかった。守ってあげたかった。てめえらみんな死んじまえっ、て。けど言えなかった。言えば、崩れる。そう気づいた」

崩れる。あたしの気持ち――。

危うく宏明は泣きそうになった。

ずっとこの女のことが気になっていた。好きだった。だからこの四年間、他の女にどんなにその気を見せられても一人でいた。

「おれと一緒に暮らしませんか」気がついたときにはそう言っていた。「っていうか、おれと、結婚してくれませんか」

彼女は即座に答えた。

「それは、無理」

宏明は驚いた。

「どうして」

「あんた、あたしがどういう育ちか知ってるだろ」そう言って、わずかにブランコを揺らした。「あんたの親は、絶対に反対する。あんたの親に限らず、まともな親ならみんなそう思う。あんたもやがては後悔する。あたしたちは、木の股《また》から生まれてきたわけじゃないんだから」

「……」

「あたしは、これからも一人で生きていく。そのほうがいい。子供の頃に、そう決めたんだ」

抱きしめたい。

だが、情けない——。

そうする前に宏明は泣き出してしまった。

「なんだよー、王子」そう言って彼女が笑いながら肩を叩《たた》いてきた。「泣くなよ。ほらっ」

思わずその手を摑《つか》み、彼女を引き寄せた。

がらん、がらんとブランコのチェーンが鳴った。

きつく抱きしめた。彼女の背中は思いのほか小さかった。こんなに小さかったっけ。

さらに引き寄せ、自分の腕の中に包み込むようにして抱いた。

肩口に違和感を覚えた。

彼女は泣いていた。でも声を立てまいとして、宏明のシャツの表面を噛《か》んでいた。


その後も、彼女は宏明の申し出を断りつづけた。宏明が何度小岩まで出向いていっても答えは同じだった。

「駄目なものは駄目っ。とっとと帰りな！」

いったいあの公園での出来事は夢だったのかと思えるくらい、彼女の態度はけんもほろろだった。常に門前払いをくらい、

「もう、来《く》んじゃないよっ」

と、ときには本当に足蹴《あしげ》にされることもあった。「うぜーんだよ！」

まるで手負いの獣だった。その投げつけられる言葉も、行くたびに激しさを増した。

「このストーカー野郎っ、いつもふにゃふにゃしやがって。気持ち悪い！」

いくら断る口実とはいえ、このあまりの言われようにはさすがに宏明も怒った。

どうしておれがストーカーなんだよ、といつの間にかタメロになり、どうしてあんたはそうなんだよ、とさらに食って掛かった。

マンションの外廊下での派手な喧嘩《けんか》だ。近所の住人が出てきて、うるさい、と何度か怒鳴られた。もういい加減にしてくださいよ。周りの迷惑も考えてください。

……この状況。何かに似ていると思った。

追い込みだ。つい一人笑った。そして追い込みは、逃げ回る相手を徹底的に追い回し、根負けさせた者の勝ちだ——。

だから宏明は度重なる彼女の侮辱にもかかわらず、さらにしつこく彼女の元を訪ねた。それまでも三日とおかずに通っていたが、それからは秋葉原の支店の近くの百円パーキングにアルテッツァを駐車し、仕事帰りに毎晩通った。

夜の蔵前橋通りを運転しながら、ふと苦笑した。

回収は相変わらず苦手なおれ。

だが、このサルベージだけは諦《あきら》めるわけにはいかない。

そんな状況が十日ほどつづいたある晩、ついに疲れきったのか、彼女はとうとう折れた。

「ったく、あんたは仕方がないねえ」

そう言って、深いため息をついた。

「あんたはね、昔のあたしに同情しているだけだ。ついでに今のあたしにもね。憐《あわ》れんでいるだけだ。それを愛情と勘違いしているだけだ。それが、分からないの？」

「同情じゃないし、憐れみでもない」

宏明が即答すると、彼女はさらに深いため息をついた。

ややあって、こう言ってきた。

「……じゃあね、半年――いや、八ヶ月待ってよ。その間は、絶対に来ないで。電話もメールもなし。あんたが八ヶ月間あたしと会わずにいて、それでも気が変わらなかったら、またここに来ればいい。そしたら、あたしも考える」

宏明はうなずいた。そしてふと不安を感じた。

「その八ヶ月の間に、どこかに行方をくらますことなんかないよね？」

「くらまさない」彼女は約束した。「だから、八ヶ月後に、ここでまた会うことにしよう」

八ヶ月、とどうして期間を区切られるのか分からなかったが、もう一度宏明はうなずいた。

じりじりと月日が過ぎていった。宏明はカレンダーの終わった日に×をつけ、その日が来るのを指折り待った。

夏が過ぎ、秋が来て、やがて冬になった。あわただしい年末も終わり、翌年を迎えた。

やがて、八ヶ月後の約束の日になった。

二月半ばの、寒い夜だったことを今も覚えている。

仕事が終わった後、例によってアルテッツァに乗り込み、彼女の家を目指した。十一時過ぎに小岩に着いた。

彼女はマンションの外廊下にいた。マフラーを首にぐるぐる巻きにし、毛糸の帽子を被り、分厚い革のコートを着て、ポケットに両手を突っ込んだまま突っ立っていた。ほっぺたが妙に赤かった。たぶんこの外廊下から、自分がクルマから降りる姿も見ていた。

ひょっとしたら、やって来なかったかも知れない自分——どれくらいそうして待っていたのだろうと思った。

宏明は無言で近づいていき、彼女の前で立ち止まった。

「気持ちは、変わらない？」

開口一番、彼女は言った。

「変わらない」

宏明は断言した。彼女は少し首をかしげた。そして、うなずいた。

「じゃああたしたち、まずは一緒に住もう」


二人で住み始めた。

奇妙な同居生活になった。一週間は彼女の家に住み、週末にはアルテッツァに身の回りのものを詰め込んで、南砂町にある宏明のアパートに家移りする。その繰り返しだった。

宏明はすぐにでもお互いの部屋を引き払い、新しい部屋を借りて一緒に住みたかったが、彼女は首を振った。

「試験期間だもん。いざ一緒に住んでみたら、お互いに嫌になるかもしれない」

彼女は新しい仕事に就いていた。N社、という国内第二位の自動車メーカーの東京販社で、歩合制の営業マンになっていた。

「だってあたし、もともと単車とかクルマ、大好きだしね」

ふと内心でおかしくなった。一昔前のN社の製品は、暴走族や走り屋が好んで乗るクルマでもあった。人間の好みは、意外と変わらないものだと思った。ついからかいたくなり、やっぱりN社のクルマが好きなのかと聞いた。

するど、

「けど、あんたの白いアルテッツァだけは、好きだよ。あたしの仕事のために買い換えなくていいよ」

と、彼女は答えた。そういう意味じゃないよ、と宏明は笑った。

彼女は、そのN社に去年の八月ごろから勤め始めていた。彼女の営業センスは宏明も相当なものだと思っていたし、持ち前の馬力をかけて頑張ってもいるのだろう、同居し始めた時点で、すでに彼女の月収は毎月八十万を超えていた。

宏明は疑問に思った。

「でもさ、もしこれからどこかに住まいを借りて完全な同居生活になったとして、それでもおれ一人の給料で充分やっていける。なんでそんなに仕事、躍起になってやるわけ？」

すると彼女はふふっと笑った。

ヒロ、と宏明の名前を呼んできた。「お金はね、大事だよ」

だが、答えはそれだけだった。それ以上の理由は、いくら聞いても言わなかった。

ある晩の寝物語のことだ。

静かにこう打ち明けてきたことがある。

「いつか言ったよね。あたしの母親のこと。でもね、あたしが夜間の高校に入ってしばらくして、さすがに歳《とし》で店を辞めた」

「……」

「だからあたし、前の仕事をやり始めた面もある。月々仕送りしてね。あんな親でも、親は親だったからね。育ててもらった恩もあるし」

しかし宏明は、彼女の母親が、あの音信不通になった八ヶ月の間に、すでに癌《がん》で亡《な》くなっていることを聞いていた。親のために、もう高給を稼ぐ必要はない。

なのに何故《なぜ》、今も躍起になって仕事を頑張っているのか。


奇妙な同居生活もちょうど三ヶ月目になったとき、ついに宏明は切り出した。

「新しい部屋を借りて一緒に住もう。もう充分だろ、美佐子」

その頃までには、すでに固く決心していた。

おれはこの女と、絶対に結婚する――。

お互いに日々が忙しすぎるという点を除けば、彼女との同居生活には何の不満もなかった。

だが、それでも美佐子は首を振った。

まだ、その前にやることがある、と言った。「あんたの親だよ、ヒロ。あんたの親が同意しない限り、あたしは結婚しない」

あんたがもし親を説得できなかったら、あたしとの仲もそれまでだ。そしたら別れよう、と。

……生い立ちから来る悲しさだと思った。

もし彼女がごく普通の暖かな家庭で育っていたら、ここまで宏明の両親のことを気にすることもなかっただろう。

そうは思いつつも、それまで宏明は、彼女との同居生活を沼津の両親にひた隠しに隠していた。言えば絶対に反対されるのは分かっていた。

だから、ずっと黙っていた。

しかしその親を、まずは説得して来い、と彼女は言った。同居以降の話はそれからだ、と。

五月のゴールデンウィークに、宏明は一人で沼津の実家に出向いた。

美佐子からは、自分の過去のすべてを洗いざらい両親に打ち明けるようにと言われていた。今隠していても、どうせやがてはバレることだから、と。

だから宏明は、彼女のすべてを包み隠さずに話した。

両親はもともと、宏明が『フレンド㈱』に入ること自体も、大反対だった。

「人様を泣かせるような仕事に就いて、何が楽しい」

「そうよ。そんな人の弱みにつけこむ仕事なんか、良くないわよ」

その『フレンド㈱』の元上司の女性と結婚したいと言い出したとき、果たして両親の顔は曇った。

「四つも、年上なの？」と母親がつぶやけば、

「その女性も、金貸しをやってたんだろ。女なのにそういう仕事がうまくて、すぐに店長にまでなったんだろ」

と父親も言った。

しかしかまわず、さらに宏明は説明した。彼女が中学時代から相当な不良少女だったこと。何度も補導歴があること。高校は夜間で、しかもレディースという女暴走族の頭《ヘッド》で、地元で諍《いさか》いを起こし、それがもとで保護観察処分になり、夜間高校さえも退学になったこと。

そのあまりの履歴に、両親は口をぱくぱくさせ、危うく卒倒しそうになった。

そして父親は他に女を作って蒸発し、死んだ母親も元ソープ嬢だったというくだり

になったところで、本当に父親は卒倒し、母親は泣き喚《わめ》き始めた。最悪の展開だった。「許さん！」ふたたび息を吹き返した父親は宣言した。「絶対に、許さん。死んでも、許さん！」

母親も涙を流しながら叫んだ。

「あんたがもしそんな女と結婚したら、私は首を吊《つ》るからねっ」

それでも結婚したいのだ、と宏明は必死に両親を説得した。三日三晩、その説得を続けた。

「あんた、その女にたぶらかされてんのよ！」

「そうだ！　騙《だま》されるな宏明っ。いい加減目を覚ませ！」

宏明はなおも掻《か》き口説いた。

彼女はそんな母親を食べさせるために、敢《あ》えて高給取りのこの仕事を選んだこと。とてもいい店長だったこと。店舗成績が悪いときも、自分だけが本部の矢面に立ち、決して宏明たち部下のせいにはしなかったこと。そんな人柄もあって、小岩一号店はいつも笑い声が絶えなかったこと。

本社会議のとき、自分が彼女のために責められているのを見て、黙って会社を辞めたこと……。

いつの間にか宏明は泣いていた。そして泣きながら、なおも説明を続けた。一緒に暮らしてくれ、と言い出したとき、彼女が頑強に拒んだこと。拒み続け、挙句には蹴りまで入れられたこと。それでも諦め切れなかったこと。

結婚しようと言い出したとき、まずはあんたの親の許可を取ってくることが先だと言われたこと。じゃなかったら、あたしたちはもう、別れたほうがいい――。

そこまでを説明し終わったとき、宏明はもう大泣きに泣いていた。

おれはもう、彼女と結婚できないのなら一生独身でいる、とまで言った。

さすがに両親も、何か感じるものはあったらしい。

ついに父親は折れた。

「……おまえがそこまで言うんなら、一度だけなら会ってもいい」

「ただし、会うだけだ。それと、会うときはこの家の敷居はまたがせない。おまえがこの市内で、どこか会う場所をセッティングしろ」

母親も、しぶしぶ同意した。

東京に戻り、実家であったことを報告した。

「そうか……」

彼女は一言つぶやいた。

それから宏明を見て、言った。

「――あんた、こういう状況になっても、あたしと結婚したい？」

宏明は激しくうなずいた。

「したいっ」

彼女は苦笑した。

「ま、じゃあやれるだけのことは、やってみよう」

そんなときの彼女には、自分よりわずか四つしか年上とは思えないほどの貫禄《かんろく》を感じた。


顔合わせはそれから三週間後の週末、宏明が予約した沼津のホテルで行われた。

宏明と美佐子は、その前日からホテルに泊まり込んでいた。気合充分だ。

朝、洗面室から支度を終えた美佐子が出てきた。この日に備えて買った濃紺のツー・ピースに、髪をそっけなく後ろでひっつめている。やや血の気の引いた顔は、まるっきりすっぴんのように見える。くっきりとした眉山《まゆやま》と、引き締まった口元には赤い口紅。その両目が、緊張にきらきらと輝いている。

宏明はつい見とれた。こんなに美しい彼女は見たことがなかった。

「何ぼうっとしてんの」彼女は微笑んだ。「行こう。勝負だよ」


ホテル内の料亭の、一番奥にある個室で、両親と対面した。

雰囲気はのっけから最悪だった。誰も出されている懐石料理に手をつけようとしない。それどころか、食前酒のシェリーグラスにも手を伸ばさなかった。

「たしか池口さん、でしたよね」彼女に向かってそんな言い方を、父親はした。「失礼ですが、あなた、この子があなたと結婚して、ゆくゆくうまくいくと、本当にお思いですか」

「正直、私も非常に心配しています」母親も父の尻馬《しりうま》に乗った。「不躾《ぶしつけ》なのは重々承知の上で申し上げますが、いくらあなたが息子が言うようにいい人だったとしても、いいいいいい、あなたのような育ちの方がうちの子と結婚して、それで果たして幸せになれるものでしょうか」

いくらなんでも最初からあんまりだと思った。

だが、思わず口を開きかけた宏明を、彼女はちらりと横目で制してきた。

あたしがいいというまでは絶対に口を出すな、と事前に約束させられていた。

宏明はかろうじて口を閉じた。

その後の小一時間も、両親は食事に手をつけることもなく、くどくどと彼女を責め立てた。いつもは恬淡《てんたん》とした二親だが、その日の口調には、何が何でも大事な息子をこの女と結婚させてなるものかという執念のようなものさえ感じた。

しかし彼女は怒りもせず、いちいちその両親の無礼な発言に、かすかに相槌《あいづち》を打ちながら聞いていた。

やがて両親も彼女を責めるネタが尽きてきて、ついに父親は投げ出すように言った。

「池口さん、それであなた、この現状をいったいどうお考えです」

その最後の質問に、彼女は大きくうなずいた。

「おっしゃることは、よく分かりました」

「ですか」

両親は明らかにほっとした顔をした。美佐子がようやく諦《あきら》めてくれる気になったと思ったらしい。が、彼女はさらにこう続けた。

「ですが私は、宏明さんが結婚したいと言ってくれている以上、できれば彼と一緒になりたいと思っています」

「は？」

「口幅《くちはば》ったいようですが、宏明さんの幸せが、私の幸せだからです」

そう、言い切った。

そして両親がふたたび口を開く前に、ハンドバッグを開けてこう続けた。

「そしてその幸せを守るための準備も、この一年弱、私なりにやってきたつもりです」

宏明は驚いた。初耳の話だった。

宏明と両親があっけに取られている間にも、彼女はバッグから取り出した書類を次々とテーブルの上に並べ始めた。

「今勤めているN社の、私の給与明細です。去年の八月からあります。ご覧になっていただければ分かるとおり、最初の数ヶ月は慣れない仕事だったものですから、給料はあんまり多くありません。ですが、昨年の末あたりからようやく仕事の要領も摑《つか》めてきまして、尻上がりになってまいりました。どうにかやっていける目処《めど》がついたのは、今年の二月ごろでした。三月からは、給料はコンスタントに百万前後を維持しております。そして今後も、この歩合の給料を維持していける自信は、あります」

「でもどうして?」思わず、といった様子で父親は口を開いた。「どうしてこの給料が、息子の幸せとつながるのです」

彼女は小さく、ため息をついた。

「正直申しまして、宏明さんの仕事は、今の私の仕事以上に精神的にきつい商売です。人間不信にも陥ります。それは、かつて私自身がやっていたからよく分かります」

「……」

「宏明さんは、とても優しい。そんな彼が、私は好きです。でも、そういう性格だからこそ、今の仕事で気持ちがくじけるときが、やがて来るかもしれません。ひょっとしたら精神的にボロボロになって会社を辞め、最悪の場合は仕事に再び就く意欲さえなくす可能性だってあります。万が一そうなったら、私が彼を一生食べさせていくつもりです。年収一千二百万。二人で暮らしていき、仮に子供が生まれたとしても、充分にやっていける金額だと思っています」

不意に目頭が熱くなった。

どうして八ヶ月が必要だったのか。何故お金が大事だと彼女は言ったのか。

今、ようやくその理由が分かった。

こらえ切れなかった。涙が両目から噴きこぼれた。

ふと顔を上げると、両親は二人とも呆然《ぼうぜん》としていた。明らかに度肝《どぎも》を抜かれていた。

無理もない、と思う。田舎では、夫が妻を食べさせるのは当然の常識だ。

そんな両親の前で、彼女は一生宏明を食べさせていく、と高らかに宣言したのだ。

三日後、宏明の携帯に母親から電話がかかってきた。

「正直、私は今も気が進まない。でも、あんたがどうしてもって言うんなら、私は反対しない。お父さんも一緒の意見よ」

結局は、籍だけを入れた。式もせず、ハネムーンにもいかなかった。

だから今も宏明と彼女が結婚したことは、社内ではほとんど知られていない。ごく限られた親しい同期が知っているだけだ。新しく着任した人事部長も、たぶん美佐子が以前この会社で働いていたことなど知らないだろう。

その年から、毎年時期になると、実家から大量のお茶と蜜柑《みかん》が送られてくるようになった。

宏明は以前にも増して、必死に仕事を頑張るようになった。

いや、実を言うと美佐子と住み始めた前後から、生活に張りを感じ始めていたのだ。

おれは、いつまでも彼女を働かせておくわけにはいかない。

両親の前であの話を聞いてからは、今更ながらに自分の情けなさを思い知ると同時に、その気持ちがいっそう大きくなった。

ここまで自分のことを思って、必死に働いている彼女——頑張らなくては。

彼女がやがて安心して仕事を辞められるように、おれは必死に仕事をしなくては。

今以上に、稼がなくては。

その目算も、ぼんやりとあった。

店長で優秀な実績を挙げたものは、さらに大きな店の店長になる。たしかにそこまでは非常にきつい道のりだ。

だが、その店長までを立派にやり遂げれば、あとは本社でのスタッフコースが待っている。と同時に、年収はさらに倍増の二千万に跳ね上がる。本社スタッフになったあと、辞める社員はほとんどいない。数字の締め付けが嘘《うそ》のようになくなるからだ。さらに言えば、それまでの実績のご褒美《ほうび》として、ある程度は希望のコースも選べるという。

宏明は密《ひそ》かに、本社の財務部門を視野に入れていた。会社の余剰金をいろんな企業の株や国債に投資、あるいは融資し、さらにその資金を増やす部門だ。

だから、それからも死に物狂いで頑張り続けることが出来た。

秋葉原二号店時代に、二十二ヶ月間連続で店舗目標を達成した。順当に渋谷一号店の店長になった。かつての美佐子の新宿東口店と、ほぼ同じ規模の店。さらに言えば宏明は当時二十八歳だった。同期の中でも、この速さで都内でも有数の大規模店の店長になったものはいない。

ようやくこの頃になると、美佐子も「会社辞めたら？　やっぱりヒロには向いてないよ。もっといい仕事があるよ」とは言わなくなった。

その出世の速度に、ある程度彼女も納得したのではないかと考えた。

それでも彼女は、N社の仕事を辞めなかった。

ヒロが念願の本社スタッフになったらね、と彼女は言った。「そしたら、あたしも会社を辞める。でも、それまでは頑張る」

だが、渋谷に異動してしばらくするうちに、明らかに仕事に息切れを覚え始めている自分に気づいた。

巨大な店舗目標。それも、クリアすればするほどに月々大きくなっていく。十二人いる部下の管理も半端ではない忙しさだ。都市の規模が大きいせいか、客層もかなり擦れている。もともと秋葉原時代でさえ、楽々と数字を達成してきたわけではなかったのだ。数字を伸ばすために、違法すれすれのことも何度かやった。

自分の能力の限界が近づいているのを、徐々に悟った。それでも諦めたくはなかった。

彼女は、おれの宝物だ。

けれど、そんな彼女に対し今までに散々苦労をかけてきた。現在もそうだ。相変わらず馬車馬のように働き続けている。宏明と同様、朝も早く帰りも遅い。そんな彼女の姿を見るのは、管理センターからの罵倒《ばとう》を聞くより、はるかに辛《つら》かった。

もうこれ以上、余計な心配はかけたくない。彼女を早く楽にさせてあげたい。そして、そのためにも絶対に諦めるわけにはいかない。辞めることなど、とんでもない。

だが、そんな思いとは裏腹に、渋谷店での実績は思うように上がらなかった。

この渋谷一号店と、ほぼ同規模の新宿東口店――美佐子があの店の店長になったのは、今の自分とほぼ同じ年だった。それでも彼女は一年近い在籍中に、目標を外したことは一度しかなかった。あの会議のときだけだ。それに引き換え、まったく思うように業績を伸ばせない自分……。

情けなかった。これが、おれの実力なのか。おれは、やっぱり駄目人間なのか。

そう感じつつも、降格ラインだけはかろうじて死守し続けた。

降格すれば、ふたたび平社員に逆戻りか、サルベージ・センターに行って敗者復活の戦列に加わるしかない。給料も半減する。本社スタッフへの道も大幅に遅れる。美佐子はさらに仕事を辞められなくなる。絶対に、降格するわけにはいかない。

あの年若い面接官が言ったとおりだった。スタッフコースを目指すべき舞台が、いつの間にか今の身分を守る場所へと変わっていた。

そしてそんな状態が九ヶ月以上も続き、今、こうしておれは実質的なクビを言い渡されようとしている——。

気がつけば、中道通り沿いにある自宅マンションの前まで来ていた。

部屋の窓を見上げた。明かりがついている。美佐子はもう、帰ってきているようだ。

軽いため息をつき、エントランスに入っていく。奥のエレベーターに乗り込んだ。

四階のボタンを押す。足元に軽い負荷を感じた。

……四階に着くまでに、腹が決まった。

この件は、やはり彼女には黙っておこう。そして次回の三次面接でも、徹底して戦おう。強制的にクビにすることなど、今の労基法では出来ないはずだ。

そして、もう一度死に物狂いで仕事を頑張ればいい。やっぱり、それが一番いい。

エレベーターの扉が開いた。

外廊下を歩いていき、405号室のインターフォンを押した。

ただいま、と宏明は言った。

おかえりー、とインターフォンから声が返ってきた。

ややあって扉の裏からガチャガチャという音が響いてきた。扉が開いた。Tシャツに短パン姿の美佐子が姿を現し、宏明の顔を見て笑った。

「今日も、遅かったね」

「うん……」

「ビール飲む？」

「そうだね」

と、靴を脱ぎながら宏明は答えた。

廊下を進んでいき、八畳のリビングに入る。テーブルの上に、すでに食事の用意は出来ていた。美佐子もまだ箸《はし》をつけていない様子だ。

結婚当初に約束した。飲み会がある日以外は、お互いに日替わりで食事を作ること。

つい気の毒になり、宏明は言った。

「ごめん。最近いつも美佐子に作ってもらっているよね」

「いいよ、ヒロ」冷蔵庫から大瓶ビールを取り出しながら美佐子は苦笑した。「忙しいときは、お互い様だって」

言いながらカウンターキッチンを回り込み、テーブルまでやって来た。

「仕事、調子どう？」

「うん。いい具合だよ」

むろん嘘だ。ここ一年ほど、ずっと嘘をつき通しだ。内実はいいどころか、今日もクビを勧められた。

だが彼女は、

「――そう。なら良かった」

と、あっさりうなずいた。

それから大瓶の栓を抜き、とくとくと二つのグラスに中身を注いだ。

「じゃあ、今日もお互いクソ忙しかった一日に、乾杯しよう」

そう言ってグラスを高々と掲げた。宏明も思わず笑い、グラスを上げた。

「はい。乾杯」

だいじょうぶ。

彼女が一緒にいてくれる限り、おれはどんなことにも耐えていける。

が、そんな食事も終わりかけた頃だった。

彼女が唐突に口を開いた。

「ねえ、ヒロ――」

「うん?」

「あたしたちさ、もう仕事なんか辞めて、どっか田舎にでも住もうか」

思わず箸を持つ手が止まった。

「なんで?」

つい顔を上げ、そう聞き返した。

だが、彼女は黙っていた。黙り込んだまま、じっとこちらを見つめてきていた。

その顔が、微妙に引きつった笑みを浮かべている。

思い出す。あの児童公園で見た彼女の顔。そっくりだ。あのときも彼女は、こちらの気持ちに気づいていた。だからあんな表情をした。

「知って、たの?」

気がつけば、そう口にしていた。

ややあって、彼女はためらいがちにうなずいた。

「あたしにも、親しい同期はいたからね。今の人事次長も。だからあたしたちの結婚の噂《うわさ》も流れなかった。密かに処理してくれたから」

一瞬、目の前が暗くなった。箸を置き、思わず顔を覆《おお》った。

最初から彼女は知っていた。なのにこの一年間、嘘をつき続けた自分。とてつもなく恥ずかしかった。

「ごめん、本当はもっと早くに言うつもりだったんだ」焦《あせ》ったような彼女の早口が聞こえる。「ヒロごめん。でも、あたしだってなかなか言い出せなかったよ」

それでも宏明は顔を覆い続けた。

結局は、いつだってこういうことになる。知らぬ間にいつも彼女の心労を増やしている。

情けない。

やっぱりおれは駄目男だ。白馬に乗った王子どころか、大好きな女一人幸せにしてあげることが出来ない。どこかに消えてなくなりたかった。

知らぬ間に涙が頬を伝っていた。

ヒロ。

不意に彼女のささやきが、耳元で聞こえた。と同時に、両手首を摑《つか》まれた。見上げると、彼女が宏明の顔を覗《のぞ》き込んできていた。

彼女は少し微笑《ほほえ》み、頬をぐいと挟んできた。

「ヒロ、泣くんじゃないよ。男だろ」

だが、泣き出しそうなのは彼女も同じだ。その下まぶたが光っている。

「大丈夫だって。今ね、二人合わせて貯金は四千万ある。それで、どこか田舎で何かの商売を見習いから始めたっていいじゃない。その前にちょっと使って、どこか旅行に出かけてもいいよ。ヒロ、サラリーマンだけが、人生じゃないよ。出世するだけが、意味あることじゃないよ」

そう言って、宏明から体を離した。

身を動かしたせいで彼女の両頰から涙が伝い落ちた。それでもかすかに笑みを浮かべたまま、二歩、三歩とその身を引いていった。

五歩目になったとき、ようやく壁際《かべぎわ》で立ち止まった。

黙ったまま、何故《なぜ》か両手の指先で長方形のカタチを作った。その穴から、宏明を覗き込んでくる。

分かった。カメラのファインダーを真似《まね》ている。

「あたしはね、今までに、心底生きててよかったなって思った瞬間が、二度ある」

彼女はつぶやいた。

「一度目はヒロ、あんたが児童公園にやってきたときだ。そして次は八ヶ月後。あんたが、本当にやってきたとき」

ふと気づく。その口調。今は昔の彼女に戻っている。

「白いアルテッツァから降り立ったときのあんた。いい男だった。あたしは、あのときの感動は、一生忘れない」

宏明はふたたび泣き出した。

おれだって今のこの彼女を、一生忘れない――。

File 4. 山里の娘

1

温泉旅行に行かないか、と真介が言い出したのは十日ほど前のことだ。

「どこらあたりに?」

ベッドに入ったまま、なにげなく陽子は聞いた。

「新潟」枕越《まくらご》しに真介は即答した。「岩室《いわむろ》温泉」

何か変だな。

天井を見上げたまま感じた。すぐにその理由に気づく。

「なんで言い出した時点から目的地が決まっているわけ」陽子は聞いた。「普通さ、行く場所ってお互いに相談してから決めるんじゃない?」

すると真介は半身を起こし、

「さすが陽子。アタマいいねー」と、にやりと笑った。「おれ、そういうところ大好き♪」

　まるで自分をおだて上げるかのようなその口調。陽子は早くもウンザリとする。付き合いだしてから一年四ヶ月になるが、この男がこういうおだて方をするときは、ロクなことがない。

「言いなさいよ、理由を」陽子は言った。「なんで岩室温泉なわけ？」

「はは」

　真介はふたたびへらへらと笑う。陽子のおとがいに手をかけてこようとする。この態度。いやらしい手つき。こいつはとことんあたしのことを舐《な》めている。シーツの下、真介の太腿《ふともも》をつねった。

「痛っ」

　大げさに真介が反応する。が、最近この男のこういう態度にはすっかり慣れっこだ。

「言いなさい。理由を」

　陽子はもう一度太腿をつねった。

　しばらくして真介は白状した。

　来月の十月中旬から、関東甲信越にホテルチェーンを展開している観光企業の人員削減を請け負うことになったのだという。真介の担当は、岩室温泉にあるホテルだ。

そのホテルの現状を知るためにも、一度は行く必要があるのだと説明してきた。

「もちろん、下見のための宿泊経費は会社から出る」真介はさらに続けた。「だけどさ、基本は一人分だけなんだ。わざわざ新潟まで行って一人で温泉浸《つ》かるっていうのも味気ないと思ってさ」

そしてすかさず、もちろん陽子の宿泊費はおれが持つよ、と言ってきた。「それでどう？　一緒に行かない？」

タダより高いものはない、という諺《ことわざ》が脳裏をよぎる。

「やだ」

気がつけば即答していた。

「どうして？」真介はやや驚いたような表情を浮かべる。「陽子の分はおれが出すんだぜ。いいじゃん」

「いくらタダでも、嫌なものは嫌なの」陽子は繰り返した。「だってその泊りに行くホテル、業績が振るわなくて人員削減をするようなホテルチェーンの一つなんでしょ。たぶんサービスも悪いし、部屋だってよくない。そんなホテルにはいくらタダでも泊りたくないよ。わざわざ新潟まで行くのなら、なおさらね」

真介は笑った。

「それは、誤解。たしかに七つあるチェーンの中にはそんなホテルもあるらしい。けど、この岩室温泉のホテルは別だよ。全面改装してまだ五年にしかならない。業績もかなりいいし、地元からの宿泊客、特にリピーターが圧倒的に多いんだ。評判のいいホテルじゃないと、そういうふうにはならないよ」

「……でも、じゃあどうしてそんなホテルが人員削減なんかするわけ?」

つづく真介の説明はこうだった。

半年ほど前、これらのホテルチェーンを経営する親会社『常盤《ときわ》クラウンホテルズ㈱』は、六本木に本社を持つ、とある新興の不動産会社に買収されたという。

「で、その新たに親会社になった不動産会社の方針で、鬼怒川《きぬがわ》と熱海《あたみ》にある二軒の赤字ホテルは閉鎖することになったんだけど、問題はその社員たちの行き先だ。中には絶対に自主退職を拒む人間も出てくる。そんな人間の受け皿として、採算の取れているホテルへ転勤させるという話になった」

「うん――」

「そうすると当然、たとえばこの岩室温泉の『ホテル常盤屋・岩室荘』でも余剰人員を抱えることになるから、今度はこのホテルの従業員たちにもリサーチをかけることになった。好条件を提示して、希望退職には応じますよ、というわけ」

「なるほどね」ようやく陽子は納得した。「一種の皺寄《しわよ》せ人事？」

真介はうなずいた。

「人員削減の本丸はその二軒の赤字ホテルだから、岩室温泉の従業員に関しては補助的な業務で、シビアな辞職勧告にはならないけどね。絶対に辞めさせなくちゃいけないわけじゃないから、ゆるーい感じの進路相談」

その後、真介が見せてくれた『ホテル常盤屋・岩室荘』の宿のパンフレットも、なかなか魅力的なものだった。

「社長もさ、今回の下見には彼女や奥さんを連れて行っていいと言っている。女ならではの視点も参考になるだろうからって」

「ふうん」

結局、陽子はその誘いに応じた。九月下旬の金曜と土曜で行くことになり、陽子は有給休暇を一日取った。

旅行当日の朝、真介が陽子のマンションまで迎えに来た。ただし、いつもの銀色のコペンではなかった。

「なに、このクルマ？」

驚いて声を上げた陽子の前で、真介は得意そうに笑った。

「いいだろ。コペンだとトランクが小さいんで、借りてきたんだ」

目の前の駐車場に停まっていたのは、ド派手なワインレッドのマツダ・ロードスターだった。しかも良く見るとキラキラ光っているメタリック色。屋根《トップ》の開いた二座《ツー・シーター》の内装はタン色の革張りで、かなり豪華そうなグレードに見える。

「高校時代の友達に、山下ってやつがいる」真介は言った。「今はファンドの仕事をしている。そいつのクルマ」

ははあ、と妙に陽子は感心する。類は友を呼ぶと言うが、やっぱりこいつの友達も、日常のアシにこんなふざけたクルマをチョイスするような快楽主義者らしい。おまけに怪しげな業界にいるところもそっくりだ。

ともかくもロードスターに乗り込み、出発した。大泉ジャンクションまでは下道を行って、関越自動車道に乗った。真介は、陽子の前の旦那《だんな》ほどではないにしろスピード狂だ。川越を過ぎたあたりで周囲のクルマがバラけてくると、じわじわと速度を上げ始め、鶴《つる》ヶ島《しま》ジャンクションを過ぎたあたりからコンスタントに百三十キロから百四十キロを維持するようになった。そのうちおまわりさんに捕まるぞ、とも思うが陽子は黙っている。言っても真介は聞かない。フロアからの風切り音とタイヤ音が大きくなってくる。

「路面が荒れているな」運転しながら真介がつぶやいた。「トラックも意外と多いし」

「だって一昔前のスキー街道だもん」思いつくまま陽子は言った。「今でも冬はスタッドレスやチェーン装着車が多いから、それで荒れるんじゃない？」

そういうわけね、と真介は笑った。

フロントウィンドウからかすかに巻き込んでくる風が、少し涼しく感じる。こんもりとした赤城《あかぎ》山の山頂が、やや色づき始めている。

ロードスターは順調に距離を稼ぎ、十時前には関越トンネルを抜けていた。

湯沢インターを過ぎた時点で、それまで無人地帯に等しかった山間の景色が突如として変わる。十階建て、二十階建ては当たり前の高層ビル群が田んぼの中に広がり始める。ホテル群とコンドミニアム、それに別荘用の高層マンションだ。ほとんどが八〇年代後半のバブル末期に、冬場のスキー客を当て込んで建築されたものだ。スキー・ブームが下火になった現在、しかもシーズンオフのこの季節は、燦々《さんさん》と降り注ぐ陽光の元で越後湯沢の町全体が眠っている。

ステアリングを小刻みに操作しながら、ふと真介が口を開いた。

「あのさ、スキーって昔、本当に流行《はや》ってたの？」

「むかーしね」

陽子は答えた。たしかにそうだ。あの頃は日本国中が浮かれに浮かれて、夏は軽井沢で避暑、冬は越後湯沢でスキーというのが友達との小旅行の定番だった。

でも、本当にもう昔のことだ。友達も次々と結婚し、家庭を持ち、今ではもう世紀さえ変わっている——現に、八歳年下のこの男は、こんなことを聞いてきている。

「真介はどう？」やや気を取り直して陽子は聞いた。「学生時代とかは、こっち方面にくることはあった？」

「全然」真介は即答した。「周りにもスキーやる奴《やつ》いなかったし、おれはバイク、バイクの毎日だったしね」

「ふうん」

なおも真介はニコニコと言葉をつづけた。

「深夜の常磐《じようばん》道なら何度も走ったよ。単車仲間と時速二百五十キロオーバーのレース。楽しかったなあ」

……やはりこいつは愚か者だ。

越後湯沢からさらに八十キロほど北上した長岡インターで一般道に下りた。国道三五二号線を三十分ほど西に向かい、日本海に面した漁師町・出雲崎《いずもざき》へと抜ける。海岸沿いの国道を北上し、寺泊《てらどまり》漁港近くにある市場通りでやや遅い昼食を摂った。茹《ゆ》でたての紅ズワイガニと握りのセットを食べながら、午後の予定をもう一度打ち合わせた。陽子には、今日のルートで一箇所だけどうしても行きたい場所があった。

この寺泊から五、六キロ北上した小高い丘陵地帯に、『国上寺《こくじょうじ》』というお寺がある。その広大な敷地内に北陸地方で最大の吊り橋《つ　ばし》が架かっているのだという。

陽子は、どういうわけか子どもの頃から吊り橋が大好きだった。四十を過ぎた今もそれは変わらない。狭い踏み板を中央に進むにつれてゆらゆらと揺れる感じと、その踏み板の隙間《すきま》やワイヤーの欄干《らんかん》越しに見えるはるか下方の景色に、ぞくりとする。まるで宙に浮いているような危うい スリルを覚える。

実際に行ってみると、国上寺の吊り橋は想像していたよりも小さかった。すこしがっかりしたが、それでも真介と二人で吊り橋を渡った。ゆらゆらと揺れる前後左右の空間感覚を味わい、満足を覚える。こういう部分、自分でも子どものようだとは思うが……。

吊り橋を渡り終えた場所にある展望台で一休みする。

午後の昼下がり。眼下に広がる平野の向こう、大河津分水から吹き上げてくる微風が、汗ばんだ肌に心地いい。どこからかヒグラシの鳴き声も聞こえてくる。初秋の風と音。

ややあって真介がつぶやいた。

「なかなかいいな。ここ」

「気に入った、吊り橋散策？」

「じゃなくて、さっきの寺のほう」にこやかに真介が答えた。「苔《こけ》むした風情《ふぜい》バッチリ。さすが県内最古のお寺」

へえ、と思った。

意外にこんな懐古情緒も持ち合わせているようだ。

国上山をいったん降り、弥彦山スカイラインを経由して日本海の遠望を左手に眺めながら、午後四時に岩室温泉郷に到着した。

『ホテル常盤屋・岩室荘』はその本体建物こそモダンなコンクリート製の五階建てだが、敷地の周囲を覆う白いナマコ塀といい、エントランスにいたるクルマ回しの両側に植林された黒松といい、なかなか情趣のある温泉ホテルだった。

客室数は五十。収容人員は二百名とやや小ぶりなホテルだが、むしろ個人客が泊まるにはこのくらいの規模のほうがいい。

真介がロードスターを停車すると、クルマ回し担当のホテルマンが笑顔を浮かべてすぐに駆け寄ってくる。その迅速な対応。いい感じだ。チェックインの際のフロント係にも好印象を持った。こちらも控えめな笑みを絶やさず、物腰も適度に柔らかい。

結局のところホテルの印象を最終的に決めるのは、そこで働く従業員の対応だと陽子は思う。いくら豪華な設備を誇るホテルであろうと、従業員の態度が悪ければ宿泊の印象は最悪なものになる。逆に多少設備的に見劣りがしても、気持ちの入った対応をしてくれる旅館であれば、また来てもいいかなという気分になる。

客室係に案内された部屋は、四階にある十二畳の和室だった。二人でこのスペースなら、ずいぶんと伸び伸び出来る。窓の内側にある障子に、ほのかな西日が差していた。障子を開けると、眼下には見事な日本庭園が広がっていた。築山《つきやま》にはごくかすかに色づき始めた楓《かえで》や躑躅《つつじ》があり、エントランスで見た黒松もある。そのこんもりとした木立の中に、石畳の遊歩道と池が配してある。

「千五百坪ほどございます」背後から、客室係のいかにも溌剌《はつらつ》とした声が聞こえる。「湯上りに、大浴場脇《わき》のドアから散策していただけるようにもなっております。ラウンジ脇にも出入り口がございます」

「そうですか」

振り返ると、テーブルの脇の客室係はちょうど陽子たちのお茶を入れ終えたところだった。彼女の名前は、つい先ほど三つ指を突いて自己紹介されていた。窪田《くぼた》という女の子だ。まだ二十代半ばほどだろう。愛嬌《あいきょう》ではち切れんばかりの丸顔に、藍色《あいいろ》の地味な和服が良く似合っている。

「お部屋食だとお伺いしておりますが、何時からになさいますか」

「七時からでお願いします」真介が答える。

「かしこまりました。では、その十分ほど前からお食事のご用意をさせていただきますので」軽く頭を下げ、窪田はにこやかに言葉をつづける。「明日のご朝食ですが、こちらはお部屋食ではなく、七時から十時までの間に、一階ロビー脇にあります『嵐山の間』という会場でご用意させていただくことになっております。こちらは和食と洋食のバイキング形式となっております。よろしいでしょうか」

「はい」

「ありがとうございます。大浴場は夜ですと午前一時までで、朝は午前四時から十時までご利用いただけます。なお、チェックアウトは十一時となっておりますが、もしお時間の都合でお遅れになるようでしたら、フロント宛《あて》の九番にてご連絡いただければ多少の調整は可能でございますので」

「分かりました」

「また、クローゼットの中の浴衣《ゆかた》は、大と中をご用意させていただいております。お好きなサイズのほうをご着用いただければと存じます」

そこまで説明を終えると、あらためてにっこりと笑い、陽子と真介の顔を見てきた。

「私からのご説明は以上ですが、他に何か、ご質問はございますか」

「わたしは、だいじょうぶです」

陽子はそう言って、真介を見た。

「ぼくも、特にないです」

窪田は元気よくうなずき、ふたたび畳の上に三つ指を突いて深々と頭を下げた。

「では、改めまして本日は当館『常盤屋』をご利用いただきまして、ありがとうございます。どうぞごゆるりとお過ごしください。また七時前にお伺いさせていただきます」

最後の挨拶《あいさつ》を終えた窪田が出て行ったあと、陽子は真介を見た。真介は少し首を捻《ひね》って言った。

「言うことが明晰《めいせき》。それでいてきつく感じない。なかなか感じがいい」

「そうね」と相槌《あいづち》を打った。そしてややためらった後、先ほどから思っていたことを口にした。「あの子も次回、面接するんでしょ」

「うん」真介はうなずく。「でも前にも言ったとおり、今回は進路相談って感じだから、かなり気が楽だよ」

そうは言いつつも、本来の目的を隠して平然と従業員に対応できるこの男――。仕事に関する限り、やはりこいつはロクデナシだ。

ただ、そんな一種の〝隠密《おんみつ》旅行〟に付き合っているあたしもあたしではあるのだが……。

長距離のドライブでやや疲れたのだろう、真介はもう少し部屋でのんびりしてから風呂《ふろ》に行くと言った。浴衣に着替えた陽子は一足先に大浴場へ向かった。

ここの泉質は弱アルカリだ。サウナに二度ほど入り、毛穴の汚れを充分に落としてから、ゆっくりと露天風呂に浸《つ》かれば、きっと肌がつるつるになり、すっきりとした気分になれる。

エレベーターで一階まで降り、本館の東奥へと渡り廊下を進んでいく。廊下の片側は全面ガラス張りで、先ほどの日本庭園がずっとつづいている。

大浴場の入り口脇には客室係が言ったように、日本庭園へと続くガラス扉があった。ドアを開けてみる。

軒下の広い三和土《たたき》に下駄《げた》が十足ほど並べてあり、その脇の棚には、洗い立てと思《おぼ》しき白足袋が、大・中・小に分かれて大量に重ねてあった。棚の下に小さな注意書きがある。

『庭園散策の際に、ご利用ください』

陽子は満足を覚える。ある程度神経質な人間なら、誰が使ったか分からない下駄を風呂上りの素足で履きたくはない。たしかに真介の言うとおり、このホテルはなかなか気が利《き》いている。夕食後、腹ごなしに少し庭園を散策するのもいいかも知れない。

大浴場の暖簾《のれん》をくぐった。入ってすぐ脇が凹の字の湯上り処《どころ》になっている。前方に廊下が続いており、先のほうで男湯と女湯に分かれているようだ。湯上り処の隅にある給水機が目に付いた。たぶん脱衣場にもあるとは思うが、サウナ前だ。念のために飲んでおこうと思いたった。

長椅子《ながいす》に浴衣姿の男が一人、腰掛けていた。すっきりとした細面の顔立ち。鬢《びん》にかすかに白いものが見えるが、全体としての印象は若い。すらりとした脛《すね》が浴衣の下から覗《のぞ》いている。湯上りと思しきその男は、紙コップで水を飲んでいた。

陽子は給水機の前に立ち、紙コップに冷水を注いだ。一口飲む。おいしい。軟水だ。まろやかな喉越《のどご》しに二度、三度とコップを傾けた。飲み干すと、すぐに二杯目を注いだ。さらに紙コップを傾ける。ごくごくと飲み干す。

「おいしいですよね」

不意にそんな声が背後から湧《わ》いた。

振り向くと、長椅子の男がこちらに向かって笑いかけてきた。白い歯をしている。

「ここの水」

ええ、と陽子もつい微笑《ほほえ》み、うなずいた。それからふと思い出し、言葉をつづけた。

「脱衣場にも給水機はありますか」

「ありますよ」男はうなずいた。「洗い場に入る扉の、すぐ右脇でした。紙コップも付いています。入浴中にちょっと出て飲むことも出来ます」

的確で、しかもこちらの意図を推測した答えだ。少し相手に好感を覚える。

「そうですか。ありがとうございます」

「どういたしまして」

言いながら男は立ち上がった。紙コップをダストボックスに入れると、もう一度にっこりと会釈《えしやく》してきた。

「なかなかいいお湯でしたよ。ごゆっくり」

そう言い残すと、軽い足取りで湯上り処を出ていく。暖簾をくぐるとき、その布の端を捲《まく》った指先の手つきが、妙に鮮やかに感じられた。

年のころ四十四、五といったところだろうか、初対面の女性に自分から話しかけてきて、長話をするかと思えば数回のやり取りで席を立つ。その配慮もなかなかのものだ。

脱衣場に入った陽子は、なんとなく浮き浮きした気分で浴衣を脱ぎ始めた。なんだかここに着いてから、気持ちのいいことが多い。いいホテルには、やっぱりいいお客が付くということなのか。

うっすらと湯煙の立っている浴場には、ほとんど利用客の姿が見当たらなかった。平日のまだ込み合っていない時間帯ということもあるのだろうが、陽子はますます上機嫌になる。人影のほとんどない大きな湯船に、かけ流しの水音を聞きながらゆっくり浸かるというのは、最高の贅沢《ぜいたく》の一つだ。

上機嫌はサウナから二度目に出た後もつづいていた。シャワーを浴び、水風呂に束《つか》の間《ま》身を浸し、屋外へと出る。

石床の敷地を広く取った露天風呂は、北側が塗り壁で、南と西は小庭に面していた。湯船の脇にある長椅子に腰を下ろし、まだ火照《ほて》っている体をしばらく冷ます。

敷地に弱々しい木漏れ日が差し込み、湯船にかすかな照り返しを作っている。西側の梢《こずえ》の向こうで、太陽が沈みかけているようだ。時おりさらさらと木々の揺れる音がして、微風が肌の表面を撫《な》で過ぎていく。

気持ち、いいなー。

最近は、次第に仕事の状態も好転している。社長たちとの付き合いを必死になって励んだせいもあるのだろうが、少しずつ業界の問題点を相談されるようにもなってきた。たまには会社ごとの相談にも乗ってくれと言われるようになった。月イチの例会のときも、司会役の陽子が何かを言うと、真面目《まじめ》に耳を傾けてくれる人間は以前より多くなっている。次第に信用を置かれつつある自分を感じる。

このまま今の仕事と人間関係に馴《な》れていけば、たぶん大丈夫だ。この仕事をずっと続けていけそうな気がする。

七時十分前に部屋に戻ると、先に真介は戻ってきていた。先ほどの客室係もいて、すでに配膳《はいぜん》を半ばほど終えている。

「ごめん、待った？」

そう声をかけると、真介は首を振った。

「いや、おれもつい数分前に戻ったところ」

客室係が勝手に部屋のドアを開けることはない。ということは、この娘は少なくとも真介が姿を現す前から部屋の前に来て、配膳を待っていたのだろう。

つい陽子は言った。

「すいません。待たせてしまいましたか」

いえ、と娘は少し照れたように笑った。「前のお部屋の配膳が早く終わったものですから、多少早く着いたんです」

つまり、待っていたということだ。それでも（いえ）という返事をしてくれるその気持ちに、真介の正体も知らずに微笑んでいるその朴訥《ぼくとつ》さに、可愛《かわい》さを覚える。

客室係がいったん部屋を下がり、真介と夕食を摂《と》り始めた。

「真介」

「ん？」

「さっきの子、手加減してあげてね。本番のとき」

生蟹《なまがに》の足を湯通ししながら、真介は苦笑した。

「だからさ、今回は進路相談で、リストラじゃないって言っているだろ」

ゆっくりと夕食を摂り終えると、八時半だった。ほどよくお腹《なか》も膨れた。窓枠まで進み、障子を開ける。眼下にある日本庭園。敷地のそこかしこにある石灯籠《いしどうろう》に照らし出され、全景がぼんやりと浮かび上がって見える。

「ねえ、ちょっと散歩にいこうよ」

一階ラウンジ脇のガラス扉から外庭に出た。まずは足袋を履き、それから下駄の鼻《はな》緒《お》に足を通す。顔を上げると、真介はすでに下駄を履き終わっていた。最近になって気づいたが、この男はいつも身仕舞いが素早い。

目の前に池がある。その池のほとりで遊歩道は二手に分かれている。陽子は口を開いた。

「どっち廻りにしようか」

真介は少し首をかしげる。

「右からの築山廻りで、おしまいに池に出るってのはどう？」

「いいよ」

築山廻りの遊歩道を並んで歩き始めた。石畳の舗道を奥に進むにつれ、ロビーからの明りが遠のいていく。代わりに、芝の中にうずくまるようにして据えられている石灯籠の淡い灯が、周囲の梢をぼんやりと照らし出し始める。足元の影も四散している。

知らぬ間に真介と手を繋《つな》いで歩いていた。

ほのかな幸せ気分に包まれる反面、つい考えてしまう。

……あたしは、この男といつまで付き合っていくつもりなのだろう。

普段はあまり考えないようにしているのだが、この男と付き合っていて、それで結局あたしはどうなるのだろう、とたまに感じることがある。

最近、真介はやや結婚話めいたことを匂《にお》わせるようになってきた。直截《ちょくせつ》な言い方をするのではなく、おれたちさあ、十年後はどうなっているのかなあ、とか、いかにも夫婦だと分かる仲が良さそうなカップルを街中で見かけたとき、いいなああんな感じ、とか、ちょっと羨《うらや》ましそうなつぶやきを洩《も》らす。

でも陽子は、今のところ真介と結婚する気はないし、たぶん今後もない。

結婚など一度で充分だ。あの時も散々傷つき、泣いた。あんな惨《みじ》めな思いはもう二度としたくない。だいたいこの真介は、あの三行半《みくだりはん》を突きつけてやった男に雰囲気が似すぎている。お気楽過ぎるその陽気な性格や外向的な志向も、ちょっと見せる微笑みも……今は良くても、きっとまた以前のような破局を迎える。

自分には、一生続けていこうと思っている仕事も、一生住み続けられる住まいもある。やはり今の関係のほうが気楽だ。

ずっとこの状態がつづいてくれればと願うが、人と人との密度は変化していくものだ。数年もすれば、きっと真介との関係もまた違った局面を迎えている。それがどういう変化であれ、今の気楽な状態を維持できない関係になってしまえば、結局は別れるしかないのかも——。

そんなことを考えていたとき、不意に真介の指に力が入るのを感じた。

「ん？」

真介のつぶやきに、思わず顔を上げた。

しばらく俯《うつむ》いて歩いていたせいで気づかなかったが、いつの間にか石畳の遊歩道は池のほとりを過ぎ、先ほどの出入口近くまで戻ってきていた。池に面したテラス席で、浴衣姿の男がビールジョッキを傾けている。一人で、のんびりと夜風を楽しんでいる風情《ふぜい》だ。

あ、と思った。

あの男だ。湯上り処で束の間会話を交わした——そう思った途端、真介が弾んだ声を出した。

「社長っ」

ぎょっとする。男がこちらを振り向く。咄嗟《とっさ》に今の状況を理解した。つい真介の手を離し、思わず逃げ腰になる。が、真介は構わず、いかにも気安そうに言葉をつづける。

「なんだ。今日来ていたんですか」

社長、と呼ばれた男は、こちらを見たまま少し笑った。

「午後から急に時間が取れたんでね。明日の朝イチには帰る」それから陽子を見て、ふたたび微笑んだ。「こんばんは」

こんばんは、と陽子も軽く頭を下げた。もう逃げられないと思い、覚悟を決めた。さらに言葉をつづける。「夕方はありがとうございました。おかげさまでいいお湯でした」

相手はもう一度笑った。

「こちらこそ」

隣の真介が軽い驚きの表情を浮かべる。陽子は簡単に事情を説明した。

「——というわけで、お互いにそれと知らずに二、三言話したの」

「なあんだ」と、真介は納得した。「そういうわけか」

「高橋と申します」相手は軽く頭を下げてきた。それからやや小首をかしげ、「彼にはいつも頑張ってもらって、おかげで私は、今もこうしてのんびりビールなどを飲んでいられます」

その自己紹介にはつい笑った。ユーモアのセンスもあるらしい。

「芹沢と申します」と、自己紹介した。「村上がいつもお世話になっています。私が言う言葉ではないかもしれませんけど」

相手も目の端で笑った。

「もしよろしければ、軽く一杯いかがです」

つい真介を見る。あたしは別に構わないわよ、という意味を込めて微笑んでみせる。

真介は高橋に向き直った。

「じゃあ社長、本当に一杯だけですよ」

と、いかにも恩に着せるような言い方をした。

さすがに高橋は苦笑を浮かべる。

「悪いな。一人でやって来たのはいいけど、夜は持て余す」

そのするりと言ったセリフに、ふと高橋の左手薬指をちらりと見た。結婚はしていないらしい。この歳《とし》まで独身を通しているのか。それともあたしと同じように離婚経験者か。

ウェイターがやって来た。真介はラムのロックを、陽子はジンフィズを注文した。

高橋はビールを追加した。

「社長、今日はここまでどうやって？」真介が聞く。

「新幹線とタクシーだ」

「じゃあ、周辺の観光はしてないんですか」

「その時間もなかったしな」そう答えてから陽子の方を向き、「今日はどうやってこちらまで？」と、訊《たず》ねてきた。初対面の私に対して気を遣っている。会話に参加させようとしている。

「彼のクルマです」陽子は答えた。「長岡インターから出雲崎に出て、寺泊廻りで弥彦山スカイラインを通ったあと、ここに四時ごろに着きました」

ふむ、と高橋はうなずく。「あのスカイラインは、かなり見晴らしがいいですよね」

以前には行ったことがあるらしい。

「でしたね。天気も良かったので、佐渡まで見渡せましたよ」

「それは、よかったですね」

当たり障《さわ》りのない会話を交わしながらも、密《ひそ》かに思う。

真介の今就いている仕事。はっきり言って陽子は今も好きになれない。だいたい人のクビを切る仕事を、ビジネスにするという発想自体が気に入らない。

だからずっと、『日本ヒューマンリアクト㈱』の社長というのは、とんでもなく嫌な人間だろうと思っていた。たぶん血も涙もない冷血漢で、商売に出来るものは何でもしてしまうモラルゼロの銭ゲバでもある、と。

ところがこうして実際に会ってみると、嫌な奴《やつ》どころか、意外にもかなり人好きのするタイプで、他人にも細やかな気を遣える人間のようだ。それは先ほどの挨拶《あいさつ》でも感じた。彼は、湯上り処《どころ》で会ったということをこちらが切り出すまで、一言も口にしなかった。傍らに真介がいたからだ。明らかに、まだ見えていないあたしの立場に気を遣っていた。

陽子は今の仕事柄、〝社長〟と言われる人種に嫌というほど接している。そのすべてがとは言わないが、それでも一般の人間に比べて『自己肥大』をおこしている社長は、かなりの割合でいる。組織のトップに上りつめた、あるいは、一代で会社を興したという自負が、彼らをいつの間にかそういう意識の持ち主に変えていくのだろう。必然、取引先以外の人間関係には尊大な感覚の持ち主となる場合が多い。

ところが、この高橋にはそういう部分があまり見受けられないようだ。

目の前で、真介と高橋の会話はまだつづいている。時おり真介は歯を見せて笑っている。

陽子も違う意味で、一人微笑《ほほえ》んだ。

真介は一見、あまり物事に拘泥《こうでい》しない性格のように見える。だから誰とでも平気で仲良くなれる人間のように思われがちだが、その実はかなり人物批評の厳しい、好き嫌いの激しい性格だということが、最近になってようやく分かってきた。

そんな真介がこれほどにこやかに話している相手が、粗雑な神経の持ち主のわけがないのだ。

あるいは、だからこそ本質的にはもっとたちの悪い人間なのかもしれないが……。

2

『ホテル常盤屋・岩室荘』の従業員は、その大半が基本的にツー・シフト制だ。

早番は、朝五時から二時間の中休みを挟んで午後三時までが勤務時間。遅番は、午後三時から同じく二時間の中休みを挟んで午前零時までとなる。そしてその従業員がもっとも忙しくなる時間帯は、朝七時から十時までと、午後五時から九時までだ。

逆に言えば、午前十時から午後四時までが、従業員が館内でもっともゆっくりと過ごせる時間帯となる。

だから今回の面接は、その六時間を使って行われることになった。ホテル常盤屋に泊まりこみで仕事にやって来ている真介に、むろん昼食を摂る時間はない。

が、やり出してみると、午後もそう空腹は感じなかった。というのも、真介は日常朝食を摂らないが、毎朝七時ごろに部屋からバイキング会場に降りて行き、朝食を腹いっぱいに詰め込んでから面接開始となるので、午後六時からの夕食まで充分にお腹が持つのだ。

　面接開始から三日が過ぎた今日もそうだった。

　六時半に起きると浴衣《ゆかた》姿のまま朝風呂《あさぶろ》に行き、その足で朝食を食べ、ふたたび部屋に戻って身支度を整える。九時前後には一階にある小宴会場『鷺《さぎ》の間』に足を運ぶ。その二十畳ほどの小宴会場には事務用デスクと椅子《いす》が二脚運び込まれており、即席の面接室となっている。

　今回の面接に、川田美代子は同行してきていない。面接内容から考えてまず修羅場はやってこないだろうから、必要ないと真介は判断した。

　面接開始の十時まで、その日の面接予定者のファイルにざっと目を通す。面接開始の十分ほど前からもう一度、最初の面接者のファイルに戻って目を通す。

　今日もそうだった。先ほどからざっと六人のファイルに目を通していた。

　目を通しながらも（いつもこういう面接なら楽だな）と感じる。退職した場合の条件を説明して、よく相手に理解してもらうだけでいい。辞めるか続けるかは、その本人の完全なる自由意志だ。

　そのことを従業員側も分かっているので、通常の面接のようにあからさまな敵意を向けられることもない。近々結婚を予定している若い女性従業員や、定年間近の従業員の中には、自ら進んで退職した際の優遇条件を聞いてくる者さえいた。

昨日までの三日間で面接を行ったのは二十名弱。うち四人ほどが早期退職制度に応じてもいいような態度を滲《にじ》ませていた。実際に応じるのは良くてその半数の二名だろうが、従業員は全体で六十人いる。うち一割が自分の意思で辞めるとすれば、閉鎖されるホテルからの引取り予定人員は五、六名だから、充分に今回の目的は達成される。

ファイルをひととおり見た時点で九時四十五分だった。

面接開始までには、まだ少し時間がある。

従業員が用意してくれたポットからお茶を入れ、湯呑《ゆの》み茶碗《ぢゃわん》に注ぐ。熱いお茶を一口啜《すす》り、ほっと一息入れる。

先週末の、社長である高橋とのやり取りを思い出す。今回の面接の最終打ち合わせで社長室を訪れたときのことだ。

用件が終わり退出しようとした真介を、高橋が呼び止めた。

「おまえの彼女、たしか芹沢さんって名前だったよな」

「ええ。そうですけど」

「珍しい名前だ。ひょっとして彼女、『森松ハウス』にいなかったか？」

一瞬ぎょっとした。

迂闊《うかつ》だった。この社長がクライアントの被面接者リストには必ず全部目を通すという事実。それを忘れていた。と同時に、その恐ろしいほどの記憶力に内心舌を巻いた。

「そうです」

すると高橋は笑い出した。

「やっぱりな。道理でどこかで見たことのある顔と名前だと思った」

「……」

高橋は笑みを浮かべたまま、改めて真介を見てきた。

「彼女と、どうやって仲良くなった」

観念した。正直に話した。

「一次面接のあと、個人的な事情を相談されました。そのときに好きになりました」

「ほう?」

「ただしデートを申し込んだのは、最終の面接が終わってから一ヶ月後です。彼女は今、違う会社で働いています」

その意味するところは、高橋にも分かったらしい。

「つまり、好意を持った相手にも、面接の際は手を抜かなかったということだな。そして手心を加えることを餌《えさ》に、相手に迫ることもしなかった」

「結果としてそうなりました」

「とは？」

「あのときの『森松ハウス』では、一次面接時点での大幅な削減進捗《しんちょく》に、人事部が急に方針を転換しています。条件交渉中の社員の中で、ある程度優秀な人間は、そのまま会社に残してもいいのではないかということになりました」

「それで？」

「で、彼女はその人員の中に残りましたが、私の一次面接を受けた時点で『森松ハウス』にこれからも居続ける気持ちを無くしていたようです。今年の春先に転職しました」

「どういう会社に？」

「建材業の同業種協会。団体職員です」

「役職は？」

その高橋の口調には、有無を言わせぬ響きがあった。

「入社時が局次長。半年後の今は局長です」

「出世が早いな」

「そういう条件で引き抜かれたからです」

「待遇は？　『森松ハウス』に居たときより、落ちているのか。良くなっているのか」

「若干良くなっていると言っていました」

「初めてか」

「え？」

「かつての被面接者に手を出したのは」

「もちろんです」

ふむ、と高橋は小首をかしげた。

「最後の質問だ。彼女はおまえと付き合っていて、楽しそうか」

答えにくい質問だった。

「少なくとも私にはそう見えます。文句はよく言われますが」

「そうか――」

それっきり、しばらく高橋は黙り込んだ。

「まあ、人の気持ちに戸板は立てられんからな」次に口を開いたとき、そうため息をついた。「ただし、感心はしない。だからおまえの冬のボーナスは十パーセント減とする。異存はないな」

「……分かりました」

「それと、こんなことは最初で最後にしてくれ。今後はクライアントとの関係が切れたあとでも、被面接者には一切個人的な接触は持たないこと」

「はい」

真介がそう神妙に答えると、高橋は少し笑った。

「屈辱的な場面で知り合った男と、付き合うことを決心する。よほどかららりとした女性でないとできないことだ。意味は、分かるな？」

充分に分かった。

つまり高橋は、そんな相手を裏切るような真似《まね》だけはするなよ、と釘《くぎ》を刺している。

——それが、先週末の出来事だ。

一つため息をつき、腕時計に視線を落とした。九時五十分。ふたたび目の前のファイルを開ける。

本日最初の面接者。窪田秋子とある。

先日、陽子と一緒に泊りに来たときに客室係だった女の子だ。この窪田とは、四日前にここに入り込んでから何度か廊下や朝食会場ですれ違った。が、視線が合っても、初回のときほど笑顔を見せることはなかった。それはそうだろうと思う。窪田は、ここの数日間は真介の客室係でもないし、だいたい自分の正体が分かった後では、彼女も真介に会うのはバツが悪いだろう。

履歴欄を見る。昭和五十七年の生まれだから、今年で二十五歳になる。この岩室地区が属する新潟市南部の商業高校を卒業後、親会社である『常盤クラウンホテルズ㈱』に入社。以来ずっとこの『ホテル常盤屋・岩室荘』で働いている。入社四年後の二年前に、客室係主任になっている。とはいえ、特に部下が居るというわけでもなく、単なるリーダー役ということらしい。

履歴欄は、それで終わりだった。ファイルには後につづくページもない。今回はリストラが目的ではないから、個人情報欄作成の必要もなかったし、もちろん職場測定アンケートを実施する必要もなかった。

ふたたび時計を見る。九時五十三分。真介は湯呑みの残りを飲み干した。

3

ようやく最後の部屋の布団《ふとん》を上げ終えたときには、すでに十時五分前だった。

急がなくちゃ。

窪田秋子は外し終えた枕《まくら》カバーとシーツを持って、客室の外に出た。ランドリーボックスにそれらを入れて、帯に挟んである内線用の携帯を取り出した。三番を押す。すぐに相手が出た。

「はい。中鉢《ちゅうばち》です」

「あ、窪田です」秋子はその後輩の客室係にさっそく用件を切り出した。「朝に話したとおり、これから面接だから、午前のミーティングの仕切りは任せたね」

「分かりました」

「今日の入りこみは三十室の百名程度だから、そんなに割り振りに苦労することもないと思うけれど」

「大丈夫です」

「じゃあ、よろしく」

確認を終えると、すぐに携帯を切った。ランドリーボックスを押しながら廊下奥の業務用エレベーターまで足早に向かう。エレベーターに乗り込み、一階に着いた。ランドリー置き場にボックスを留め置き、廊下をふたたび早足で進み始めた。小宴会場『鷺の間』は一階廊下の西奥にある。

それにしても、あの男がまさか今回の面接官だったなんて――。

つい三週間ほど前に泊った一組の男女。男のほうは少々頼りなさそうだが、それでも優男《やさおとこ》風の、美男子といえば美男子に入る部類の顔の造作をしていた。中肉中背ながら四肢もすらりとしていた印象が残っている。三十歳前後だろう、と見当をつけた。

一緒に来たやや小柄な女性のほうは、たぶん四十いくかいかないか。目鼻立ちのはっきりとした、きりっと引き締まった顔つきをしていた。いかにも東京のキャリアウーマンという風情《ふぜい》だったが、笑うと妙に人懐《ひとなつ》こい笑窪が両頰に浮かぶ。たぶん性格はきついけど、いい人なんだろうなと感じた。

むろんその印象は男性にも言えて、へらへらした中にもときおり温かみのある視線を投げかけてきた。

歳《とし》こそ少し離れているが、なかなかお似合いのカップルだ。実際、仲も良さそうだった。配膳《はいぜん》や布団敷きに訪れたとき、時おり小耳に挟む二人の会話に、掛け合い漫才のようなテンポと歯切れのよさを感じた。きっと、時には喧嘩《けんか》をしつつも基本的には楽しく付き合っている。

だから、この二人の接客をこなしているとき、特に親しく会話をしたわけでもないのに、不思議と気分が良かった。

それがまさか、仕事の下見で来ていた人間だったなんて思いもしなかった。

二回目にあの男を見かけたのは、四日前の晩だ。

ラウンジ奥のテーブルで、ホテルの支配人と小さな声で話しこんでいるあの男を見かけた。最初は人違いかと思った。よほどこのホテルが気に入ったとしても、一ヶ月と空けずにまた泊りに来る物好きなお客など、まずいない。しかもその男性は、いかにも仕事といった雰囲気で真剣に支配人と話し込んでいた。

配膳棚を押しながら、脇《わき》の通路を通りかかった。二人のテーブルが近づいてくる。支配人の背中の向こうで、やや俯《うつむ》き加減でいるその横顔……。

やはり人違いではない。間違いなくあの男だ。なんとなく不安を感じた。

不意にその男性が顔を上げた。一瞬視線が絡《から》んだ。秋子は咄嗟《とっさ》に視線を外そうとした。が、遅かった。

相手は少し微笑《ほほえ》み、軽く頭を下げて来た。仕方なく秋子も会釈《えしゃく》をした。

三階フロアに配膳を終え、ふたたびラウンジに戻ってくると、すでに二人の姿はなかった。フロントに行き、宿台帳を捲《めく》った。二ページ目にあった。なんとなく見覚えのある名前。村上真介。この男だ。宿泊目的は業務とある。

業務……以前から噂《うわさ》は聞いていた。ひょっとして……。

「窪田、なにをしているんだ」

不意に背後から声がかかった。振り返ると支配人が笑みを浮かべて立っていた。

「いえ――」秋子は多少慌《あわ》てた。「先ほど支配人、男性の方とラウンジで話されていましたよね。見覚えのある方だなあ、と思って」

途端に支配人は苦笑した。

「それはそうだろう、君には以前お世話になった、と言っていた」

「今回はどんな用件で、こちらに来られたんですか」

「ほら、あれだよ、あれ」相手はいかにも気安そうに言った。「熱海と鬼怒川の系列店が閉鎖になるだろ。しかし、どこかに転勤してでも絶対に辞めたくない社員が三十人ほどいるそうだ。それで、リストラ請負会社が早期退職希望者を募りに来ている」

やっぱり。

「ただ、ウチのホテルはきっちり業績も上がっているしね、辞めたくない人間は辞めなくていい。暗に強制されることもない。本人の完全な自由意思だ」

「そういうお話でしたよね」

「近々辞めることを考えている人間にとっても、かなりいい条件を提示してくれているから悪い話じゃない。多少その時期を早めるだけで、五十パーセント増しの退職金と、ホテルに出なくても三ヶ月間の給与が支払われるからね」

「はあ……」

「さっきの面接官、リストラ請負会社の腕利《うでき》き社員だと聞いていたから、どんな冷血漢だろうと思っていたら、案外だ。気さくで気の良さそうな青年だった」それからもう一度秋子を見て、「もしあれなら、明日から窪田が専従で客室係、やるか?」

それは断った。

それとは知らずに好意を持った相手。でも、それはあくまでも一般のお客様として見れば、という前提つきだ。面接官だと知った以上は、以前のようなごく自然な態度で接することは出来ないし、第一、とんでもなく気まずい。だったら最初から面接官と知って接する客室係のほうが、まだしも適当だろうと思い、先ほどの中鉢広子に専従役を頼んだ。

気づけば『鷺の間』の前まで来ていた。

やはり、あの男と面と向かうのは、今も気が進まない……。

束《つか》の間《ま》呼吸を整え、それから声を出した。

「失礼しまーす」

はい、と元気のいい声が内部から聞こえてくる。「どうぞ。お入りください」

ふすまを開ける。奥にテーブルが見え、その向こうにスーツ姿の男が立っている。

「窪田さんですね」村上はにこやかに口を開いた。「先日の宿泊ではお世話になり、どうもありがとうございました」

いいえ、と接客商売の悲しい性《さが》で、つい深々と頭を下げてしまう。「こちらこそ先日はご利用いただきましてありがとうございました」

村上がふたたび微笑む。

「さ、どうぞ。こちらのほうにお座りください」

言われるままに部屋の中ほどまで進み、示された椅子《いす》に腰を下ろした。

「さて、今回私がこちらのホテルにお伺いさせていただいている事情は、もうご存知ですね」

「はい」秋子はうなずいた。「熱海と鬼怒川の閉鎖に伴って、その受け皿として、私どものホテルでも希望退職者を募るというふうに聞いております」

「おっしゃるとおりです」村上は秋子以上に深々とうなずいてくる。「もちろん、こちら側の提案を受け入れていただく、いただかないはご本人の完全な自由意思だということが前提となっておりますから、安心して聞いていただければと思います」

「はい」

「では、さっそくですが本題に移ります。仮に窪田さんが年内にお辞めになられた場合ですが、まことに勝手ながら、こちらのほうでシミュレーションを立てさせていただきました」

そう言ってテーブルの上のファイルを開けた。

「現時点で本社の『常盤クラウンホテルズ』さんは、退職金の五十パーセント増しを支払う用意があるとのことです。ですから七年目の窪田さんの場合ですと、基本給が現在二十二万円ですから、七×二十二、それに掛けるの百五十パーセントで、二百三十一万円になります。さらに三ヶ月分の再就職支援金が加算され、合計二百九十七万。約三百万があなたの手元に入ることになります」

入社十年未満の社員に対して、たしかにこの退職一括金は大きな数字だと思う。通常退職だと自分の場合、百五十四万にしかならないのだ。それを今回の募集に応じれば、規定金額のほぼ倍をもらえるという。

「また、この再就職支援金ですが、もしご希望なら、この額が月々支払われている期間は、会社にそのまま籍を置いておくこともできます。この意味がどういうことか、お分かりですか？」

もちろん分かっている。二日前にすでに面接を済ませている同僚から聞いた。無職の身分で次の仕事を探すのと、在職のまま職探しする場合とでは、雇用する側のこちらを見る目が決定的に違うのだということだった。会社に在籍したままの状態で職を探す人間のほうが、はるかに前向きな転職だと捉《とら》えられ、そのぶん再就職も有利になるという。

「つまり、そういうことですか？」

同僚の話を要約したあとに、そう秋子は聞いた。

「まったくその通りです」村上はふたたびうなずく。「そのための三ヶ月、と取っていただいても差し支えありません。一般的には、社員在籍期間延長制度と呼ばれています」

「分かりました」

「また、金額面での補足ですが、当然辞めるまでに消化し切れなかった有給休暇も買い取りとなります。それと、仮に退職を希望される場合には、多少急で申し訳ないのですが、再来週にはその意思確認の通知が『常盤クラウンホテルズ』から――」

あとはもう、辞めることを決定した後の、手続きの話になっていった。

それら説明の要所要所で相槌《あいづち》を打ちながらも、秋子は目の前の村上の様子をぼんやりと眺めていた。

この男、よく見るとなかなか洒落《しゃれ》たスーツの着こなしをしている。地味派手というか、ちょっと外した美意識の持ち主というか、とにかくそんな印象を受ける。たぶん、そんな男性の常として、自分がある程度いい男だということが分かっている。

昨日の夜、中鉢広子が言っていた言葉をふと思い出す。

ねえねえねえ、あの人、なかなかカッコいいね。あたし、あの村上さんって人のファンになっちゃった。

そんなものかと思う。三つ後輩の中鉢広子は性格も明るいし、仕事もてきぱきとこなすが、かなりのミーハーだ。ジャニーズ系のアイドルなどにも、すぐに夢中になる。

えー、だってさ、リストラ会社の人間なんだよ。秋子がそう言うと、
でもさ、カッコいいにはカッコいいじゃん。

そう言ってあっけらかんと笑った。

秋子にはそのこだわりのなさが羨《うらや》ましい。たぶん中鉢なら、このホテルを辞めても逞《たくま》しく第二の人生を歩んでいくんだろうな。

でも、私はどうだろう……。

そんなことを思っている自分にふと気づき、愕然《がくぜん》とする。

なんだ？

私は今、多少辞めることも考えていた。

「――というわけで、こちらからのご説明は以上ですが、何かご質問はございますか」

気がつくと相手が秋子の顔を覗《のぞ》き込んでいた。慌てて腕時計を盗み見る。十時二十五分。ずいぶんとぼんやりしていたらしい。

「何か、ございますか」

村上が繰り返す。頭の中が真っ白になり、次の瞬間にはつい口走っていた。

「そのう、なんといいますか、今のところ何名ぐらいなんですか？」

「え？」

村上が怪訝《けげん》そうな表情をする。

「ですから、今の時点で希望退職しそうな方は、何名ぐらいなんでしょう」

秋子の問いかけに、相手は束の間迷ったような表情を浮かべた。

だが、結局は口を開いた。

「……個人名は挙げられないですし、あくまでも私の主観的な推測ですが、それでもよろしいですか」

「ええ」

「昨日までの時点で、二十名様弱を面接させていただきました。うち、私の今までの経験値から言わせていただきますと、二名様ほどが受け入れられるのではないかと思っております」

「そうですか」つづけて秋子は口を開いた。「それで、最終的には何名ぐらいの人が辞めるとお思いですか」

「たぶん、五、六名様。全体の一割です」

秋子はうなずいた。

「そうですか、わかりました」

「他にご質問は？」

「今は、特に思いつきません」

「そうですか」

その後、今回の早期退職制度に関する簡単な資料を受け取り、面接は終わりとなった。

「今まで説明しました項目が、その中には列記されています」立ち上がりながら村上は言った。「必要であれば、あとでもう一度目を通していただければと思います」

「わかりました」

「私は明日からの週末は東京に戻りますが、また来週初めからの三日間は、引き続き面接業務でこちらのほうに滞在しています。水曜日の午前中までおります。もし何か追加のご質問があれば、その間に気軽に館内で捕まえていただければと存じます」そう言い終え、軽く頭を下げてきた。「では本日はお忙しい中、ありがとうございました」

部屋を出てフロント裏の事務所に戻り始めた。

手に持った書類。妙に気になる。

何故《なぜ》だろう。

私はたぶん、もう一度これをじっくりと読む気がする——。

4

金曜の夜に真介が帰ってきた。帰ってくると早速電話をかけてきて、

「明日さ、吉祥寺に晩御飯食べに行こう。タイ料理」と、弾んだ声で言っていた。

「迎えに行くよ」

むろん陽子に異存はなかった。

だから今、空気もほどよく乾いた十月の夜だというのに、吉祥寺丸井の裏手にある

タイ料理屋で、こうして激辛のトムヤムクンを額に汗を滲《にじ》ませながら食べている。

「しかしやっぱ、新潟は遠いなあ」額の汗をハンカチで拭《ふ》きながら、真介がつぶやく。

「高速使っても、クルマで四時間以上だもんな」

それで思い出し、陽子は口を開いた。

「そういえば真介の社長さんに、あのとき奢《おご》ってもらったね」

「うん」

「前にも言ったけど、ちゃんとお礼、言ってくれた？」

「もちろん言ったよ」あっさりと真介はうなずく。「あのあと会社に出てからすぐ」

それから不意に唇を歪《ゆが》めた。

「おれ、陽子との関係、バレちゃった」

「え？」

「だから、付き合うようになったいきさつ、」

思わず箸《はし》を取り落としそうになった。

「まさかあんた――」つい声も上ずった。「あの最初のエレベーターの一件も、話したんじゃないでしょうね」

「そんなことするわけないじゃん」真介は笑う。「おれ、そこまで馬鹿《ばか》じゃないよ」

が、この男の言うことだと思う。怪しいものだと思う。だいたい利口者なら、社長に尾っぽを摑《つか》まれることさえないはずではないか。さらに鼻息荒く陽子は言った。

「だいたい、なんであたしたちのことがバレたわけ?」

それがさあ、と大きくため息をついて真介は説明を始めた。

なんでもあの高橋という社長は、陽子が自己紹介したときから、芹沢という苗字《みょうじ》と陽子の顔が気になってはいたのだと言う。

「でさ、いきなり『ひょっとして彼女、森松ハウスにいなかったか』って言ってきたんだ」

これにはさらに仰天した。

が、陽子の驚きをよそに、さらに真介は言葉をつづける。

「そこまで言われたらさ、もうおれも嘘《うそ》はつけないよ。だからある程度は正直に、事情を搔《か》い摘《つま》んで説明したんだ」

――でも、と陽子は内心不思議だった。

「あたしは、あの社長に今まで会ったことがないよね」

「社長は、クライアントに決まった会社の履歴書には一枚残らず目を通すんだ」真介は言った。「だから、うっすらと陽子の苗字と顔が記憶に残っていたんじゃないかな」

それにしても、と思う。陽子がかつていた会社が『日本ヒューマンリアクト㈱』によって人員削減されたのは、もう一年半も前の話だ。なのに、そんな昔の一履歴書の情報が、たとえうっすらとでも記憶に残っているというのは、よほど記憶力がいい男とみえる。

さもなければ、と不意に違う考えが浮かび、思わずうろたえた。

……まさか、女としてあたしのことがなんとなく気になっていた？

だからうっすらとでも憶《おぼ》えていた――？？？

直後には慌ててそんな妄想《もうそう》を否定する。

馬鹿な。いくらなんでもそんなことがあるわけない。あの男ぶりだし、オーナー社長だし、その気になれば女性はいくらでもより取り見取りだろう。それを四十を越した、しかも離婚歴のある女のことなどに、格別の興味を持つはずもない。

単に記憶力がいいだけだ。そうだ。そう思うことにしよう。

第一、この真介に失礼だ。

強引に気持ちを切り替える。何か他の話題はないか。思いつく。

「ほら、そういえば、なんて言ったっけ、あの子」

「ん？」

真介がフクロタケを口に含んだまま、間抜け顔を上げる。

「あたしたちの部屋の係だった、丸顔で愛嬌《あいきよう》のある子」

「窪田さん？」

そう。たしかそういう名前だった。陽子はうなずいた。

「彼女、もう面接は済んだの？」

「うん。昨日済んだ」

「どうだった。まさか厳しい態度で接したんじゃないでしょうね」

「そんなことするわけないだろ」さすがに真介は少し口を尖《とが》らせる。「だから今回のはそういう仕事じゃない。ちゃんと愛想よく接したさ。懇切丁寧にね」

陽子は安心した。

「じゃあたぶん彼女は、そのままホテルに勤めつづけるってわけね」

が、これに対する真介の答えは、一瞬遅れた。

「――いや。どうだろう」そうつぶやき、ややためらいがちに言葉をつなぐ。「……彼女、ひょっとしたら、辞めるかもよ」

これには驚いた。

「どうしてそう思うの？」

「なんとなーく」言葉少なに真介は答える。「おれもさ、もうこの仕事は七年になる。長年面接者を見てきた勘のようなもの」

でも、それではよく分からなかった。

「もっとうまく説明してよ」

そう急《せ》かすと、うん、と真介は小さくうなずいた。

ややあって、こう説明してきた。

「つまりさ、面接時の、相手の態度に滲む雰囲気なんだよね」

真介によると、あっさりと辞表を提出する人間には、決まってある共通の雰囲気があるのだという。妙に穏やかな態度で、非常に誠実な受け答えもする。

「ただ、そのわりには説明の途中で急に上の空になったりするんだ。以前の百貨店の女性のときもそうだったけど、こっちが懸命に説明しているのに、まるで心ここにあらずって感じ」真介はさらに言う。「で、今回の彼女もそうだった。途中から明らかに集中力をなくした。でもそれは、そのとき他にとても気になっていることがあるからとか、おれの説明に関心がないからとか、そんな感じじゃない。なにかこう、精神的にトリップしているような様子になる。内省していくというか」

「ふうん……」陽子は小さく唸《うな》った。妙に興味深い話だった。「なんで、そうなるんだろうね」

「だから、おれにも分からないんだ」真介もため息をつく。「ま、彼女が今後どう判断するかも、実際には分からないんだけどね」

「でもさ、頑張って仕事をつづけてくれればいいよね」

そう陽子がつぶやくと、真介は妙な笑みを浮かべた。

「なんでそういうふうに笑うの」

「たしかにあのホテルの経営は順調だ。従業員の雰囲気もいい」真介は答えた。「でも、だからといってそこで働き続けることが、彼女にとって本当に幸せなことかは分からないよ」

「うん？」

「昔、聞いたことがある。たしかイギリスかどこかに、将来を嘱望されている非常に優秀な大学医がいた。あるとき彼は、北アフリカのとある港町を訪れた。船からその町を見た瞬間、すべてを捨ててその町に住む決心をした。実際にそこで、しがない検《けん》疫官《えきかん》として暮らし始めた。安定した今の生活と、薔薇色《ばらいろ》になるだろう未来も捨ててね」

「……」

「十数年後、友達が彼のところを訪ねた。とても貧しい暮らしだったらしい。で、友達は聞いた。すべてを捨てた挙句がこんな暮らしで満足なのかって。彼は笑って答えた。満足だよって。この暮らしに、一度も後悔を感じたことはないって」

そこまで話して、真介はもう一度笑った。

「ときどきおれ感じるんだけど、本当に満足のいく人生かどうかは、結局のところ本人じゃないと分からない。たぶん他人が見た状況じゃない。彼女だってそうだと思う」

うん……。

たまにはこいつも、なかなか良いことを言う。

5

早番を終えた水曜日の午後、秋子はクルマに乗ってホテルを出た。

いつもならまっすぐ家に帰るのだが、今日はふと思い立ち、クルマを南のほうに走らせていた。

秋子のクルマは十年落ちのダイハツ・ミラだ。高校卒業時に通勤のアシにと、当時三年落ちで売っていたこの軽自動車を買った。今では赤いボディも退色が激しく、もうそんなにスピードも出ない。

岩室地区から弥彦村に至る田んぼの中の県道を、ゆっくりと走っていく。

両側に稲穂がたわわに実っている。

開けた窓から、その陽の光を含んだ乾いた匂《にお》いが吹き込んでくる。そろそろ刈り入れの季節だ。

助手席にはバッグがあり、その中には預金通帳が入っている。昨日農協のキャッシュ・ディスペンサーに行って記帳をした。残高は約四百万だった。特に貯金に励もうという意識はなかったが、この七年間でいつの間にか貯《た》まっていた。就職してからずっと、家には月々五万のお金を入れている。が、食事付きの住宅費だと思えば安いものだし、特に趣味もなく金遣いも荒いほうではない。勤めつづけるうちに、ごく自然に貯まった。

中鉢広子などは給料日前になると、いつもお金がない、お金がない、と騒いでいるが、秋子にしてみれば、この地味な田舎の生活で、何をそんなに使うところがあるのかとむしろ不思議に思う。

田んぼの中の一本道は、まだまっすぐに南へと伸びている。やがて路肩に立っている標識が見えてきた。弥彦村を過ぎ、国上《くがみ》地区へと入った。

そこで初めて自分の意図に気づき、一人笑う。

私はたぶん、ホテルを出たときから国上寺に行くつもりだったのだ。

国上山の南の山肌に開けた国上寺は、この越後地方で最古の古刹《こさつ》だ。小学校の遠足で初めて訪れた。子ども心に、その境内のひっそりとしたたたずまいにはなんとなく感じるものがあった。中学生になってからは友達と自転車で行ったこともある。高校時代は原チャリで一人訪れた。そのたびにじっくりと敷地を周遊した。そして働き出してからも、たまに気が向くと仕事帰りに一人で訪れていた。

この新潟の日本海側南部では、観光地というと弥彦山スカイラインや弥彦神社が有名だが、秋子の好みから言うと、それらの名勝はやや規模が大きすぎ、その周囲に見える景色も壮大すぎる。周囲を森に囲まれ、ややこぢんまりとして苔《こけ》むした感じの国上寺のほうが、はるかに気持ちが落ち着いた。

今ではもう、案内板を見なくても、建立《こんりゅう》の年や敷地内の道順を諳《そら》んじることが出来るようになってしまった。元明天皇の和銅二年——西暦七〇九年に建てられたお寺だ。本堂をはじめ客殿や宝物殿などがあり、少し山肌を下った同じ敷地内には、あの良寛和尚が暮らしていたという五合庵《ごごうあん》があり、そこから朝日山展望台までを繋《つな》ぐ谷には、千眼堂吊《つ》り橋《ばし》という長さ一二四メートルの吊り橋もある。

行く手に大河津分水が見えてきた。川のほとりにある桜並木のオレンジ色が目に鮮やかに映る。その袂《たもと》近くまで来てハンドルを右に切り、小道に入り込む。国上山へと至る細い山道をダイハツ・ミラで登っていく。次第に両脇《りょうわき》からの梢《こずえ》が空を覆《おお》い、それと共に勾配《こうばい》も急になっていく。ミラの小さな六六〇ccエンジンが、多少苦しげに咳《せ》き込み始める。

がんばれ。

秋子はミラに言って聞かせる。

あんたももう、いいお爺《じい》さんだけど、また今年の車検ではちゃんと整備に出してあげるからね。バッテリーも替えるし、新しいオイルも入れてあげる。だから、がんばれ。

うんうんと唸りながら、ミラはなんとか国上寺の敷地脇の駐車場に辿《たど》りついた。

ミラを降りて、ふと気づいた。

平日の午後はこの駐車場はいつも閑散としているが、三台分スペースを置いた区画に、一台の銀色のクルマが停まっていた。小さなオープン・カーで、お椀《わん》をひっくり返したようなその丸っこい形が、愛嬌たっぷりだ。

そのオープン・カーの後ろを通り過ぎるとき、ちらりとナンバーを見た。多摩ナンバー。東京だ。ずいぶんと遠いところから観光に来ている。

苔むした杉の並木道を通って、本殿の境内へと入った。

広い境内には誰もいなかった。本殿へと続く古い石畳の上に、赤く色づいた楓《かえで》の枝が覆いかぶさってきている。もうすっかり秋だな、と感じる。

本殿の前まで行き、賽銭箱《さいせんばこ》に百円玉を投げ入れた。手を合わせる。

来週には、『常盤クラウンホテルズ㈱』から、退職意思確認の通知が来る。その返事の締め切りは、今月一杯だ。

どうか今月中には、自分でいい判断が出来ますように——。

そう拝んでから、あらためて気づいた。

辞めてもいいかな、とどこかで思っている。正直迷っている。だからここに来たのだ。

考えてみればいつもそうだった。

何か悩み事があるたびに、私はここにやって来ていた。

中学三年のときは、県立の商業高校に行くか、私立の普通高校に行くかで迷っていた。高校二年のときは、中学から続けてきたバドミントン部を辞めるか辞めまいかで悩んでいた。そして三年のときは、今のホテルに就職するか、燕三条《つばめさんじょう》にある信用金庫に勤めようか決めかねていた。

就職してからもそれはつづいた。

この七年の間に、何度か今の職場を辞めようと思ったことがある。職場の人間関係にも待遇にも特に不満はなかったが、日々ホテルに来ては去っていく多種雑多なお客さんと接しているうちに、私の人生、これでいいのかな、とたまに疑問に感じていた。都会の人はみんな、とても派手に、そして活《い》き活《い》きと毎日を生きているように見える。

かたや私はと言えば、家とホテルを往復するだけの地味な毎日。たしかにいろんなお客さんと話せるのは楽しいが、それにしても永続的な関係ではない。地元の友達とはいつの間にか疎遠《そえん》になった。ホテルという業態上、土・日の休みはまず取れないからだ。さらにいえば、みんなが最もくつろげるはずであるゴールデンウィークや盆暮れにも休みは取れない。必然、いつの間にか人間関係は狭い職場の中に限られてしまった。

でも、私ももういつの間にか二十五だ。

田舎ではそろそろ身を固める時期にさしかかってきているが、秋子にはここ二年ほど彼氏がいない。今のホテル勤めでは、なかなか新しい出会いもなさそうだ。最近では親も、しばしば地元の縁談話を持ってくるようになった。

かと言って秋子自身、今すぐにでも結婚したいかというと、特にそう結婚願望があるわけでもない。高校時代に仲の良かったクラスメイトたちが次々と結婚していくのを見て、なんとなく自分もそういう時期かな、と思っているに過ぎない。

仮に結婚したとしても、この地元での自分の未来は手に取るように分かる。たぶん今の両親のように地味で、五十年先まで見通せるような人間関係の中で、淡々と歳《とし》をとっていく。

でも私の人生、本当にそれでいいんだろうか。

この地元の世界しか知らないまま終わって、それでいいんだろうか……。

商業高校時代の親友から、たまに電話がかかってくる。

結婚を前提に付き合っていた彼氏と三年前に別れ、それを機に地元を離れ、それからずっと東京で暮らしている。同郷人の経営する地ビールレストランに勤め、今はホール長として十人のバイトを使っている立場らしい。もちろん正社員だ。

「ねえ秋子、あんたもさ、もし良かったらこっちに来ない？」

三ヶ月に一度ほどの電話での会話の終わりに、決まってそう誘われる。

「今の職場で一緒に働かない？　仕事はきついけど、給料もいいしね。あんたならすぐにホール長だよ。結婚結婚ってうるさく言う人間もいないし、気楽だよー」

給料は二十五万を貰《もら》っているという。それなら東京でもなんとか一人暮らしできる。

「それにね、けっこういい感じのお客さんと知り合いになることも多いよ」

いい感じのお客さん、とは、つまり男のことだ。事実、この前もお客さんの一人からデートに誘われたと言っていた。

いいな、とちらりと思った。

男に誘われたことがではない。そういうふうに開けた人間関係の中で、いかにも楽しそうに日々を送っている彼女が、なんとなく羨《うらや》ましかった。

きっと彼女には、今の私とはまったく違う世界が見えている――。

いつの間にか杉林の小径《こみち》の中を通って、千眼堂吊り橋の袂まで来ていた。

なおも物思いを引《ひ》き摺《ず》りながら、ゆっくりと吊り橋を渡り始める。一歩踏み出すたびに、足元が心もとなく揺れる。視界もゆらゆらと揺れる。まるで今の私だ。

顔を上げる。

山肌の向こうに一面の平野が広がっている。遠くに大河津分水の桜並木が見え、さらにそのはるか向こうに、燕三条の市街地がうっすらと煙っている。

もしあのとき信金に入社していたら、それだけでも今頃私の人生は、ずいぶんと違ったものになっていたんだろうなあ……。

吊り橋の向こう側までたどり着いた。小高い丘の上にある朝日山展望台への階段を、一歩一歩登り始めた。

ふう。

二度目の折り返しを過ぎたとき、多少息が切れた。

私も、もう二十五だ。

生活を新しくやり直すには、これが最後のチャンスかもしれない——。

展望台の広場まで、もうあと一息だった。

最後の階段を登り切った。

目の前に芝の平地が広がる。頭上の空も広がる。その束《つか》の間《ま》の開放感に、思わず天に向かって両手を伸ばしかけた。が、急に動作を止め、両腕を下げる。

展望台脇のベンチに、人影があった。

こちらを向いたまま浅く腰かけ、のんびりと煙草《たばこ》をふかしている若い男。あの面接官——村上だ。

「こんにちは。奇遇ですね」

予想外の出会いに戸惑っている秋子を尻目《しりめ》に、村上は明るく声をかけてきた。

「今日はもう、お仕事終わりですか」

「はい。早番でした」と、なんとかまず一言答えた。それから少し考え、「村上さんも、もうお仕事終わりなんですか」と聞き返した。

ええ、と村上は立ち上がりながらうなずいた。「今日の午前中で、すべての面接を終了しました」

「そうですか。ご苦労様です」

そう軽く頭を下げると、村上はふたたび笑みを浮かべた。

「で、あとはもう東京に帰るだけだったんですが、それも味気ないなと思い、こうして立ち寄ってみました」

ふと思う。ここは、関東の人間にもそんなに有名な場所なんだろうか。

「けっこうガイドブックとかにも載っているんですか。ここ」

「少なくともぼくが買った本には、ちっちゃく載っていましたよ」そう言って、秋子の背後を軽く指差した。「北陸一大きな吊り橋があるって」

なるほど。

「じゃあ、この吊り橋を見に？」

すると村上は、多少困ったような表情を浮かべた。

「いや……実を言うとぼくは、あのお寺の雰囲気のほうが好きです。で、あちらのほうをまた見てみたくなったんです」

「また？」

「二回目なんですよ。先月にお邪魔しましたよね。あのときにもここに来ました。彼女——あのときの相方が、ぜひこの吊り橋を見てみたいって言い出したもんですから」

ああ、と思い出した。あの年上の、少し勝気そうな女性だ。

「何故《なぜ》か彼女、吊り橋好きなんです。ぼくにはよくわからないですけど」

そう言って村上は苦笑した。秋子も笑った。

気がつけば駐車場に向かう周回道を、肩を並べて歩き出していた。木漏れ日が、足元の落葉のそこかしこに広がっている。

先ほどこの男は、あの女性のことを相方だと言った。そのあまり聞いたことのない言い回しが、多少気になった。もう二度と会わないという気安さも手伝い、つい秋子は聞いた。

「あの女の方と、お付き合いされているんですか」

「そうです」あっさりと村上はうなずいた。「付き合い出して、もう一年半になります。なかなか面白い彼女ですよ」

でも、と言いかけ、秋子はその次の言葉を呑《の》みこんだ。

(あなたとは、十ほども歳が違うんじゃないんですか)

代わりにこう聞いてみた。

「なかなか魅力的な女性ですよね」

村上はちらりと横目で笑った。

「そう、見えますか」

「ええ」と、これはお世辞抜きでそう言った。「正直、ちょっと憧《あこが》れちゃいます」

横にいる相手の笑みがますます深くなった。まんざらでもない様子だ。小鼻も少し膨らんでいる。相当あの年上の彼女にぞっこんらしい。

「お好きなんですね」

思わず言った。しかし相手は照れもせず、大きくうなずいた。

大好きですよ、と。

「彼女と一緒にいると、世界が明るい」

おお、とつい唸《うな》りたくなる。すごいセリフだ。

次第に秋子まで楽しい気分になってきた。

このさいだ。ついでに聞いちゃえ。

「やがてはご結婚されるんですか」

が、この答えは少し遅れた。

「さあ――どうでしょうねえ」ややあって村上は答えた。「ぼくは、ゆくゆく一緒になりたいと思っていますが、彼女には今のところ、そういう気はないようです。なんとなくの感じですが」

「……そうですか」

「ま、でも将来のことをあれこれと考えても仕方がないですからね。結婚することがすべてでもないし」

小径の先が明るくなる。気づくと、駐車場まで戻ってきていた。

その敷地に一歩足を踏み出しながら、村上が口を開いた。

「ずっと、この地元でお過ごしなんですよね」

「ええ」と、村上を見上げ、少し笑いかけた。「地味な毎日です」

「地味、ですか」

「東京などの暮らしに比べれば、圧倒的にそうじゃないかと思います」

村上はクルマのキーを取り出しながら苦笑した。

「地味といえば、私の田舎などはもっと地味ですよ」

「え？」

「北海道ですから」村上は答えた。「オホーツク海沿いの寒村で、電車さえ走っていない」

予想外の答えだった。思わず秋子は黙り込んだ。

「でも、今の職歴を活かす仕事さえ見つかれば、帰ってもいいかな、とたまに思います」

言いながら村上はオープン・カーのドアを開けた。

「ただ、それも内地に出てきたからこそ、言えることかもしれませんが」

「……はい」

「あなたもおクルマですよね」

「ええ」

秋子がうなずくと、村上は笑いながらクルマに乗り込んだ。

「じゃあお互い、この山の麓《ふもと》まで一緒に戻りましょう」

「はい」

先に村上のオープン・カーが動き出した。秋子もミラに乗り込んで、そのあとを追う。下っていく山道。時おり前方のブレーキランプが赤く光る。

国上山を下りきったところで、一面田んぼの平地に出た。

その平地を南北に走る県道が近づいてくる。オープン・カーはその県道を右に折れていく。折れた直後に、軽いクラクションの音が響いた。ミラのハンドルを左に切りながら、秋子もクラクションを鳴らした。

ドアミラーの中、遠ざかっていくオープン・カーの窓から振られている村上の右手を、かろうじて見てとった。

ただ、それも内地に出てきたからこそ、言えることかもしれませんが——。

たまげた。そしてつい笑った。

都会育ちかと思っていたら、あんな気障《きざ》な恰好《かっこう》をして、私以上の田舎モノだった。

でも、なんとなく分かる。

たぶん村上は、ここで暮らすのもいいのでは、と伝えたかった。

それも、いいのかも知れない。

秋子はハンドルを握ったまま、知らぬ間に微笑《ほほえ》んでいた。

憧れは、そのままに取っておくから憧れなのだ。遠くに見えるからこそ、光り輝いてみえる。

ちょうど今、右手の一面に広がる稲穂が、夕陽で黄金色に輝いているように。

File 5.　人にやさしく

1

陽子は現在、事務局で二人の派遣スタッフを使っている。

しかしそのうちの一人が、年度末の三月いっぱいで辞めたいと言ってきた。秘書養成の専門学校に四月から入学したいのだという。

「――でね、だから新しく派遣スタッフを採用しなくちゃならないことになったんだ」

「そっか」

週末の吉祥寺。例によって陽子と真介は、井の頭公園にほど近いレストランで晩御飯を食べている。ただし、いつものように南国料理ではなく韓国料理だ。

寒い二月だ。特に今夜は外に出た途端、北風が身に沁《し》みた。熱く辛いスープを飲んで、体内を暖めようということになった。だから当初予定していたイタリア料理を止《や》めて、二人して海鮮チゲ鍋《なべ》をつついている。

真介はスープを一口飲むと、顔を上げた。

「で、陽子はそれの何が不満なわけ？」

「なんで分かるの！」

すると真介は明るく笑った。

「だってさ、面白い話なら陽子はいつも、おれが相槌《あいづち》を打つとすぐにベラベラしゃべり出すじゃん。いかにもつづきをしゃべり倒したいって感じ丸出しでさ」

むっとする。おまえだって相当のおしゃべりじゃないか。しかも男のくせして。

でも、不満があるのは確かだ。

真介はもう一度笑う。

「おれに分かる話なら、聞くよ」

少し迷ったあと、結局陽子は話し始めた。

「……今ね、ある人材派遣会社からスタッフを雇っているんだけど、そこの営業が、あんまり、ね」

「あんまり？」

「そう。出来がよくないの」話し出すともう止まらなかった。不満が一気に噴出した。

「ふつうさ、人材派遣会社の営業って派遣スタッフを紹介するだけじゃなく、あたしみたいなクライアントとスタッフの間をうまく取り持つことも仕事のうちなのね」

「それで？」

「でもね、その営業クン、ぜんぜんフォローが出来てないのよ。今回の件もそう。事務局の仕事相手はほとんどが協会所属の企業の社長だから、自慢じゃないけど私たちの仕事、単なる事務処理能力だけじゃなく、礼儀とか、愛想の良さとか、物腰の柔らかさとか、多少の対人関係能力を要求されるのよ。当然誰を採用するか決めるのにも、時間がかかる。だから、今回辞める彼女も心配して、規定では一ヶ月前なのに、年明け早々には担当営業に話してあったんだって。でも営業が私に言ってきたのは、この二月に入ってからよ。彼女だって怒ってたわ。せっかく早めに言ったのに、対応が遅すぎるって。前のときの雇用の延長確認もそう。本来なら一ヶ月前の延長確認も、遅れてやってスタッフを不安がらせたりしてね」

「なるほど」真介はようやく口を開き、それから首を傾《かし》げた。「それで、陽子はどうしたいと思ってんの？」

普段のように揶揄《やゆ》することもないその聞き方。何か妙だなとは思いつつも、さらに言葉をつづけた。

「できればね、その営業クンに担当を替わって欲しい」

真介はもう一度うなずく。

「なら、早くそう言ったほうがいいよ」

「でもさ、この派遣会社って、他の社員も電話対応とかも、けっこう悪いのよ。無愛想で気も利《き》かないしね。たぶん安い給料でこき使われているから、いい人材がいないんだわ。だからね、その営業クンが替わって新しい人が来るのはいいけど、さらに悪い人間が担当になったりする可能性もあるから……」

あとの言葉が思い浮かばず、なんとなく鱈《たら》の白身を摘《つま》み、口に含んだ。

ややあって真介が軽い口調で言った。

「だったらさ、おれがやろうか」

「ん？」

「だからさ、おれがスタッフを派遣するの」

「――は？」

意味が分からなかった。すると真介は意外な言葉を吐いた。

「おれがいる会社、今年から人材派遣業をやり始めたんだよね。で、おれがその新規部門のチーフ」

これには驚いた。思わず声を上げた。

「あんたが、チーフ？」

「そ。とは言っても、まだ五人のスタッフしかいないし、みんな従来の仕事との兼任だから、ま、こども銀行みたいなもんだけどね」

一気に警戒感が強まる。あくどく嫌らしいクビ切り請負会社が行う人材派遣業。しかも目の前の能天気男がチーフ……すでにこの時点で、いかがわしさ百二十パーセントだ。

用心深く陽子は口を開いた。

「でもさ、あんたに出来んの？」

「あんたに出来んの、とはなんだよ」真介はさすがに苦笑する。「おれだってもう三十五なんだぜ。この会社に勤めて七年。それなりにキャリアもある」

「そりゃクビ切りの経験はあるかもしれないけどさ、今年始めたぐらいだから、いくらチーフとはいえ、人材派遣業のキャリアはまだ浅いんでしょう？」

「たしかにそうだけど、採用とクビ切りはコインの裏表だよ。ある仕事にはどういう感じの人間が向いていて、どういう感じの人間が向いていないかは分かっていると思う。リストラを請け負った時点で、その被面接者の履歴も人格特性もほぼ摑《つか》んでいるから。手前味噌《みそ》になるけど、実際この部門を立ち上げてから十社ほどにスタッフを派遣したけど、顧客の満足度は高いよ」

「……そうなの？」

「今までさ、さんざん企業のクビ切りをやってきたじゃん。でも、その中には組織の一方的な都合だけでリストラされた社員も多くいる」

ふと我が身に照らし合わせて考えてみる。たしかにそうだ。

「だね」

そう相槌を打つと、真介はうなずいた。

「そんな人たちの新たな場として、人材派遣業と有料職業紹介業務の事業を立ち上げたんだ。クライアント側から、そういう受け皿が用意されていれば会社を去っていく人も心強いんじゃないかって何度か聞いていたこともあったしね。だから社内的な言いだしっぺだったおれが、チーフになったというわけ」

なるほど。

単なる金儲《もう》けということではなく、意外にマトモな発想から新規部門を立ち上げているようだ。

あらためて真介の顔を見る。

……この男は今（言いだしっぺだったおれ）と言った。会社員がクビを切られる場面にずっと接してきて、いろいろと考えることも多かったのだな、と密《ひそ》かに思った。

「なんだよ」真介がやや怪訝《けげん》そうに口を開く。「なんでじっと見るんだよ」

ううん、と陽子は無表情に首を振った。優しい笑みを見せてはいけない。こいつはすぐにつけあがる。

「なんでもない」

「とにかくさ、そんなわけで人材派遣業を立ち上げたんだけど、陽子が気が乗らないようなら、別にそれはそれでいいよ」

そう言われると、せっかく申し出てくれたのに断るのはもったいないような気もする。

あたしと真介の関係……あたしはこの男に、少なくとも文句だけは遠慮会釈《えしゃく》なしに並べ立てることが出来る。たぶん仕事の部分でもそうなる。それに真介は、こと仕事に関する限りかなり真面目《まじめ》だ。些細《ささい》な細かい不満点があったとして、それを事細かに伝えれば、真介はたぶんその意を汲《く》んで確実に履行してくれる。ある意味、完全に納得できる形で仕事を進められるかも知れない。

そこまで考えたとき、陽子の腹は決まった。

「気が乗らなくはないよ」陽子は言った。「いい機会かもしれない。あんたに頼んでみようかな」

真介は笑った。

「ただし付き合っているからって甘えはなし。仕事は仕事。要求水準に満たなかったら容赦しないわよ」

真介はもう一度笑った。そしてうなずいた。

2

さて、どの子にしようかな――。

真介は今、机の上にある山のようなファイルに次々と目を通している。

『日本ヒューマンリアクト㈱』の面接官が、様々な業界の会社からクビにしてきた社員たちのリストだ。新規事業を立ち上げることが決まった去年の十一月から、徐々に集め始めた。

むろんこのリスト作成に当たっては、該当企業と、その企業に属していた登録者の了承も事前に得てある。

先日陽子にも話したとおり、企業側も好きこのんで社員をリストラすることなどない。業績悪化や組織再編のために仕方なく人員削減する。その対象にされた社員たちも、泣く泣く会社を去っていく。真介は容赦なく面接業務を行いながらも、この不幸な別れをどうにかできないものかと、昨年の夏ごろから時おり考えていた。

やむを得ずクビになってしまった有能な人材……もったいない。

人材派遣業、あるいは有料職業紹介業務というアイデアがぼんやりと頭に浮かんできたのもこの頃だ。

かといって自分たちがクビ切りを代行した相手に、「もしよければウチの会社に人材登録しませんか」と言い出すのは、なかなか難しい。

馬鹿《ばか》にするなよ。おれたちはモノじゃないんだ。

おそらくそれぐらいのことは言われかねない。万事に厚かましい自分だとは思うが、この件に関してばかりはさすがに気が引けた。

しかし、ある会社の人事担当者がつぶやいたことがある。

「ウチらもさ、もうちょっとしっかりとした再就職の支援制度を明示できれば、退職者に対しても少しは気が楽なんだけどね」

ふと真介は、もし私どもの会社が、そういうフォローアップの制度を設けたとしたらどうなんでしょうか、と聞いてみた。

もちろん大歓迎だよ、と担当者は答えた。

それが、ビジネスとしてでもですか。真介は念を押した。

相手はうなずき、こう言った。

「たとえ君たちが商売としてやり始めることだとしても、結果としてそれが退職者をフォローする制度になるんであれば、私たちとしては是非とも検討してもらえればと思う」さらにこうつづけた。「むろん、クビを切られた会社で再就職の世話になるのはプライドが許さないという人間もいるだろう。でも中には家庭の事情や経済的な理由で切羽《せっぱ》詰っている人間だっている。そういう人たちのためにも、ぜひ検討していただきたい」

なるほど、と思った。

そして会社側のもう一つの都合にも気づく。

良心的な会社は退職の際、再就職支援金として必要に応じて一ヶ月から三ヶ月分の給料を退職金に上乗せすることが多い。だが、該当者が退職後すぐに再就職支援会社に出向くかと言えば、実はそうでもない。長年一つの企業に勤め続けてきた退職者の中には、その手の支援会社にすぐに足を運ぶことには抵抗のある人間が、かなりの割合でいる。一つには会社をクビになったことで虚脱状態に陥り、長年の仕事の疲れも手伝って、しばらくゆっくりと休んでから出向こうと考える。結果、その待機期間が二週間、三週間となる。また、行ったところで、自分が今までやって来た仕事内容やキャリアをイチから説明しなければならない。さらに時間がかかる。

ところがこういう退職者がそのまま真介たちの会社に自動的にスライドしてくれれば、彼らが再就職支援会社に登録するまでの時間的なロスも防げるし、彼らのやってきた仕事内容も真介たちは既に分かっているので、次の仕事も迅速に紹介しやすい。クビにした会社側としては、そのぶん支援金の支給額も節約できる可能性が高いし、再就職支援制度まで整っているリストラ代行会社を使うということで、社内的な動揺も多少は緩和することが出来る。

だから、この新たなビジネスは、相手企業の考え方によっては全面的な協力を取り付けることも可能だと思った。まずはクビ切りの際に、『日本ヒューマンリアクト㈱』への再就職登録制度もあることを会社側に告知してもらう。その上で希望者のみに登録してもらい、そのデータを再就職活動に役立てる。

真介はそんなプランを月初の社内会議で発表した。社長の高橋ほか、二人の取締役も乗り気になった。すぐに具体的なプラン立ち上げが始まった。まずは新聞や求人情報誌などに人材募集の広告を打ち、それと共に現在進行形でリストラが進んでいる企業で了承を得られた組織に、退職者の登録を募った。

結果、真介の統括する人材派遣部門ではわずか二ヶ月で七百人ほどの登録スタッフが集まった。

同時進行で、それら人材派遣先の営業活動が始まったが、この派遣候補先も比較的簡単に集まった。過去に『日本ヒューマンリアクト㈱』で取引実績のある企業を個別に訪問するだけで、派遣スタッフの需要自体はかなり高いことも判明した。人員削減を行ったとはいえ、その部門の仕事量自体は減っていない組織がほとんどだ。当然、その皺《しわ》寄《よ》せは社員一人当たりの仕事量増大という結果を招く。社員の代わりに派遣スタッフを雇用することで人件費を抑えたいという企業も、かなりの割合であった。

人材派遣の登録スタッフは、SEやプログラマーなどのIT関係専門職を除けば、女性の割合が圧倒的だ。一度企業のリストラにあった女性たち……正直に言って、能力が同程度の女性であれば、その時給単価は正社員よりも派遣社員のほうが高い。派遣スタッフということでサービス残業を暗黙のうちに無理強いされることもない。

だから一度企業からリストラされ、組織というものへの忠誠心が希薄になった女性は、再度の社会参加の方法として派遣スタッフの道を歩む者も多い。

真介はそれら女性のファイルを次々と捲《めく》っていきながらも、陽子にはどんな子が合うだろう、と改めて思った。

ふと思い出し、笑う。

あの夜、陽子は鼻息荒く言っていた。

(自慢じゃないけど私たちの仕事、単なる事務処理能力だけじゃなく、礼儀とか、愛想の良さとか、物腰の柔らかさとか、多少の対人関係能力を要求されるのよ)

では、どういうタイプがいいのかと真介は聞いた。

「受け答えがパキッとしていて、それでいて当たりが柔らかいタイプ」陽子は元気よく即答した。「で、職務がら私が事務所を留守にすることも多いんで、不在の時には協会員の問い合わせにも、その場に応じた的確な判断と受け答えが出来るような女性」

おい、おい、と真介は内心で呆《あき》れた。

派遣スタッフに登録するような志向の女性に、そこまでのポテンシャルを要求するのかあ——。

でも言葉には出さなかった。

言えば陽子の出鼻を挫《くじ》く。それでは彼女が気の毒だ。自分で手がける初の採用ということもあり、多少気負っているのだ。

だから相槌《あいづち》を打ちながら陽子の希望する人材のタイプを聞き続けた。

つまり彼女は、自分の片腕となってくれるような利発な女性を求めている。単なる補助業務要員としてのスタッフなら要らないということだ。

なるほどね……。

「おい、村上」

背後からの呼びかけに振り向いた。常務がフロアの向こう側から呼びかけてきている。ちょうど奥の社長室から出てきたところのようだ。

「なんですか？」

腰を下ろしたまま真介は口を開いた。

「社長が呼んでるぞ」常務は言った。「派遣先の企業について、ちょっと聞きたいことがあるそうだ」

「分かりました」

そのままデスクの間を抜け、社長室へと入る。

八畳ほどの部屋。その中央の椅子《いす》に高橋が座っていた。

「お呼びですか」

真介がそう口を開くと、高橋は書類から顔を上げ、白い歯を見せた。

「悪いな、真介。忙しいところ」そう言って目の前のソファを指し示した。「ま、座ってくれ」

言われたとおりにソファに腰を下ろす。デスクから回り込んできた高橋もその対面《トイメン》に座る。

「さっき受注予定先のリストを見ていて気づいたんだが――」さっそく高橋は用件を切り出してきた。「資料にあった『関東建材業協会』の事務局スタッフ募集……担当は芹沢陽子局長。あれ、おまえの彼女の事務局だろう」

なんとなくぎくりとしつつも、うなずいた。

「そうです」

「ふむ」高橋はやや首をかしげた。「おまえ、自分の彼女の組織にまで営業をかけたのか」

言いたいことはなんとなく分かった。

「たまたまそうなっただけです」真介は答えた。「彼女は、今使っている派遣会社の営業があまり気に入っていない様子でした。ですから、もしよかったらおれが担当しようかと言っただけです。情に絡《から》めて使ってくれと言ったわけじゃありません」

「なるほど」

「それに、彼女からもしっかり言われましたし。『仕事は仕事。要求水準に満たなかったら容赦しないわよ』って」

高橋は口元を綻《ほころ》ばせた。

だが、感想は口にしなかった。代わりにこう言ってきた。

「で、派遣する人材は見当をつけたのか」

「今、思案中です。もう一度休日に会ったときにでもヒアリングしようと思っています」

「仕事だ。休日にやる必要はない」高橋は言った。「平日にアポを取って、堂々と会いに行けばいい」

「じゃあ、そうさせてもらいます」

高橋はうなずいた。

「そのときは前もって知らせてくれ。おれも同行しよう」

一瞬耳を疑った。

「は？」

「だから、おれも同行する」

高橋は繰り返した。つい真介は早口で答えた。

「でも、事務局での採用枠はたった一人だけです。わざわざ社長に同行してもらうほどの仕事の規模ではないですよ。今後も、良くて一人増えるかどうかの仕事ですし」

すると高橋はニヤリと笑った。

「やっぱりおまえは、まだまだ甘い」

「……どういう意味です？」

「考えてもみろ。同業種協会の事務局というのは、その協会員である社長がしばしば出入りするところだ」

「――はい」

「しかも業種からして、自分が人事権も握っているような中小企業の社長が多いだろう。そんな社長たちと日々接するのが、事務局のスタッフだ。で、新しく入ったスタッフの仕事ぶりに好感を持てば、聡《さと》い社長ならその派遣会社の名前ぐらいは訊《き》いてくる」

なるほど、と思った。その分だけ新たな仕事の可能性が広がるということだ。

「で、アポはいつごろ取る予定にしているんだ」

「近いほうがいいですか」

高橋はうなずいた。

「ヒアリング込みの挨拶《あいさつ》だから、その方がいいな」

頭の中でスケジュールを確認した。

「私のほうはあさっての午後イチなら空いていますが、社長は？」

「その日なら、おれも一時から三時までは空いている」

手帳も見ずに高橋は即答した。

「じゃあ一度事務局に電話してみます。相手がダメだったら、また予定を聞きにきます」

「よろしくな」

「はい」

真介は社長室を出た。すぐに陽子へ電話をかけ始めた。

3

木曜日——午後一時四十五分。
もともと今日のお昼は、女性スタッフ二人とたまにはゆっくりランチでも食べに行こうかという話になっていた。『日本ヒューマンリアクト㈱』とのアポは二時からだから、充分間に合う。

が、昼前に思いもよらぬ来客があって、しかもその社長との話が長引いた。終わってみれば十二時半を過ぎていた。結局はスタッフの一人に大急ぎで弁当を買いに行かせ、昼までに眼を通す予定だった資料を捲りながら事務所でご飯を食べた。

今、化粧室の中で陽子はしこしこと歯を磨いている。

以前は朝食後と就寝前に磨くだけだったが、最近は朝、昼、晩と食後には欠かさず磨く。真介の影響だ。あの男はどういうわけか歯磨きが大好きだ。いつも白い歯をしている。自分と違って煙草《たばこ》もほとんど吸わない。

キスされたときに、もし微《かす》かにでも口の臭《にお》いがしたら嫌だな。

あるとき、そう思った事がある。

人間四十を過ぎたら、唾液《だえき》の分泌量がかなり減るそうだ。当然、口臭も出てくる割合が高い。そのためには日頃から口内を綺麗《きれい》に保っておいたほうがいい。

が、最近では冷たい飲み物を飲むと歯の根元が、つーん、と沁《し》みるようになってきた。明らかに磨き過ぎによる知覚過敏だ。

それにしても、と思う。

たかだか一人のスタッフ採用のために、あの高橋という社長までわざわざ陽子のもとに挨拶に来るという。

二日前にそのことを電話口で真介に告げられたとき、陽子は驚いた。

「え、でもなんで？」思わずそう口を開いた。「なんでわざわざトップの人間が会いに来るわけ？　しかも挨拶のためだけに」

「うん。それがさ」と、真介は急に声をひそめ、「ここではちょっと言いにくいんだけど、社長には社長なりの考えがあるようでさ……」

「ん？」

「もし良かったらさ、今夜にでも自宅に電話くれないかな。そのときに詳しく説明するから」

「分かった」

早速その夜に電話をかけた。電話をかけるとき、心臓が少しドキドキしていた。

あの社長、一体どういうつもりなんだろう――。

「で、あの件だけど――」

電話口に出た真介は、いきなり昼間のつづきを切り出してきた。

「結局さ、つながり営業の重要性を、社長は考えているみたいなんだよね」

その後、陽子の事務局に出入りする社長たちとスタッフとの関係を説明された。

なーんだ、と陽子は思った。

陽子も昔は営業をしていたから良く分かる。業界として見れば、『日本ヒューマンリアクト㈱』の人材派遣業は、かなり後発となる。今までのクライアント先からの需要はあるとはいえ、乱立する同業種に揉《も》まれ、新規の受注競争となると厳しいのだろう。

つまり悪く言えば、あたしの事務局を足場にして、さらなる営業の可能性を見出《みいだ》したいということらしい。

「そういうことか……」

思わず口にした。

ほんのわずかだが、不機嫌になっている自分に気づく。

真介も陽子の声音の変化を敏感に感じ取ったらしく、

「でもさ、社長の意図がどうであれ、結果的には挨拶がてらもう一度ヒアリングを行いたいと言っているわけだから、陽子にとっては得な話だよ。おれの視点の他に、キャリア充分の高橋の視点も加わるわけだから、より的確なスタッフ選別にはなると思う」

と、今回の社長訪問の意図をフォローしてきた。
確かにそれはそうだ。一人苦笑する。
でも、あたしが今少し不機嫌になった理由は、たぶんそれではない——。

化粧室を出た時点で、一時五十分を少し過ぎていた。
「二時きっかりには来ると思うから、お茶出しよろしくね」
事務局の部屋を通り過ぎながら、スタッフの一人に声をかける。
「はーい」
三月に辞めるスタッフのほうが朗らかに答える。
陽子はうなずきながら、奥の応接室へと入っていった。ざっと室内を見渡す。
不意の来客に備えて、室内はいつもきちんと整理してある。特に問題はない。
が、午前中に来客が吸ったタバコ臭が、かすかに残っているようだ。
ファブリーズを手に取り、カーテンとソファに軽く吹きかける。
考えてみれば、真介がこの事務所に来るのは初めてだ。当然、社長の高橋もそうだ。
……あの高橋。
本当に真介が言った理由のためだけに、わざわざこの事務所まで来るのだろうか。

キャビネットの上の置時計が一時五十九分になったとき、事務所のドアがガチャリと開く音が、パーティション越しに聞こえた。

こんにちはー。

聞きなれた真介の声が響いてくる。

私、二時にお約束をいただいていた『日本ヒューマンリアクト』の村上と申しますが、局長はいらっしゃいますでしょうか。

ソファから立ち上がりながらも思わず苦笑する。

あたしを局長と呼ぶ真介の心境。一体どんなものだろう。

そんなことを思いながらも応接室から出て行った。

事務所の入り口で真介がにこやかな笑みを浮かべている。今日は濃紺ピンストライプの三つボタンに、鮮やかなスカイブルーのシャツの組み合わせだ。タイはパープル系の格子柄《こうしがら》。再び少し笑う。傾いた趣味ではあるが、相変わらず見栄《みば》えだけはいい男だ。

背後に高橋の姿が見える。こちらも陽子の方を見て微笑《ほほえ》んでいる。

「お待ちしておりました」陽子もにこやかに応じた。「さ、どうぞ。こちらへおいでください」

高橋が慇懃《いんぎん》に会釈《えしやく》をする。去年の秋に新潟のホテルで会ったときは浴衣《ゆかた》姿だったが、こちらも真介に負けず劣らずのりゅうとした身なりをしている。紺黒のスーツにブルーホワイトのシャツ、それに臙脂《えんじ》のタイを合わせている。その一見地味な取り合わせが、かえってこの男の落ち着いた佇《たたず》まいを引き立てている。

応接室に二人を招き入れ、さっそく名刺交換をした。

真介からも、今の部署での名刺を初めてもらった。

『人材派遣部　統括チーフ』と書いてあった。なるほど。この男も三十五だ。少しずつ組織内での階段を登り始めている。

つづいて高橋と名刺交換をする。

『代表取締役社長　高橋栄一郎』となっている。

——どうしてだろう。

前もそうだった。この男を前にすると、なんだか妙に緊張する。

名刺の交換後、スタッフがすぐにお茶と灰皿を持ってきた。

「この度はお忙しいところを、わざわざ社長にまでお越しいただいて、ありがとうございます」

「こちらこそ、わが社を候補の一つにお入れいただき、大変感謝しております」高橋も陽子に返してくる。「この村上ともども出来る限りのことはさせていただくつもりでおりますので、スタッフ候補決定のあかつきには、よろしくご検討願えればと思っております」

ふむ。

やはりこの男、いい。

自分と真介の仲を知っているのに、新潟で会った話は持ち出さない。パーティションの向こうのスタッフたちに聞かれる可能性を思って、あくまでも初対面を装《よそお》っている。

陽子もそれに合わせることにした。

「こちらこそ、よろしくお願いします」

高橋は再び微笑を浮かべた。

「では早速ですが、スタッフさんたちに求められる仕事内容からお伺いできればと思います。まずルーティンとして求められるのは、どんな業務でしょうか」

ちらりと真介を見た。真介がかすかにうなずくのを見て、陽子は口を開いた。

「基本的には書類の整理やそれにまつわる補助業務、各協会員企業から集計されてきたデータの集計業務がほとんどです」

「具体的な技能としては、どのようなものが必要でしょう」

「特別なものはないと思います。この事務所ではウィンドウズを使ってますが、エクセルとワードが出来れば、まず問題ないかと」

「貸借対照表などが理解できるような簿記《ぼき》の知識は必要ありますか」

「ありません」

「他に資格関係で必要となるものは？」

少し考え、口を開いた。

「自動車の、普通免許ぐらいでしょうか」

「分かりました」高橋は大きくうなずく。「では、事務処理以外の仕事としては、どういうものがございますか」

「ご存知の通り、私どもの事務局はしばしば協会員である社長さんが出入りされます。電話もかかってきます。ですから、彼ら協会員への対応も重要な仕事となります」

「ある程度の対人関係能力が必要とされるわけですね」

「そうです」陽子もうなずく。「私どもの協会員は、そのほとんどが社長さんなので、多少癖の強いかたもいらっしゃいます。ちょっとした物言いや接客の仕方などで臍《へそ》を曲げられる方もいらっしゃれば——その本人に他意はないのですが——スタッフに対し、多少セクハラめいたジョークを飛ばす方も、ごくまれにいらっしゃいます。ですから、当たりが柔らかく、また必要とあればそのようなジョークも軽くいなせるようなタイプの女性が望ましいです」

「人あしらいが上手《うま》い、ということですね」

「はい」

「キャリアで言いますと、営業キャリアのある女性、あるいは営業アシスタントとして外回りの仕事にも従事した経験のある女性などでは、いかがでしょう。業種で言えば不動産や建設関係など」

その業種の世界を想像する。たぶん建材業の風土に近い。陽子はうなずいた。

「そこまでの条件が揃《そろ》えばベストだと思います」

「他の特質として求められるものはありますか」

「私の不在時には、協会員の問い合わせにも臨機応変に対応できるようなタイプでしょうか。多少勝気でも構いませんから、気転が利《き》く女性が望ましいです」

「年齢的なものとしては、いかがでしょう」

「継続するスタッフさんは、現在二十六歳です。彼女とチームを組んでもらうことにもなりますし、最初のころは彼女から教えを受けることもあるでしょうから、できれば同年か、やや年下が望ましいですね」

「分かりました」

高橋はそう言い、横の真介を見遣《みや》る。真介が口を開く。

「来週アタマには、今のご希望に沿ったキャリアシートを提出できるかと思います」

陽子は黙ってうなずいた。

「ご存知だとは思いますが、現在では労働者派遣法のプライバシー保護施策によって、氏名、年齢、現住所、具体的な卒業学校名や所属していた企業名は、資料に出せないことになっています。それでも在籍期間を項目ごとに学校卒業時まで追っていただければ、ある程度の年齢は把握できるようになっております」

内心で微笑みながら、もう一度うなずいた。

「で、そのキャリアシートの経歴で満足がいかれるようなら、来週末にでも顔合わせの場を設定したいと思います」

かしこまった話し方をしている真介。なんだか滑稽《こっけい》だ――。

打ち合わせは二時五十分に終わった。

事務局の出口まで二人を見送り、お盆を片手にとって応接室まで引き返し始める。

あ、局長、とスタッフの一人がパソコンの前から慌《あわ》てて立ち上がる。「片づけなら私がやりますよ」

「いいのいいの」陽子は軽く首を振った。彼女には今、午前中に来た社長から頼まれた書類作成を任せている。「あれ今日の夕方出しでしょ、そっち優先でやって」

「はい」

応接室に入った。

テーブルの上の湯飲み茶碗《ぢゃわん》と灰皿を見遣る。結局誰もタバコを吸わなかった。お茶は真介のほうが五分目ほど、高橋のほうが三分目ほど減っている……。

ふと思い、窓枠まで進む。ガラス戸を開ける。

窓の外に路地が見える。その路地を東京駅方面に去っていく二つの背中。濃色スーツの二人組がゆっくりと歩いている。高橋は真介より若干背が高いようだ。たぶんあのまま八重洲《やえす》口まで行って電車に乗る。あのタイプは、社長になっても自分専用の社用車などは買わない。所詮《しょせん》は、見栄とはったりの無駄な産物でしかないことを知っているからだ。

「……」

ふん――。

つい一人苦笑する。

あたしは一体、何を考えている。

4

八重洲ロロータリーまで来た。

目の前の信号は赤だった。高橋は不意に真介のほうを見て、微笑んだ。

「彼女、多少緊張していたようだな」

つい真介も笑った。

「の、ようです」

「去年ばったり会って以来だから、気まずかったのかな」

「かもしれません」

高橋は束《つか》の間《ま》足元を見て、それからまた顔を上げた。

「勝気でも構わないから、気転が利く女性、か」

「同じ事を前にも言っていました」

「そうか……」

目の前の信号。待ち時間の残り表示が、あと二マスにまで減っていた。

「が、三人の所帯だ」再び高橋はつぶやいた。「小舟なら、二人の船頭は要らないな」

その意味を考え、真介はうなずいた。ここ数日、自分の考えていたことと同じだった。

「ですね」

ようやく信号が青に変わる。二人して横断歩道を渡り始める。

その半ばまできたとき、思い出したように高橋がつぶやいた。

「しかし、あれだな」

「はい？」

「改めて会ったが、やっぱりいい感じだ。おまえの彼女」あっさり笑いながら高橋は言った。「付き合っていて楽しいだろ。メリハリが利いてて」

思わず笑い出した。

十年前に離婚し、今は一人身のこの男。その離婚に至る間や、その後の男女関係の中で、きっといろんな女性の面を見てきたのだろう。

5

週末。真介がマンションまでやって来た。

「で、どうなのよ」陽子はキッチンで夕食を作りながら聞いた。「もう、あたしに提出するリスト選定は終わってるんでしょ」

「終わってるよ」

リビングにごろりと寝転がったまま真介は答える。

「どんな人？」

「企業秘密」真介は頬杖《ほおづえ》を突いたまま、にやりと笑う。「まだ教えられない」

ちっ。

思わず腹の中で舌打ちする。

「ナニもったいぶってんの」言いながら、出汁《だし》用の豚軟骨を包丁で叩《たた》き切る。今日は鍋《なべ》だ。「どうせ明後日《あさって》には分かるんだから、教えてくれたっていいでしょ」

「ダーメ」真介は相変わらずにやにやしている。「それこそ明後日には分かるんだからさ」

思わず深いため息をつく。

こいつがこういう言いかたをするときは、もう無理だ。絶対にあたしの言うことなど聞かない。

……ふと情けない思いに駆られる。

前の旦那《だんな》もそうだった。へらへらと笑いかけながらも、いったん自分が言い出したことは梃子《てこ》でも曲げない。そして心のどこかで、陽子のじれる様子を見て楽しんでいる。最悪。どうしてあたしは、こういうロクデナシとばかり深い仲になってしまうのだろう。

そういえばさ、と真介が再び口を開く。「今度のリスト候補者が気に入ったとして、来週末には面接になるよね」

「そうだけど？」

「その面接さ、おれも同席したほうがいい？　それとも陽子が一人でやってみる？」

少し考える。

……同じ女性として一対一のほうが、より込み入った話も聞けるかもしれない。けど、自分はこういう派遣社員の採用は初めてだ。自分の質問に漏れがあったときに、さりげなくアドバイスしてくれる人間は、やはりいたほうがいい。それにこの男は、女性から見て、少なくとも傍に居られるだけで緊張を強いられるタイプではない。

「できれば同席して欲しいな」

その陽子の返事に、真介はうなずいた。

「それからさ、今この場では『面接』って言っているけど、スタッフ候補を連れてきた本番では、陽子はその相手に対して『事前打ち合わせ』って言ってよ。シビアに言えば業法では、派遣会社が出してきたスタッフを断らないことが前提になっているからさ」

「分かった」

答えながらも陽子は思う。

この男はどうも、自分が提出してくる候補者はあたしに断られることはないと踏んでいるようだ。

たいした自信だ。

一人ほくそ笑む。

でも、まあいい。そんなあんたの自信はどうあれ、あたしは気に入らなければ気に入らないと、はっきり言うつもりだからね。

6

ふむ——。

月曜の午後。

パソコンの画面上で最終的に出来上がったキャリアシートを眺めながら、真介は満足の笑みを洩《も》らした。

少なくともそのキャリアに関しては、陽子が望むものをすべて満たしている。しかも事前に本人の了承も取って、出身学校名まで明記してある。

実はこの女性スタッフに決定するまでに、真介はざっと百人の履歴に目を通している。まずは書類選考で五人の候補に絞り込んだ。その上で、その五人に関する個人的な情報や人となりを、かつて応募面接官を務めた仲間に聞いて廻った。

これは、と思う女性が一名いた。

そして先週の末、この画面上の女性に決めた。

「村上さーん」

間延びした女性の呼びかけが、背後から聞こえる。振り向くと、小さな段ボール箱を両手に抱えた川田美代子が立っていた。

「この資料、どこに置いておけばいいですかあ」

来週から始まる菓子メーカーのリストラ資料だ。少し微笑《ほほえ》んで真介は答えた。

「あ、それね。奥のキャビネットの上にお願い」

「はーい」

のんびりとした返事と同時に、すたすたと川田が歩き始める。その後ろ姿を、真介は眺めている。

彼女はいい子だ。その言動から、ぱっと見には単なる白痴美人のようにしか見えないし、そんなに自発性もある子ではないが、多少トロいにしても言われたことは確実にこなす。手抜きも一切しない。決して多弁ではないが、元々の性格が明るいので、黙っていても妙に人を和ませる雰囲気がある。

だから真介は、今度の新規事業を立ち上げたとき、彼女を今までの単なる面接補助員から、この部署のファイリング担当兼務として、新たに雇い直した。

以降は週に五日のフルタイム勤務となり、今ではこの新規部署の人気者だ。

同僚たちもみな、彼女のことを「美代ちゃん、美代ちゃん」と気軽に呼ぶ。

派遣業務を部門として持っている会社が他の派遣会社からスタッフを雇うというこ

とはまあるが、今度の契約が切れたときには、正式な社員として雇い入れるよう、高橋に直《じか》談判している。

さて——。

画面上の女性に視線を戻す。

もう一度真介は微笑む。

陽子。

書類上では気に入っても、実際にこの子と会って話せば、どういう反応を示すだろう。

7

金曜。午前——。

出社してきたときから、陽子は少しそわそわしていた。

真介は、午前十一時にスタッフを連れてくるという。

四月の協会懇親旅行の企画を練りながらも、陽子はちらりと腕時計を見る。十時五十分。そろそろ準備をしたほうがいい。

デスクの上を手早く片付け、クリアファイルに入れた書類を片手に応接室へと向かう。

「十一時には『日本ヒューマンリアクト』の人が来るから、応接室に通してね」

「分かりました」

返事を確認した後、応接室に入る。

真介の提出してきたキャリアシート。ソファに腰掛け、あらためてファイルに見入る。

名前はまだ分からない。が、今日会ったときに自己紹介しあうことになっている。

相手から学校名は出していいと許可を取ったという。陽子はその学校名をもう一度見る。川中女子短大。目白にある学校だ。青短《あおたん》などと同様、ある程度のお嬢様学校として都下では知られている。

まあまあだな、と感じる。

次にキャリア欄の履歴に眼を通していく。これは、上から下の欄に行くに従って過去の職歴になっていく。

とは言ってもこの女性の場合、そんなに履歴があるわけでもない。最も下の欄では、不動産会社に三年勤めたとある。正社員で営業アシスタントとして働いていた。たぶん新卒でこの企業に入った。

その上の段。

ＯＡ機器の販売会社に一年。派遣社員として勤務。業務内容はファイリング。つまりは書類整理だ。

さらにその上の、一番上の欄。

やはりＯＡ機器の販売会社に、さらに派遣社員として一年。業務内容はＰＣ端末操作——。

それで職歴は終わりだ。職歴の期間の合計を頭の中で足していく。計五年。つまり、この女性は現在二十五歳だろう。

どこにも年齢は書いていないが、真介の言ったとおり、足していけば確かに現在の年齢は容易に推測できる。そしてこの年齢も、こちらの希望通りだ。

さらに週末に真介が言っていたことを思い出す。

普通さ、派遣社員の身分のまま同業種で職種が変わっているということは、実は同じ会社に勤め続けているってことだよ。

その時は、え、と思った。

なんでそういうことするの。

陽子は聞いた。

いちおう業法では、派遣社員を三年以上同一業務で継続して使ってはいけないということになっているんだ。労働者保護の一環で（だったら正社員で雇ってやれよ）とね。

真介は答えた。

ただ、対外的なイメージに気を使う会社は、一年おきに職種変えをして再雇用の契約を結ぶ。例えば『ファイリング』と『PC端末操作』なんて、今の時代は似たようなものだろ。でも登録の際の職種コード上では違う。だから、こういうことをやるんだ。ま、あまりやらない会社もけっこうあるけどね。

なるほどね、と思う。

ここに書いているこの女性も、たぶん同じ会社に二年間勤め続けていたのだ。

ふと笑う。

たぶんあたしがこのキャリアシートを見る時のことを想定して、真介はあのときに履歴の見方のヒントをくれた。

そしてもう一つの裏の意味に気づく。

つまりこのＯＡ機器の販売会社は、そんな手続きをやってまでも、この派遣スタッフの契約を延長したかった。ということは、ある程度は優秀な人材と言えるのだろう。たぶんこの女性は、二度目の更新のときに何かの事情で自分から辞めたのだ。会社から延長の話を断られたのではない。

少なくとも書面上は年齢も職種のキャリアも、陽子の希望をことごとく満たしている。とても満足の行くプロフィールだ。

そういえば真介も昨日、この子は条件バッチリだぜ、と電話口で笑っていた。

ふたたびちらりと腕時計を見た。

十時五十七分。そろそろだ――。

そう思った直後、この前のように事務所のドアが開く音がした。

おはようございまーす。『日本ヒューマンリアクト』の村上です。いつもお世話になっておりまーす。

真介の明るい声が響く。

いよいよだ。

相手の履歴はほぼ記憶できた。ファイルを応接テーブルの下に仕舞い、組んでいた足を元に戻す。

「こちらです。どうぞお入りください」

パーティションのすぐ向こうからスタッフの声が聞こえ、ドアが開くと同時に陽子は立ち上がった。

最初に真介が姿を現す。今日のスーツの趣味もなかなか。だが、陽子の意識はすぐにそのあとに続いて入ってきた女性に向かう。

背が高い。少なくとも小柄な自分よりは上だ。顔もまあまあ。眼、口、鼻の各パーツがバランスよく整っている。まずは十人並みの美人だ。これなら社長受けもいいだろう。化粧はやや濃い……年齢は予想どおりだ。たぶん二十五、六。

「どうも村上です。この度はお世話になります」真介が言いながら彼女のほうを振り向く。「彼女がこのたびキャリアシートをお送りさせていただいた白井さんです」

後方の女性がぺこりと頭を下げてくる。

「どうもはじめまして。白井と申します。どうぞよろしくお願いいたします」

うん――。やや鼻から抜ける甘めの声。その肩口から、かすかに香水の匂《にお》いが漂っている。たぶんフェラガモ……男性には人気のあるタイプ。

そんなことを密《ひそ》かに思いながらも、陽子は笑みを絶やさなかった。

「局長の芹沢と申します。こちらこそどうぞよろしくお願いします。さ、どうぞ。外は寒かったでしょう」言いながら、彼女が片手に持っている革のコートを視線で示した。「後ろにコートハンガーがありますから、もしよければおかけください」

「はい。ありがとうございます」

襟口にファーの付いた黒のレザーコート。やや派手めだ。白井と名乗った女性は陽子の言葉に素直に従い、背後のハンガーに早速コートをかけ始める。その後ろ姿。陽子はつい容赦なく観察してしまう。ウェストを絞った丈の短いテーラードに、黒いパンツを合せている。今どきだが、趣味は悪くない……。

お茶が出てきて多少の世間話を交わし、ようやく三人が落ち着いてソファに座り直した時点で、真介が口を開いた。

「さて、最初に仕事内容をもう一度確認させていただきたいんですが――」

そう陽子のほうに話を振ってくる。ははあ、と思う。たしかにこの面談は事前打ち合わせの形式をとっている。

真介はこの事務局でスタッフに求められる業務内容を一通りしゃべったあと、

「――という仕事内容だと理解させていただいておりますが、何か他に追加で付け加えるような仕事内容は、ございますか」

と、聞いてきた。陽子はうなずいた。

「その内容で大丈夫です。おっしゃるとおり、基本的な仕事内容はＰＣを使った資料作成となると思いますが、フォーマット――基本的な様式は出来上がっていますので、そのデータの修正や内容の差し替えなどがメインの業務となります」

こっくりと白井がうなずく。

「分かりました」

「ただ、もし白井さんがこういう風にしたほうがいいというフォーマットの変更点があれば、それは改善してもらってもまったく差し支えありません」

今度の白井のうなずきは、やや小さかった……。

が、陽子は構わず言葉をつづけた。

「また、先ほども村上さんから説明がありましたとおり、私どもの事務局に出入りされるのは協会員である社長さんたちがほとんどですから、接客にはある程度気を遣う仕事でもあります」

はい、と白井がうなずく。さらに陽子は説明を加える。

「ちょっとした対応で臍《へそ》を曲げたりとか、そういうこともありますし、時には『よう、彼氏と元気でやっているか』などと、プライベートに踏み込んでくる冗談を平気で口にする方もいらっしゃいます。大丈夫でしょうか」

白井は少し笑みを浮かべた。

「大丈夫だと思います。以前に不動産会社におりましたとき、その手の雰囲気には慣れてましたから。それに社長さんたちに、他意はないんですよね」

なるほどね。

うなずきながらも、陽子は少し意地悪な感想を持つ。この彼女の服装や化粧の趣味。たしかに不動産屋の親父《おやじ》たちにはけっこう可愛《かわい》がられたことだろう。

ちらりと真介を見る。真介も無表情でこちらを見返していた。が、すぐに白井を振り返った。

「白井さんのほうからも、何か質問はありますか」

白井は束《つか》の間《ま》考え込んだ。

陽子は興味をそそられる。最初の質問。この子はいったい何を質問してくるだろう。

ようやく白井が口を開いた。

「あのう、勤める際の服装の制限は、何かありますか」

ん――。

予想外の質問だった。が、気を取り直して陽子は答えた。

「……そうですね。まあ、スーツでなくても構いませんけど、あまりカジュアルすぎるのは止《や》めていただければと思います。例えばジーンズとか」

「あ。はーい」

少しむっとくる。

あ。はーい、じゃないだろ。あたしとあんたの関係は、まだそこまでじゃないぞ。分かりました、だろ。

少し不安になってくる。ふたたびちらりと真介を見る。相手もこちらを黙って見ている。

「言い忘れていました」知らぬ間に口を開いていた。「ウチの事務局では月に一、二回ほど協会員さんの集まりがあります。基本的に残業はありませんが、それでも会議の前日などには、資料作成のために二時間ほどの残業になることもあります。それは大丈夫ですか」

「あ、はい」いったんうなずいたあと、白井はふたたび口を開く。「その残業が、例えば三時間や四時間になることはありますか」

「と、言いますと?」陽子はわざと問い返した。この子はさっきから自分の待遇や服装に関することしか質問してきていない。「何か、まずいことでもありますか」

「いえ——」少し白井は口ごもった。「例えばそのあとに何か予定を入れていたりしたら、差し支えるかな、と思ったものですから」

つまりはデートや、友達との約束のことだろう。どうやら頭の中は、アフター・ファイブの心配がかなりの部分を占めているようだ。

陽子はつい笑った。笑うしかなかった。一瞬白井が下を向いた隙《すき》に、横に座っている真介を思い切り睨《にら》みつけた。

な〜にが条件バッチリだこのやろう。それは経歴だけで、中身は全然バッチリじゃないじゃないか——。

が、真介は何故《なぜ》かへらっと微笑《ほほえ》んできた。

一瞬かっとした。

くそ。こいつは絶対あたしのことを舐《な》めている。

しかし直後にはなんとかその怒りを堪《こら》えた。

白井が再び顔を上げた。陽子は割り切って口を開いた。

「あらかじめ会議のある日にちは分かっておりますし、事前にそのための準備も進めますから、少なくともスタッフさんたちが夜遅くまで残業になることはないですよ」

むろん、局長のあたしは違うけどね。

そう皮肉を言いたいところを、ぐっと堪える。

「あ、それなら大丈夫です。ありがとうございます」

また『あ』だ。

陽子はもう早くもウンザリとしている。この子は枕詞《まくらことば》として『あ』を付けないと、次の言葉が出てこないのか。

不意に真介が口を開いた。

「局長のほうからは、なにかございますか」

つまり彼女に対する質問は、ということだろう。

再び笑い出したくなる。いったいこういうタイプの女性に、何を聞けというのか。

が、少し考えて陽子は口を開いた。

「ちょっと立ち入ったことを質問させていただいても、よろしいですか」

「あ、はい」

「……最後にお勤めになったOA機器の販売会社は、ご自分からお辞めになったんですよね」

「はい。そうです」

「何故ですか。差し支えなければ、その理由をお聞かせいただけるとありがたいのですが」

するとと目の前の白井は、答えにくいのか、少しもじもじとした。

ま、答えてもらわなくてもいいか、と陽子は思う。すでに彼女への興味は失せつつある。どうせ真介に促された上での、質問のための質問だったのだから。

「もし答えにくいようでしたら、けっこうですよ」

いえ、と彼女はこの言葉だけはしっかりと発音した。「大丈夫です」

「そうですか」

「……実は、職場の雰囲気が悪かったんです」

「と、いいますと？」

つづく彼女の話の内容は、こうだった。

なんでもその職場では、総体としての業務のコントロールがうまくいっていなかった上に、仕事を押し付け合う慣習が横行していたのだという。特に正社員はそうで、上司から頼まれた自分の仕事を、彼女たち派遣スタッフに無理やり押し付けてくることがよくあったらしい。

「ですから、付く社員の方によっては、忙しい人は昼食も取れないぐらい忙しいですし、ヒマな人はその居場所がないほどヒマでした。それによってスタッフ同士の溝《みぞ》もかなり出来ていましたし、なかには仕事を丸投げして派遣スタッフより早く帰ってしまう社員の方もいたりと、社員との信頼関係も、それ以上にうまくいっていませんでした」

「——そうですか」

「ただ私としては、まあ残業代も付くし、仕事も覚えられるからいいかなと思って続けていたんですが、さすがに一年半を過ぎた頃には、その雰囲気の悪さに気持ち的にも疲れてきてしまいまして……」

なるほど。この理由にはやや同情の余地がある。それに、この子は見かけによらず、少なくとも任せられた仕事は責任を持ってこなすようだ。そういう仕事での経験が、やがてはちゃんと自分の実力に繋《つな》がってくることを知っているからだ。

……まあ、それはいい。

質問を変えることにした。

「最初の会社は不動産関係でしたよね」陽子は聞いた。「そちらのほうはどんな理由で辞められたのです？」

「一番の理由は、お付き合い残業がとても多かったからです」

「お付き合い残業？」

白井は少し微笑んだ。

「そうです。とても忙しい会社でした。特に営業の方々はそうで、ノルマに追われて毎日深夜近くまで残業をしていました。私たち営業アシスタントも、なんとなくそれに付き合わなければいけないような雰囲気でした。ただ、仕事もないのに机の前に漫然と座っているのは辛《つら》いものです。ちゃんと残業に値する仕事があったほうが、はるかにいいと思いました」

うん、と思う。

陽子にも先輩や上司の目を気にする新米時代はあったから、その気持ちはようく分かった。

でも、と陽子は思う。相手の気持ちがよく分かるからといって、これは仕事だ。最初の間延びした受け答えといい、仕事に対する能動的な意思の希薄さといい、この子はあたしの求める人材ではない——。

面談はそれで終わりとなった。

二人を送り出したあと、再び応接室に戻ってソファにどっかりと座り込んだ。両腕を組む。

「……」

あの白井という女性が、ああいうタイプなのは仕方がない。よく話を聞いてみると、悪い子でもない。ただ、やっぱりあたしには合わない。

そう。悪いのは、真介だ。

あたしの希望を二度もヒアリングしたくせに、ああいうタイプをいけしゃあしゃあと連れてきて、しかも面接の場でへらへらと笑う。

思い出しているうちに、先ほどの怒りがむらむらとぶり返してきた。

……信用していたのに。

許せない。

気がつけば応接室の受話器を取り上げていた。真介の携帯番号は諳《そら》んじている。猛烈な勢いでその番号を押す。

スリー・コール目で相手は出た。

「はい。村上です」

「さきほどはどうも。局長の芹沢です」事務局にいるスタッフの耳も意識して、陽子は極めて事務的に言ってのけた。「もう、東京駅の改札は入りましたか」

「いえ、まだです」

まだ白井と同行しているのだろう、真介も丁寧な口調を崩さない。

「そうですか」陽子も負けずにバカ丁寧な口調をつづける。「では、申し訳ないんですが、今の面談の件で至急打ち合わせしたいことが出来ましたので、もう一度ご足労願えませんか」

真介の答えは、一瞬遅れた。

「今、すぐにですか」

「今、すぐにです」間髪容れず陽子は言った。「八重洲北口脇《わき》にカフェがありますよね。そこに村上さん一人で来てください」

「分かりました」

「では、三分後に」

真介の答えも待たずに電話を叩《たた》き切った。

応接室を出る。コートを羽織りながら、出口へと急ぐ。早足で進みながらも、二人のスタッフに声をかける。

「昼食は外で食べてくる。一時には戻るね。その間の電話は、全部折り返し」

来月に退職するスタッフのほうが、不意にクスリと笑った。

「なに?」

「局長、そうとう怒ってますね」パソコン越しに彼女は言った。「先ほどの面談、途中から声が固かったですもん」

パーティションから洩《も》れ聞こえていた会話。仕方なく苦笑した。

「そうよ」正直に言った。「だから担当者を呼びつけて、ガツンと文句を言いに行くの」

そう言い置き、陽子は事務局を出た。パンプスの音をカツカツと立て、階段を下っていく。

そう。確かにあたしはかなり怒っている。

今回だけは本当に頼りにしていたのに……あの軽薄さにはもうウンザリだ。

八重洲北口脇にあるカフェに入ると、既に真介は来ていた。陽子の姿を見るなり、ソファから立ち上がった。

陽子、こっちこっち。

そう言ってにこやかに手を振ってくる。

かあっ、ときた。

今度こそ本当に腸《はらわた》が煮えくり返り、怒りでうなじに鳥肌が立つ。

な〜にが（陽子、こっちこっち）だ。ふざけるなっ。

つかつかと無言でその前まで進み、思わず腕組みをする。相手を睨みつけながらも、地団太踏《じだんだ》みたい気持ちをかろうじて堪える。

真介は不意に笑みを消し、そんな陽子の様子をしばらく見ていたが、やがて口を開いた。

「やっぱり怒っているのか」

「当たり前でしょっ」

つい大きな声を上げた。真介はため息をついた。

「ま、とにかく座ろう」

「なんで？」分かる。自分の声音はまだ怒りに震えている。「なんであたしが、あんたなんかに命令されなくちゃいけないわけ？」

真介はもう一度陽子を見つめ、

「命令じゃない。とにかく、座ろう」そう繰り返した。「お怒りはごもっとも。でもこれは仕事だ。クールに話し合おう」

その口調。この男にしては珍しく有無を言わせぬものがある。

結局、陽子はしぶしぶ真介の対面《トイメン》に腰を下ろした。

が、話し合おうと言ったはずの肝心の真介は、しばらく窓の外を見たまま黙り込んでいた。だから陽子も意地になって黙っていた。やがてウェイターが注文を取りに来た。

「ミルクティー。ホットで」

そっけなく注文を告げ、ふたたび真介を見る。

ようやく真介が静かに口を開いた。

「今回のスタッフ選定だけど、おれは手を抜いていないよ。杜撰《ずさん》な人選をしたつもりもない」

つい鼻で笑った。

「あれで？」

真介は大きくうなずく。

「そうだ。ただ、おれの意図が陽子に誤解されるだろうことは、最初からある程度は予想していた」真介はふたたびため息をついた。「まさかここまで怒るとは思っていなかったけどね」

「あんたが、あたしの希望を無視したようなことをするからでしょ」

「確かにそうだ」真介は言った。「でも陽子はさ、もしおれがああいうタイプの女の子を連れてくることが最初から分かっていれば、絶対に反対しただろ」

「当然そうよ」

真介はもう一度うなずいた。

「だから、何も言わずに連れてきたんだ」

ふと疑問に感じる。

何故《なぜ》そこまで分かっていて、こいつはああいうことをしたんだろう。あたしが怒り狂うのは最初から分かっていたはずだ。

「でも、なんでよ？」つい聞いた。「そこまで分かっていて、なんでああいうことをしたわけ？」

すると真介は無言のまま、じっと陽子の顔を覗《のぞ》き込んで来た。その態度。いつもの揶揄《やゆ》するような様子は微塵《みじん》もない。

「……何よ？」

思わず気圧《けお》され、そうつぶやいた。

真介は束《つか》の間《ま》ためらったあと、

「この際だからはっきり言おう」まるで空いたグラスでも横にどけるように、あっさりと言ってのけた。「おれはさ、陽子の事が好きだ。愛していると言ってもいい」

予想外のセリフ。しかもこんな場で。思わず言葉を失う。真介の言葉はつづく。

「その短気さ、単純さ、正しくありたいと思うその直情さ。ぐっと来る。やがては結婚したいと思っている」

　分かる。耳たぶまでじわりと赤くなっている自分がいる……。

が、ウェイターがようやく陽子の注文を持ってきたとき、真介はさらに三度目のため息をついた。

「でも、それはあくまでもおれに見えている陽子だ。他の人が感じる陽子じゃない。陽子の気質を苦手だな、と思う人間も世の中には多くいる」

「でしょうね」

　ようやくその一言だけ、返した。

「おれが思うに、陽子とぶつかるタイプは、実は陽子に似たタイプが多いと思っている」

　少し考える。確かにそのとおりだ。

「むろん友達だったら、そんな関係でもいいだろう。派手に喧嘩《けんか》して、それが結果的にさらに仲良くなるきっかけになることもある」

「……うん」

「でも職場の関係は別だ。年齢も立場も違う人間同士が、互いにその時々のイニシアチブを握ろうとしてぶつかったとしたら、どうなる？」

少し考える。結論は一つだ。

「たぶん最悪は、喧嘩別れになったままだと思う。仲がいいときはすごくいいけど、ぶつかり合ったときには、その二人の関係はおそろしく気まずい」

あ――。

そしてその期間は、仕事も絶対にうまく廻らない……。

真介は、うなずいた。

「でも陽子は、おれにそんな人間を望んできたんだ」

ようやく真介の言わんとすることが分かった。

「リスクが高すぎるってこと?」

「そう。小さな職場だし、二人の船頭は要らない。陽子の指示を的確に、しかも責任をもってこなしてくれる部下がいればいい」

「……」

「分かるよね。おれの言いたいこと」

「……うん」

真介はもう一度うなずき返した。

「なら、よかった」

言いつつ、あっさりと立ち上がった。

「午後イチに横浜でアポがある。おれはもう行かなきゃいけない」

腕時計を覗き込む。十二時十五分。真介にはもう昼食を食べる時間はない。

「ごめん。いきなり呼びつけちゃって」

真介は少し笑みながらテーブルの上の伝票を素早く手に取った。陽子は思わず腰を浮かしかける。

「あ、それあたしが払う」

「いいさ、これぐらい。今回の陽子はお客様」真介は伝票をひらひらとさせた。「とにかく、おれの意図はそういうことだ。けど、それでも気に入らなければ断ってくれてもいい。これから一緒に仕事していくのは陽子だ。よく考えて結論を聞かせてくれ。四時には会社に戻っている」

「分かった……」

「じゃ」

軽く手を上げ、真介は出口へと向かって行こうとする。陽子もつられて立ち上がろうとした。

「あたしも一緒に出る」

「ミルクティー」真介は再び笑ってテーブルの上を指差した。「全然手をつけてないだろ」

言い終わると、あとも見ずにさっさと背中を見せた。レジへと去っていく。

その後ろ姿を眺めながら、陽子はつい微笑《ほほえ》んだ。

さて――。

視線をテーブルの上に戻す。

まだ飲んでいないミルクティー。まずはこれを飲み終えるまで、真介が今言ったことをじっくりと検討してみよう。

8

横浜から会社に戻ってきたときには、四時を少し回っていた。

鞄《かばん》を下ろし椅子《いす》に座った直後、向かいのデスクに座っている川田美代子が、受話器を置いて顔を上げた。

「村上さん、電話でーす」川田がのんびりとした口調で呼びかけてくる。「ええ、と。『関東建材業協会』の芹沢さん。二番です」

きた——。

真介はボタンを押しながら受話器を上げた。

「はい。お待たせしました。村上です」

「今日の午前中はどうも。芹沢です」陽子のかしこまった口調が聞こえる。「それで早速なんですが、検討させていただいた結果、この度は白井さんにお願いできればと思っております」

知らぬ間に微笑んでいた。

「ありがとうございます」

「いえ。こちらこそ色々とお手数をおかけいたしました」陽子の話はつづく。「それで、以前にお話ししましたとおり、三月の三週目からの引継ぎを考えております。まずは白井さんのご都合を確認していただいてよろしいですか。お返事は来週のアタマで結構です」

「かしこまりました」

「この度はお世話になります。ありがとうございました」

「こちらこそ、今後ともよろしくお願いいたします」

「では」

その一言で、陽子からの電話は切れた。受話器を置き、顔を上げる。こちらを見ていた川田と視線が絡《から》む。

不意に彼女が微笑んだ。

「今の、新規ですよね」

「そうだよ」

一呼吸おいて、彼女の笑みが広がった。

「わ。おめでとうございまーす」

「ありがと」

返事をしながらも密《ひそ》かに思う。

目の前でなおもやんわりと笑っている川田美代子――実は真介は、この彼女をモデルにして今回の候補者を選んだ。

陽子とはおよそ正反対のタイプ。間違っても周囲の人間と感情的な軋轢《あつれき》は起こさない。感情も激すことはない。多少能動性には欠けようとも、与えられた仕事を淡々と、そしてこつこつとこなす。そして容姿も十人並みであれば、協会員の親父《おやじ》連中にもウケがいい。たぶん陽子はやがて、あの白井を採用したことに間違いなく満足してくれる。

心の中でじんわりと満足感を味わう。

ふと気づくと、いつの間にか高橋が横に立っていた。たぶん川田とのやり取りを小耳に挟み、やって来た。

相手は真介を見下ろしたまま、目元で笑っている。

「うまく契約になったようだな」

「はい」

「最初から局長は満足したのか」

いいえ、と真介は首を振った。「でも面接後にカフェで会って事情を話し、分かってもらいました」

そう答えた真介の顔を、高橋はじっと見た。それから再び微笑んだ。

「それは、よかった」

「はい」


五分後、真介は職場を出た。

廊下の奥まで行き、ポケットから携帯を取り出す。フリップを開く。電話帳のグループ1。さらにその一番上にある名前を押す。

七コール目で相手は出た。

「なに？」陽子の不機嫌そうなささやき声。「仕事中はかけてこないでって、言ってるでしょっ」

さっきのかしこまった態度とは打って変わった、そのぞんざいな口調。

真介はつい笑った。

9

午後七時。

地下鉄のホームから二番出口への階段を登っていき、陽子は地上に出た。

目の前に新宿通りが広がっている。

東京駅からこの新宿御苑前駅までは、丸ノ内線で一本だ。

夕方に真介からかかってきた電話――。

「あのさ、今日仕事終わったら晩飯でも食いに行かない？」

なんでも真介は、今日はクルマで会社に来ているのだという。四谷方面に向かう歩道で待っていてくれるように言われた。

きょろきょろと新宿通りの左右を見渡す。この時間帯、新宿方面行きのレーンとは違い、四谷方面はクルマの流れが順調だ。

が、肝心の真介はまだ来ていないようだ。

……二月の風。けっこう寒い。

コートの襟を立てながら、不意に陽子は気づいた。

そっか。

あいつ、最初からそのつもりだった。だからわざわざ会社までクルマで来た。

一人で少し微笑む。まったくたいした自信だ。

七時五分過ぎに、ようやく見覚えのあるクルマが目の前に滑り込んできた。

銀色のコペン。この厳寒の最中に屋根をフルオープンにして走ってきた大馬鹿者《おおばかもの》が、運転席に座っている。陽子を見上げてニコニコと笑っている。

「遅いよ」

陽子は口を尖《とが》らせた。

「ごめんごめん」真介は言った。「南口の辺りが思いのほか混んでてさ」

とりあえず助手席に乗り込む。

「ルーフ、閉めなよ」シートベルトを着けながら陽子は言った。「寒いよ」

だが真介は首を振った。

「そんなことはないさ」

……言われてみれば確かにそうだ。足元はガンガン暖房が効いている。その暖気が胸元まで上がってきている。

「走っても、風はフロントガラスの上を抜けているだけ。風は当たらないよ」

そんなものなのかと思い、うなずいた。

「じゃあ、行こうよ」

真介がギアをローに入れる。ゆっくりとコペンが滑り出す。

「そう言えば、どこ行くの？」

「四谷の四丁目から南下。青山通りにあるブラジル料理屋」真介は答える。「混んでなければ、たぶん十分かそこらで着く」

「分かった」

うん。

確かに真介の言うとおり、走り出しても暖かい。

左右に広がる四谷の明かりのついたビル街。道は空いている。景色が動いていく。どんどん後方へと流れていく。次第に愉快な気分になってくる。今日の疲れが抜けていく。

四谷四丁目の交差点から外苑西通《がいえんにし》りへと入る。さらに前方が空いてくる。真介の左手。三速、四速と的確にギアをシフトアップしていく。Aピラーから聞こえる風切り音。

知らぬ間に微笑んでいた。なんだかとても爽快だ。

そういえばさ、と真介が気軽に口を開いた。

「社長が陽子によろしくって言ってた」

途端に少し気持ちが萎《しぼ》む。

高橋……。心のどこかで、最近あの男のことが少し気になっている。普段は思い出さないように努めているが、一度など夢に出てきたことがある。真介には絶対言えないし、言うつもりもないが、その夢の中で、何故《なぜ》かあたしは高橋と結婚するところだった。

……ふう。

と、何を思ったのか、真介の左手が不意にシフトノブから離れた。

カーステレオのスイッチ。陽子が見ていると、真介はちらりと微笑みながらCDの再生ボタンを押した。ボリュームを上げる。

微《かす》かなシンバル音のあと、メロディが弾《はじ》けた。

左右のスピーカーからいきなり大音量の唄声《うたごえ》が流れ出す。

え――？

♪気ぃ～が　狂いそう
やさしい歌が好ぅ～きぃで
あ～ああぁ　あなたにも聞かせたい

「懐《なつ》かしいーっ！」

陽子は思わず叫んだ。

♪このままボクは　汗をかいて生き～よおおぉ
あ～ああぁ　いつまでもこのままさ

「だろ？」真介もこちらを見て笑う。「パンクパ～ンク」

「ねねっ、これよく聞いていたころ、何歳だった？」

「中学生」
「あたしは大学生」

♪人は誰でも　くじけそーになるぅも〜の
あ〜あぁあぁ　ボクだって今だって
叫ばなければ　やりきれない思おぉ〜いを
あ〜あぁあぁ　大切に　捨てないで

真介。やっぱりいい。あたしを楽しませてくれる。あたしを、分かっている。高橋がなんだ。歳《とし》の差がなんだ。クソくらえだ。あっちへ行け。

♪人にやさしくっ　してもらえないぃぃ〜んだね
ボクが　言ってやる　でっかい声で言ってやる
ガンバ〜レって言ってやるっ
聞こえるかーい　ガンバレーっ！

コペンは外苑西通りを突き抜けるようにして進んでいく。左手にある国立競技場が近づいてくる。何かの競技が行われているのか、スタンドの眩《まばゆ》いばかりの白色灯が路上に照り返しを作っている。水に濡《ぬ》れたように見える。

このパンクバンドの名前を思い出す。ザ・ブルーハーツ……和訳すればスケベな心。苦笑する。まさしくこの男のことではないか。

たしか曲名は、『人にやさしく』だ。

——うん。

だから今、この瞬間があれば、あたしは満足だ。

解説

宅間孝行

本書について偉そうに何かを解説など出来るわけないのに「頼まれて嬉《うれ》しかったから」という理由だけでこれを書いてます。だから、まあ、そのう……気楽に読んで下さい。

何でこんな男に解説書かせるんだ、と思われる方もいるかと思いますが、すいません。

ま、最後まで読んで頂ければ納得してもらえるかもしれません。分かんないけど。

えーとですね……『借金取りの王子』は、『君たちに明日はない』の続編です。こっちから買ってしまった慌《あわ》てん坊《ぼう》さんの中で、先にこの解説に目を通したラッキーボーイ及びラッキーガールは、『君たちに明日はない』を今すぐ本屋に探しに行って下さい。驚いた事に、『君たちに明日はない』は当時の垣根涼介氏には余程縁のないと思われた「山本周五郎賞」を受賞しています。何と拳銃《けんじゅう》が出てきません。うんこは出てきます。

ちなみに、この本を先に読んでしまったあなたも大丈夫。『スター・ウォーズ』だって、敢《あ》えて時系列を滅茶苦茶にして、エピソード0とかいう、よく考えるとやや意味不明な新しい言葉を産み出し、後から時代を遡《さかのぼ》ったモノを公開したんです。『借金取りの王子』から読み始めたあなたは、あ、ここで繋《つな》がった！　とか、だからこうだったのか！　など、作者や編集者にも想像しえない感動を味わう事を、自ら選択した凄腕《すごうで》プロデューサーみたいなもんです。だから、凄腕プロデューサーなあなたも『君たちに明日はない』を買いに今すぐ本屋さんに駆け込んで下さい。冗談抜きにそれでも楽しめますから。

では、何故《なぜ》、それでも楽しめるのか。……解説っぽくなって来ました。

まず、このシリーズは、村上真介と芹沢陽子という二人の主人公の成長物語を縦軸に、毎回毎回ゲストが出て来る構成です。まるで連続ドラマにしたらいいんじゃないか！　と思われるような作品とも言えます。しかし、ドラマにする時に困るだろう点は、毎回毎回のゲストがあまりにも魅力的すぎて、主人公を食いかねない、という事です。事実、第一作は『君たちに明日はない』なんて、完全に主人公の真介目線での、しかも、かなり上から目線でのタイトルでしたが、第二作の本書は『借金取りの王子』ってゲストがタイトルになってしまったほどです。だから、途中からでも入りやすいタイプの連続ドラマみたいなもんで、一つ一つのエピソードのクオリティが非常に高いんです。

つまり、登場人物全員が魅力的なんですね。それは作者の愛が隅々にまで反映されているからだと思うんです。恐らく本書に登場する四人のゲスト各々《おのおの》に垣根さんは相当な思い入れを持って書いたはずです。いや、多分そう思います。

だから、もう、程度の差や好みの問題はあれど、どのエピソードも冗談抜きにグッときます。短編を読んで思わず涙が零《こぼ》れる、鼻がツンとする、何だか妙に切ない風が胸に吹く、と言うのは凄いことですよね。短編で、ですよ。それはもう、ゲストたちの人物描写と、それぞれの環境の描写のリアリティに尽きます。長々とみなまで説明しなくても、身近な本当の人間を見ている感覚だから、すぐに感情移入していける。嘘《うそ》っぽい設定がないから、一気にその世界観に身を委ねられる。これって簡単なようでなかなか難しいんです。

しかも、この『借金取りの王子』では、驚いた事に裏テーマが「女性の人間描写」つまり女の仕事っぷりになっているんです。垣根さんが認めるかどうかは分からんですが、そうなんです。つまり、女性の心理描写をキチンと出来ないと納得して貰《もら》えないエピソードが五つ連なっているんです。その点に於いては、「山本周五郎賞」を受賞した前作から又一つ二つも先に踏み込んだ作品であり、男臭いモノ専門の作家と思っていた世間を、又しても、軽く裏切ってしまう、作家垣根涼介の懐《ふところ》の深さをまざまざと見せつけられた感じです。

垣根さんはしめしめと笑いながら、きっとこう言うでしょう。

「女を知らなきゃ男は書けねえさ、そして、男を知ってるから女が書けるんだぜ」

ま、こんな日活アクションばりの台詞《せりふ》回しではないにしろ、絶対にそういう事は思ってるはずです。いや思ってなくていいんですけど、そう思わせるくらいの女性描写って事です。

File 1「二億円の女」の倉橋なぎさの生き様を読んで……デパートで働いてる三十代くらいのお姉ちゃんたちが、今、みんな倉橋なぎさに見えて困ってます。そして、優しい気持ちになって、心の中で、頑張れ、と呟《つぶや》いているんですが、何せ、なぎさくらいの年齢のお姉ちゃんたち、みんながみんな、そう見えるので、ずっと「がんばれ」と心の中で呟き通しで……どうしたらいいでしょう。

File 2「女難の相」ゲスト主役は男性ですが、タイトル通り、女性の圧倒的パワーに押され、職場で行き場をなくしていく切ないお話です。ここでも生命保険のオバちゃん、お姉ちゃんたちの描写に対する説得力が、実は話の核となってます。役職は上でも、職場では女性に嫌われたら終わり、と言う恐ろしい現実もまざまざと見せつけています。

もう生命保険のオバちゃんたちが優しい顔して営業に来ても、本当は恐ろしい顔で営業所のチームリーダーを虐《いじ》めてないか心配で心配で、仲良くしてあげてと懇願したくなってしまいます。

File 3「借金取りの王子」ヒロと美佐子の壮絶な純愛ストーリーには涙が止まりませんが、とにかく男気溢《あふ》れる元ヤンキーの美佐子が魅力的で、女性も憧《あこが》れる女性を見事に描いてます。女性としてこうありたい、と思う女性読者も多いのではないでしょうか。自分は男として、美佐子のようでありたい、と思いました。なんだそりゃ。しかしながら実際こんな一本気な格好いい女性に出会えるなら、ご利用は計画的に、と考えつつ、必要なくても店舗を訪れたい衝動に駆られます。

File 4「山里の娘」の窪田秋子。地方に住んでる人の都会への憧れというフィルターを通して、二十代の女性が持つ、このままでいいのか？ もう一歩前に進んでみるべきじゃないか？ という葛藤《かっとう》を描いています。ごく普通の等身大の女性像。しかも、秀逸なのが、彼女は羽ばたく選択をしないだろう、と思われるラスト。一見このネガティブとも思われる人生の選択だからこそ、途方もないリアリティが見え隠れします。多くの人はこっちの選択をしてるんですよね、きっと。つまりここでも、ごくごく普通の女の子を見事に描いてしまっていて、もはや旅館やホテルで出会う従業員の女性には、「ここでの生活も捨てたもんじゃないですよ」って話し掛けたくて仕方ないんですが、話し掛けていいですか？

File 5「人にやさしく」はこのシリーズの主人公の二人、真介と陽子の新しいチャレンジを描いてます。テーマは二人の女性の人間性。陽子と、真介の名パートナー川田美代子。このシリーズを通して描いて来た二人の女性の人間性の対比で、見事に一つの作品を結実させてます。女性の人物描写から一歩踏み込んで、今度は女性各々の相性まで描いて納得行く答えを出しちゃってます。「女性の人間描写」を裏テーマにした本作に相応《ふさわ》しすぎるエンディングじゃありませんか。きっと「女」っつーもんをホント良く知ってるんだな、この作家は。と思わずにいられません。

最後に。

特筆すべき事ですが、他の作品に比べれば、割と凡庸な人生のゲストの話の「山里の娘」に、この作品シリーズに於ける作家の一つの答えが提示されている。と、思うんです。

その一節を本文より引用しますと――

「昔、聞いたことがある。たしかイギリスかどこかに、将来を嘱望されている非常に優秀な大学医がいた。あるとき彼は、北アフリカのとある港町を訪れた。船からその町を見た瞬間、すべてを捨ててその町に住む決心をした。実際にそこで、しがない検《けん》疫官《えきかん》として暮らし始めた。安定した今の生活と、薔薇色《ばらいろ》になるだろう未来も捨ててね」

「……」

「十数年後、友達が彼のところを訪ねた。とても貧しい暮らしだったらしい。で、友達は聞いた。すべてを捨てた挙句がこんな暮らしで満足なのかって。彼は笑って答えた。満足だよって。この暮らしに、一度も後悔を感じたことはないって」

モノが溢れ、消費される社会、そしてそれに纏《まつ》わる仕事、会社。そこで働く事が本当に幸せなんだろうか？　豊かな文明社会にまみれていく事が幸せなんだろうか？

仕事って何だ？　生きがいってなんだ？　いい車に乗って、でっかい家に住んで、最先端の電化製品と最高級の家具があれば、それで幸せかい、みんな！　って言われているようです。

現代社会への警鐘をならしつつ、現代社会であぶれもんのレッテルを貼《は》られた「リストラされた人」への、もっと素敵な生き方もあるぜ、きっと！　このまま負けるな！　という愛情と応援がこの作品のメッセージなんだ、と改めて気付かされました。これは絶対そう。だから、この作品は温かいんです。

作家垣根涼介の本質ここにあり。

最後の最後に。

このシリーズから作家垣根涼介の世界に触れたお茶目さんもいると思います。今すぐに、まずは『ワイルド・ソウル』を買って読んで下さい。度肝抜かれなかったら、自分が代わりに代金を払ってあげるくらいの覚悟があります。傑作です。人間に対する愛に溢れた作品です。

そして、読み終わったら、すぐ三部作となってる『ヒート　アイランド』シリーズを三冊（他に『ギャングスター・レッスン』『サウダージ』）一気に買って読破してみるのをお薦めします。で、よくよく調べてみるとこの『ヒート アイランド』は映画化されている事に気がつくと思うので、レンタルしないで、ＤＶＤを買ってみましょう……

って、すいません、こんなオチで。あ、いらなかったですかね、オチ。

拙《つたな》い解説読んでくれて、本当にありがとうございました。この解説で、垣根作品を汚さぬ事を願うばかり……。

（二〇〇九年八月、俳優・劇団「東京セレソンデラックス」主宰・脚本家・演出家）

この作品は二〇〇七年九月新潮社より刊行された。

垣根涼介著
君たちに明日はない
山本周五郎賞受賞
リストラ請負人、真介の毎日は楽じゃない。組織の理不尽にも負けず、仕事に恋に奮闘する社会人に捧げる、ポジティブな長編小説。

荻原浩著
コールドゲーム
あいつが帰ってきた。復讐のために——。4年前の中2時代、イジメの標的だったトロ吉。クラスメートが一人また一人と襲われていく。

荻原浩著
噂
女子高生の口コミを利用した、香水の販売戦略のはずだった。だが、流された噂が現実となり、足首のない少女の遺体が発見された——。

荻原浩著
メリーゴーランド
再建ですか、この俺が？　あの超赤字テーマパークを、どうやって?!　平凡な地方公務員の孤軍奮闘を描く「宮仕え小説」の傑作誕生。

梶尾真治著
黄泉がえり
会いたかったあの人が、再び目の前に——。死者の生き返り現象に喜びながらも戸惑う家族。そして行政。「泣けるホラー」、一大巨編。

梶尾真治著
精霊探偵
妻を失った事故以来、なぜか背後霊が見えるようになった私。特殊な能力を活かし人捜しを始めるが……。不思議で切ないミステリー。

伊坂幸太郎著
オーデュボンの祈り
卓越したイメージ喚起力、洒脱な会話、気の利いた警句、抑えようのない才気がほとばしる！　伝説のデビュー作、待望の文庫化！

伊坂幸太郎著
ラッシュライフ
未来を決めるのは、神の恩寵か、偶然の連鎖か。リンクして並走する4つの人生にバラバラ死体が乱入。巧緻な騙し絵のごとき物語。

伊坂幸太郎著
重力ピエロ
ルールは越えられるか、世界は変えられるか。未知の感動をたたえて、発表時より読書界を圧倒した記念碑的名作、待望の文庫化！

真保裕一著
ホワイトアウト
吉川英治文学新人賞受賞
吹雪が荒れ狂う厳寒期の巨大ダムを、武装グループが占拠した。敢然と立ち向かう孤独なヒーロー！　冒険サスペンス小説の最高峰。

真保裕一著
ダイスをころがせ！（上・下）
かつての親友が再び手を組んだ。我々の手に政治を取り戻すため。選挙戦を巡る群像を浮彫りにする、情熱系エンタテインメント！

真保裕一著
繋がれた明日
「この男は人殺しです」告発のビラが町に舞った。ひとつの命を奪ってしまった青年に明日はあるのか？　深い感動を呼ぶミステリー。

志水辰夫著
飢えて狼

牙を剥き、襲い掛かる「国家」。日本有数の登山家だった渋谷の孤独な闘いが始まった。小説の醍醐味、そのすべてがここにある。

志水辰夫著
裂けて海峡

弟に船長を任せていた船は、あの夏、大隅海峡で消息を絶った。謎を追う兄が触れたのは、禁忌。ミステリ史に残る結末まで一気読み！

志水辰夫著
背いて故郷
日本推理作家協会賞受賞

スパイ船の船長の座を譲った親友が何者かに殺された。北の大地、餓狼の如き眼を光らせ真実を追い求めるわたしの前に現れたのは。

重松清著
ビタミンF
直木賞受賞

もう一度、がんばってみるか——。人生の〝中途半端〟な時期に差し掛かった人たちへ贈るエール。心に効くビタミンです。

重松清著
卒業

大切な人を失う悲しみ、生きることの過酷さ。それでも僕らは立ち止まらない。それぞれの「卒業」を経験する、四つの家族の物語。

重松清著
熱球

二十年前、もしも僕らが甲子園出場を果たせていたなら——。失われた青春と、残り半分の人生への希望を描く、大人たちへの応援歌。

柴田よしき著

残響

私だけに聞こえる過去の〝声〟。ヤクザの元夫から逃れ、ジャズ・シンガーとして生きる杏子に、声は殺人事件のつらい真相を告げた。

柴田よしき著

ワーキングガール・ウォーズ

三十七歳、未婚、入社15年目。だけど、それがどうした？　会社は、悪意と嫉妬が渦巻く女性の戦場だ！　係長・墨田翔子の闘い。

柴田よしき著

窓際の死神《アンクー》

OLの多美は、恋敵が死ぬ夢想に悩んでいる。彼女の相談に乗った総務部の窓際主任は、それは予知だと言い、自分は死神だと名乗るが。

天童荒太著

孤独の歌声

日本推理サスペンス大賞優秀作

さぁ、さぁ、よく見て。ぼくは、次に、どこを刺すと思う？　孤独を抱える男と女のせつない愛と暴力が渦巻く戦慄のサイコホラー。

天童荒太著

幻世《まぼろよ》の祈《いの》り

家族狩り　第一部

高校教師・巣藤浚介、馬見原光毅警部補、児童心理に携わる氷崎游子。三つの生が交錯したとき、哀しき惨劇に続く階段が姿を現わす。

天童荒太著

遭難者の夢

家族狩り　第二部

麻生一家の事件を追う刑事に届いた報せ。自らの手で家庭を壊したあの男が、再び野に放たれたのだ。過去と現在が火花散らす第二幕。

宮部みゆき著　**火車**
山本周五郎賞受賞

休職中の刑事、本間は遠縁の男性に頼まれ、失踪した婚約者の行方を捜すことに。だが女性の意外な正体が次第に明らかとなり……。

宮部みゆき著　**理由**
直木賞受賞

被害者だったはずの家族は、実は見ず知らずの他人同士だった……。斬新な手法で現代社会の悲劇を浮き彫りにした、新たなる古典！

宮部みゆき著　**模倣犯**
芸術選奨受賞（一～五）

邪悪な欲望のままに「女性狩り」を繰り返し、マスコミを愚弄して勝ち誇る怪物の正体は？　著者の代表作にして現代ミステリの金字塔！

村上春樹著　**ねじまき鳥クロニクル**
読売文学賞受賞（1～3）

'84年の世田谷の路地裏から'38年の満州蒙古国境、駅前のクリーニング店から意識の井戸の底まで、探索の年代記は開始される。

村上春樹著　**海辺のカフカ**
（上・下）

田村カフカは15歳の日に家出した。姉と並んだ写真を持って。世界でいちばんタフな少年になるために。ベストセラー、待望の文庫化。

村上春樹著　**世界の終りとハードボイルド・ワンダーランド**
谷崎潤一郎賞受賞（上・下）

老博士が〈私〉の意識の核に組み込んだ、ある思考回路。そこに隠された秘密を巡って同時進行する、幻想世界と冒険活劇の二つの物語。

山崎豊子著

華麗なる一族（上・中・下）

大衆から預金を獲得し、裏では冷酷に産業界を支配する権力機構〈銀行〉――野望に燃える万俵大介とその一族の熾烈な人間ドラマ。

山崎豊子著

不毛地帯（一～五）

シベリアの収容所で十一年間の強制労働に耐え、帰還後、商社マンとして熾烈な商戦に巻き込まれてゆく元大本営参謀・壹岐正の運命。

山崎豊子著

二つの祖国（一～四）

真珠湾、ヒロシマ、東京裁判――戦争の嵐に翻弄され、身を二つに裂かれながら、祖国を探し求めた日系移民一家の劇的運命を描く。

山崎豊子著

沈まぬ太陽 (一)アフリカ篇・上 (二)アフリカ篇・下

人命をあずかる航空会社に巣食う非情。その不条理に、勇気と良心をもって闘いを挑んだ男の運命。人間の真実を問う壮大なドラマ。

山崎豊子著

女系家族（上・下）

代々養子婿をとる大阪・船場の木綿問屋四代目嘉蔵の遺言をめぐってくりひろげられる遺産相続の醜い争い。欲に絡む女の正体を抉る。

山崎豊子著

白い巨塔（一～五）

癌の検査・手術、泥沼の教授選、誤診裁判などを綿密にとらえ、尊厳であるべき医学界に渦巻く人間の欲望と打算を迫真の筆に描く。

借金《しやつきん》取《と》りの王子《おうじ》

―君たちに明日はない2―

新潮文庫　か－47－2

平成二十一年十一月一日発行

著者　垣《かき》根《ね》涼《りよう》介《すけ》

発行者　佐藤隆信

発行所　株式会社新潮社

郵便番号　一六二―八七一一
東京都新宿区矢来町七一
電話 編集部(〇三)三二六六―五四四〇
読者係(〇三)三二六六―五一一一
http://www.shinchosha.co.jp

価格はカバーに表示してあります。

乱丁・落丁本は、ご面倒ですが小社読者係宛ご送付ください。送料小社負担にてお取替えいたします。

印刷・大日本印刷株式会社　製本・株式会社植木製本所

ISBN978-4-10-132972-7　C0193